L’autrice

Catherine Cuenca écrit depuis sa plus tendre enfance et s’intéresse très tôt à l’histoire. Elle publie un premier roman historique en 2001, tout en suivant des études dans le domaine qui la passionne. Après avoir concilié l’écriture et un travail en bibliothèque pendant plusieurs années, elle devient écrivain à temps plein en 2010. Séries ou *one shot*, ses romans ont pour cadre différentes périodes historiques, de la préhistoire à la Seconde Guerre mondiale. Aujourd’hui, elle est l’autrice d’une quarantaine d’ouvrages pour la jeunesse.

8 rue Saint-Marc, 75002 Paris
Diffusion : Interforum

Réalisé avec le concours éditorial d’Arthur Ténor
Couverture : Raphaël Gauthey
Montage de la couverture : Julian Jeanne
Mise en page : Clémentine Hède
Correction : Maxime Gillio
ISBN : 978-2-3674-0663-3
Dépôt légal : juin 2019

Catherine Cuenca

L'ASSASSIN du Marais

ScriNeo

« *Au milieu des ténèbres, la plus humble veilleuse brille comme un phare.* »

Émile Gaboriau, *L'Affaire Lerouge*, 1866

Prologue

Paris, jeudi 8 mars 1849

Cahotant sur les pavés détrempés, le fiacre ralentit et finit par s'immobiliser le long d'un caniveau qui déborde d'une eau sale et tourbillonnante. Trois coups résonnent sur la paroi de l'habitacle et la voix éraillée du cocher parvient aux oreilles d'Alexandre.

— On y est, m'sieur !

Pris de doute, le jeune policier jette un coup d'œil au billet que lui a fait porter l'inspecteur principal Horace Dubon un peu avant midi.

Navré d'écourter votre jour de congé. Il y a une affaire pour nous. Rendez-vous immédiatement au 10, rue du Faubourg-Saint-Antoine.

À travers le rideau de pluie qui bat la chaussée, il discerne la façade noire et décrépite d'un immeuble qui semble à l'abandon. Le cocher s'est-il mépris sur l'adresse ? Pourtant, il l'a bien conduit rue du Faubourg-Saint-Antoine ; ils ont traversé la place de la Bastille tout à l'heure, en venant du Marais. Alexandre s'apprête à demander confirmation au cocher, quand une silhouette familière lui apparaît, à l'entrée d'un passage voûté. Sans plus attendre, il froisse le billet de son supérieur et ouvre la portière du fiacre. La pluie lui cingle le visage. Le temps – quelques enjambées – de rejoindre le passage, ses vêtements sont trempés. Il se maudit d'avoir voulu étrenner le manteau qu'il a acheté la semaine précédente, pour remplacer sa vieille veste élimée.

Adossé à l'entrée du passage, Horace Dubon mâchouille un trabucos éteint. La quarantaine imposante, l'inspecteur principal accueille son adjoint par une franche poignée de main. Un sourire étire ses lèvres charnues et hérisse l'épaisse moustache aux extrémités recourbées qui occupe fièrement sa lèvre supérieure.

— Bonjour Delage. Sale temps, pas vrai ?

Alexandre se contente d'opiner. Il est furieux contre le sort. Pourquoi Dubon est-il toujours impeccable, quelles que soient les circonstances ? Son supérieur porte un élégant manteau noir à larges revers, des pantalons immaculés et des souliers à guêtres cirés, sans la moindre tache de boue. En dépit de ses efforts, Alexandre a toujours l'impression de renvoyer l'image d'un jeune homme un peu fantasque, indigne de sa fonction. Pourtant, il a 25 ans et travaille depuis cinq ans dans la police. Il n'est plus un débutant. Tandis qu'il sort un mouchoir pour s'éponger le visage, il note que, malgré la coupe impeccable de son manteau, son chef ne peut masquer son léger embonpoint et que son haut-de-forme dissimule mal un début de calvitie. Le grand inspecteur Dubon n'est pas si parfait que cela, après tout.

— Une vieille fille, couturière de son métier, a été retrouvée morte chez elle, en milieu de matinée, commence ce dernier en entraînant Alexandre dans le passage. Une de ses clientes, qui venait récupérer un jupon, a trouvé porte close. Comme c'était la troisième fois en trois jours, elle a alerté le concierge. Avec ces cas de choléra qu'on recense un peu partout à Paris ces dernières semaines, elle a pensé que sa couturière était peut-être tombée malade. Le concierge a reconnu qu'il n'avait pas croisé sa locataire depuis la semaine précédente. Il a ouvert la porte avec le double des clés. La couturière gisait dans sa chambre, sans vie. Visiblement, elle n'était pas morte du choléra. Ils ont appelé le commissaire de police du quartier qui nous a renvoyé l'affaire, sitôt les premières constatations effectuées. La femme a été étranglée.

— La malheureuse aurait donc été assassinée, conclut Alexandre. Mais son logement était verrouillé de l'intérieur. Comment son meurtrier aurait-il quitté les lieux ?

— Pas par la fenêtre, en tout cas. La cliente et le concierge sont formels : elle était fermée.

— Vous avez dit que le concierge disposait d'un double des clés…

— Je vous vois venir, mais détrompez-vous : l'homme est incapable de commettre un meurtre. C'est un vieil infirme, un grognard de Napoléon qui a perdu un bras en 1812, pendant la campagne de Russie. D'après les traces sur le cou, le meurtrier s'est servi de ses deux mains pour commettre son crime.

Le passage débouche dans l'arrière-cour de l'immeuble, balayée par des trombes d'eau. Un sergent de ville se précipite au-devant des deux policiers pour les abriter sous un parapluie.

— Merci, Giraud, dit Dubon tandis que l'homme les guide vers un escalier, à l'autre extrémité de la cour. Le commissaire Lubin est-il encore là ?

— Il vous attend là-haut.

Alexandre relève le col de son manteau et rentre le cou dans les épaules. Le parapluie n'est pas assez grand pour les abriter efficacement, Dubon et lui. Malgré les gouttes d'eau qui lui coulent dans les yeux, il repère des visages derrière les carreaux des fenêtres qui donnent sur la cour.

— On a de la chance qu'il pleuve des cordes, marmonne Dubon. Sinon, on aurait tous les voisins sur le dos !

— Et lui, c'est qui ? demande Alexandre en désignant un jeune homme aux vêtements détrempés qui se dandine d'un pied sur l'autre, devant l'escalier gardé par deux autres sergents.

— Un des gratte-papier du *Charivari*, ce journal à caricatures qui fait le bonheur de nos concitoyens. Comme les vautours, ils accourent à l'odeur du sang…

Voyant arriver les deux policiers, le journaliste se précipite vers Dubon.

— Inspecteur ! lui lance-t-il avec aplomb. Confirmez-vous que la victime était membre du club des Femmes d'Eugénie Niboyet ?

— Écartez-vous, lui ordonne Dubon.

Ignorant la question, il s'engouffre dans l'escalier, son collègue sur ses talons. Alexandre compte quatre étages avant que Dubon ne s'arrête, essoufflé, sur un palier obscur. Une odeur douceâtre flotte dans l'air, aisément reconnaissable : une odeur de cadavre. Un autre policier discute avec un petit homme râblé, vêtu d'un lourd manteau en poils de chèvre, devant une porte entrouverte.

— Commissaire Lubin ? s'enquiert Dubon. Je suis l'inspecteur principal Dubon, de la Sûreté générale, et voici mon adjoint, l'inspecteur Delage.

— Heureux de vous rencontrer, inspecteurs, s'écrie celui-ci, visiblement soulagé. Le sergent Neuville vient juste de me transmettre le compte rendu des interrogatoires des voisins. Personne n'a vu la victime depuis samedi dernier. Ce matin-là, elle est partie faire ses courses comme d'habitude. Depuis, personne ne l'a revue. Et personne n'a remarqué qui que ce soit de suspect aux alentours.

— Comme souvent, fait remarquer Dubon. Où est la victime ?

— Par ici, dit le commissaire en poussant la porte.

Alexandre pénètre dans une pièce mansardée, chichement éclairée par une unique fenêtre. Aussitôt, l'odeur de cadavre devient omniprésente. Le jeune homme distingue une cheminée, un bahut, une table et trois chaises paillées, et, dans un angle, un nécessaire à couture posé sur un guéridon, au milieu d'un fatras de tissus colorés.

— Là, indique Lubin d'une voix étouffée.

Pressant d'une main un mouchoir sur son nez, il désigne de l'autre une alcôve pratiquée dans un renfoncement du mur, à gauche de l'entrée. Un rideau à fleurs à moitié tiré révèle un lit aux draps défaits. Une femme vêtue d'une simple chemise gît en travers, les bras et les jambes écartés ; sa tête, renversée sur un coussin, révèle un cou marbré de traces violacées.

— Voici feue Fraisine Maillet, 29 ans, annonce le commissaire. Célibataire, couturière de son état…

— Tout du moins était-ce ce qu'elle affirmait, l'interrompt Dubon.

— Que voulez-vous dire ?

Faisant mine d'ignorer les regards interrogateurs de son adjoint et du commissaire, l'inspecteur prend le temps d'allumer son trabucos.

— Il me semble que mademoiselle Maillet était bien connue de votre service, Lubin ? demande-t-il dans un nuage de fumée.

— C'est exact, confirme celui-ci. L'an dernier, cette femme était un membre actif du club des Femmes d'Eugénie Niboyet.

— Des folles excentriques qui plaidaient pour le divorce, l'égalité des droits entre hommes et femmes, et tout un tas d'autres inepties, explique Dubon pour Alexandre.

À mon avis, c'était une erreur de leur octroyer le droit de s'exprimer dans la presse ou dc se réunir en associations ! Toutes ces libertés n'ont causé que des désordres !

Nous y revoilà, songe Alexandre en serrant les dents. Dubon ne manque jamais une occasion de souligner les conséquences – désastreuses, selon lui – du soulèvement populaire qui, en trois jours, l'année précédente, a mis fin au règne du roi Louis-Philippe. Après trente-deux ans de monarchie, la IIe République avait été proclamée le 24 février 1848. Comme en 1792, de grands changements avaient été instaurés : la presse était de nouveau libre de s'exprimer, la peine de mort pour raison politique avait été abolie. Pour lutter contre le chômage, des ateliers nationaux avaient été mis en place. Au mois d'avril, l'élection des membres de l'assemblée constituante avait eu lieu au suffrage universel. Suffrage universel masculin, en réalité, car, comme en 1789, les femmes restaient privées du droit de vote. Mais la République leur avait donné le droit à la parole, alors elles s'en servaient, pour réclamer ce qu'elles considéraient comme une évidence, dans une société qui avait banni l'esclavage : la véritable égalité entre les sexes.

— N'ont-elles pas simplement tenté de faire valoir leurs droits, comme les ouvriers ou les étudiants ? objecte Alexandre.

— Enfin, Delage, vous n'êtes pas sérieux ? s'exclame Dubon en s'étouffant avec la fumée de son trabucos. Imaginez des femmes en politique ? Ou dans la police ? Ce n'est pas dans la nature des choses !

Le commissaire Lubin l'approuve avec ferveur.

— Ces agitatrices faisaient un tel tapage que nous avons dû intervenir pour fermer leur club, après qu'elles ont causé une véritable émeute avec leurs discours, explique-t-il. Une fois que le gouvernement eut interdit aux femmes d'être membres ou spectatrices d'un club, nous avons commencé à interpeller des anciennes du club de Niboyet dans la rue pour outrages et impudeur.

— Ce qui me conduit à penser que mademoiselle Maillet est tombée sous les coups d'un client ou d'un amant violent, décrète Dubon. Je vous remercie pour votre aide, commissaire. Je ne manquerai pas de vous tenir informé des conclusions de l'enquête.

Lubin quitte la pièce sans insister, visiblement heureux d'échapper à la vision du cadavre dénudé et à l'horrible puanteur des lieux.

Dubon s'accoude au manteau de la cheminée pour tirer sur son trabucos.

— Ainsi, le journaliste du *Charivari* était bien informé, fait remarquer Alexandre.

— Parce que lui et ses compères se font un plaisir de moquer celles qu'ils appellent les *divorceuses*. Ils les connaissent bien…

— Informerez-vous la presse de vos premières conclusions ?

Alexandre rencontre le regard perçant de son chef.

— Vous n'avez pas l'air convaincu, Delage, fait-il remarquer avec sévérité. Auriez-vous une autre thèse que la mienne pour expliquer le meurtre de cette femme perdue ?

— Êtes-vous persuadé qu'elle l'était ?

— Le commissaire Lubin dispose d'un épais dossier sur Fraisine Maillet : pas moins de cinq interpellations, du temps où elle œuvrait dans ce club de femmes. Elle n'a jamais été mariée et on lui connaissait une multitude d'amants. Regardez la situation dans laquelle nous la retrouvons – dans son lit, à peine vêtue. Pensez-vous qu'une honnête femme recevrait un homme dans cette tenue ?

— On a pu lui arracher ses vêtements pour la violenter.

— Voyez-vous des traces de lutte dans cette pièce ?

— Et si on avait voulu la voler ?

— Il y a de l'argent dans le tiroir du bahut, il n'a pas été touché. Elle a reçu un homme, ils ont fait leur affaire, et ensuite, pour une raison inconnue, il l'a étranglée. J'exerce ce métier depuis plus longtemps que vous, Delage. Je sais ce que je dis.

Alexandre serre les dents sans mot dire. Dubon a l'art et la manière de le remettre à sa place. Il a été nommé inspecteur en septembre. Auparavant, il n'était que simple sergent. Et avant cela, un sombre gredin, un voleur tout juste bon à croupir en prison ; bref, un rien du tout. Dubon, lui, est né dans une famille bourgeoise, il a fait des études, avant d'intégrer en 1832 la brigade de police de Sûreté, grâce à l'appui du préfet de police Gisquet, qui était un grand ami de son père. Mais tout expérimenté qu'il soit, son chef ne procède-t-il pas à des conclusions un peu trop hâtives ? Refusant de se laisser distraire par ses propos catégoriques, Alexandre se rapproche du cadavre.

Le visage de la victime est déjà déformé par la putréfaction. Ses yeux, à moitié fermés, sont révulsés, et sa bouche entrouverte laisse voir un bout de langue noircie. Pourtant, les longs cheveux noirs étalés sur le lit et les courbes gracieuses de son corps laissent penser que c'était une belle femme. Le cœur d'Alexandre se serre. Une beauté saccagée… Comme Émilie. Treize ans après les faits, le souvenir du corps de sa pauvre sœur gisant, comme un tas de chiffons sales, sur le tas d'ordures où son assassin l'avait jetée, est toujours aussi vif. C'est Émilie, qui est étendue là, sous ses yeux. Une Émilie qui réclame la justice qu'il n'a jamais pu lui donner.

Maîtrisant avec peine son émotion, le jeune policier se penche pour examiner de plus près les traces violacées laissées par les doigts du tueur sur le cou de la victime. Un objet dur roule sous sa paume. Soulevant un coin d'oreiller, il découvre une lampe à huile maculée de sang et de cheveux.

— Il y a la trace d'un coup sur le côté de la tête, indique-t-il. Je pense que l'assassin l'a d'abord assommée avant de l'étrangler. Puis il est parti en refermant la porte à clé, afin de retarder la découverte du corps, et peut-être, des indices qui pourraient l'incriminer. Je pense que la mort remonte à samedi ou dimanche dernier. L'autopsie le confirmera.

— Sûrement, acquiesce tranquillement Dubon en tirant sur son trabucos. Comme il ne fait nul doute que nous gaspillerons un temps précieux à chercher l'auteur de ce crime. La plupart des habitants de ce quartier ont participé aux journées de Juin, et vivent de combines. Ils ne parleront jamais à la police ni à aucun représentant de l'ordre.

— Peut-on les en blâmer ? lâche Alexandre d'une voix sourde.

Sous l'influence des notables locaux, la grande majorité des électeurs qui avaient voté aux législatives d'avril 1848 avaient désigné des députés conservateurs. Très vite, ceux-ci étaient revenus sur bon nombre de progrès sociaux ; les ateliers nationaux, jugés trop coûteux, furent fermés, jetant de nouveau des milliers d'ouvriers dans la misère et la révolte. Les émeutes qui suivirent au mois de juin furent réprimées dans le sang. En quelques mois seulement, le rêve d'une république sociale s'était évanoui. Des milliers de Parisiens avaient été tués et la police avait procédé à plus de vingt mille arrestations. Alexandre repense non sans malaise à cette période sans gloire. Dubon, lui, avait accompli son travail sans broncher et le souvenir des brutalités commises ne semble guère le perturber.

— Vous et moi sommes des serviteurs de l'ordre, rappelle-t-il sèchement. Nous appliquons la loi, rien de plus. Je vais faire transporter le corps à la morgue. Nous verrons ce que nous pourrons en tirer. À mon avis, cela ne nous avancera pas à grand-chose.

Alexandre opine en silence. Dubon se montrerait-il plus concerné si la victime était un homme riche et puissant ? Certainement. Mais ce n'était qu'une femme, pauvre de surcroît, qui, à l'entendre, avait mérité son sort. Peu lui importait, au fond, pourquoi et par qui elle avait perdu la vie. *Pauvres femmes !* songe le policier avec tristesse. Oubliées de la Révolution, dont l'existence importe si peu…

Je trouverai ton assassin, se promet-il en considérant une dernière fois le corps meurtri de Fraisine Maillet. *Cela prendra peut-être du temps, mais je l'arrêterai.*

1

Mercredi 11 avril 1849

Julie n'a pas besoin de lever les yeux du présentoir d'ombrelles dont elle vérifie l'agencement pour savoir qu'il est 9 heures et que la *Belle Mercerie* va ouvrir. Les semelles de ses souliers crissant sur le tapis qui recouvre le sol, Edgar, le chef des hommes de service, se dirige vers l'entrée du magasin pour déverrouiller la large porte vitrée. Une poignée de silhouettes coquettement enchapeautées se découpe de l'autre côté. C'est ainsi chaque matin : soucieuses d'être les premières servies, des clientes poireautent sur le trottoir, en attendant l'ouverture du magasin. Ce sont rarement les plus agréables...

Réprimant un soupir, Julie se tourne vers le comptoir de passementerie qui jouxte le sien. Entourée d'une myriade de rubans et de dentelles multicolores, son amie Sidonie lui décoche un sourire encourageant.

— Ça passera vite ! souffle-t-elle.

— J'espère ! répond Julie sans conviction.

En regardant par les fenêtres qui donnent sur la rue de Sèvres, elle peut voir que la lumière est grise, le ciel bas : la pluie menace. D'ici peu, les gens vont se précipiter pour acheter un parapluie… et déverser sur elle leur mauvaise humeur. La présence de Sidonie l'aidera à supporter ces bassesses. Quand leur chef de rayon rôde dans les parages, un clin d'œil, un sourire leur suffit pour se soutenir l'une l'autre. Ce fourbe de Caron serait trop heureux de les surprendre en train de bavarder ! À la *Belle Mercerie*, la dissipation est un motif de renvoi. Or, Caron et leurs collègues ne les ont jamais acceptées parmi eux. Non seulement elles sont les seules femmes d'un magasin qui compte douze employés, mais elles ont été embauchées sur la recommandation de la maîtresse du directeur, une proche collaboratrice de Désirée Gay et Jeanne Deroin – les fondatrices de *L'Opinion des femmes*, ce journal subversif qui milite pour l'égalité des droits entre les sexes. Si Caron réussissait à les mettre à la porte, sa victoire risquerait d'être de courte durée. La direction s'empresserait sans doute de réembaucher des femmes. Julie sait que Sidonie et elle ne sont pas autant payées que leurs collègues masculins…

Les clientes commencent à entrer, la plupart seules, certaines au bras d'un mari – ou d'un amant. Mais ce n'est pas une femme qui se présente en premier devant Julie.

— Mademoiselle ! lance une voix joviale. Vous êtes ma sauveuse !

Un homme aux vêtements détrempés se précipite vers le comptoir des parapluies. Il est petit, porte un haut-de-forme dont le brun défraîchi contraste avec celui de son manteau flambant neuf. Son visage rond et imberbe, pourvu de gros yeux bleus et d'une fossette au menton ressemble à celui d'un bébé, alors qu'il doit avoir son âge – une vingtaine d'années.

— J'ai besoin d'un parapluie, lui dit-il. Le meilleur que vous ayez !

— Celui-ci ? propose la jeune vendeuse en décrochant un parapluie noir à manche d'acier. Il est grand et solide, mais il ne manque pas pour autant d'élégance. Regardez, dit-elle en repliant l'objet pour l'accrocher au creux de son coude, porté sur le bras, il vous donnera de l'allure.

— Je l'achète ! s'écrie le client. Vous le vendez si bien que j'aurais tout aussi bien pu prendre l'ombrelle à fleurs roses là-bas, si vous me l'aviez vantée.

— Monsieur aime plaisanter, fait remarquer Julie.

Le petit homme secoue la tête avec vigueur.

— Je ne plaisante pas, mademoiselle ! Vous êtes aussi plaisante à écouter qu'à regarder. Cela change de ces messieurs à la mine renfrognée qui servent habituellement dans ce genre de magasin, ajoute-t-il à voix basse en lorgnant vers Caron qui veille à l'entrée du rayon matelas, la mine austère et l'œil inquisiteur.

Julie ravale un éclat de rire. Si le chef de rayon l'entend, il la renverra aussitôt. D'ailleurs, ce client est peut-être payé par l'un des chefs, pour la piéger…

— Merci, monsieur, répond-elle simplement. Je suppose que vous comptez l'utiliser tout de suite, mais je peux vous proposer un étui.

— Ne vous fatiguez pas, mademoiselle…

Il traîne sur le mot, comme pour l'inviter à se présenter. Julie reste impassible. Ce n'est pas le premier client qui lui fait la cour. Les femmes suscitent toujours la convoitise, surtout quand elles sont jeunes et manifestement célibataires. Jusqu'ici, elle a toujours su éconduire les acheteurs les plus entreprenants, et cela ne changera pas aujourd'hui !

— Voici votre parapluie, monsieur, indique-t-elle d'un ton neutre. Je vous souhaite une bonne journée.

— Tant pis ! soupire le jeune homme. Je ne saurai pas votre nom. Mais je ne désespère pas de vous convaincre de me le donner… lors de ma prochaine visite. À très bientôt donc, jolie demoiselle ! lance-t-il pendant qu'il se dirige vers la caisse.

Julie se détourne en grimaçant. D'un coup d'œil circulaire, elle s'assure que Caron ne la surveille plus.

— J'espère que ton soupirant n'est pas comme celui-ci ! dit-elle à son amie qui pouffe silencieusement, les mains sur la bouche.

— Tu plaisantes ? se récrie Sidonie. Il n'a rien à voir avec ce blanc-bec !

— Peut-être qu'il cache son jeu. Tu connais les hommes comme moi, Sidonie. Ils ne nous respectent pas.

— Dieu merci, ils ne sont pas tous comme cela !

— Ce n'est pas mon avis ! Je croyais que tu étais d'accord avec moi : éviter les fréquentations masculines, c'est le seul moyen pour une femme de rester libre et heureuse.

Sidonie pousse un soupir agacé.

— Nous avons déjà discuté de tout cela, ma Julie…

— Et je ne te comprends toujours pas ! rétorque la jeune vendeuse d'un ton peiné.

Quinze jours auparavant, à la sortie de la *Belle Mercerie*, Sidonie lui avait tranquillement annoncé qu'elle avait rencontré un homme. Sidérée, Julie l'avait écoutée parler de cet individu charmant, qui l'emmenait au théâtre et au restaurant. Elle croyait si bien connaître son amie ! Blondes, dotées de grands yeux bleus, d'un nez et d'un visage allongés, elles étaient souvent prises pour des sœurs. Mais Sidonie est nettement plus attirante : ses traits sont fins, ses cheveux toujours disciplinés et de longs cils lui ombrent le regard. Alors que celle de Julie reste désespérément rauque, sa voix est féminine et harmonieuse. Nombreux sont les hommes qui lui tournent autour, au magasin, mais également à l'extérieur. De guerre lasse, a-t-elle fini par céder à l'un d'eux ? Comment une fille aussi sensée peut-elle se laisser abuser ? Julie avait tenté de la mettre en garde, mais Sidonie avait balayé ses paroles d'un revers de main. « Les hommes ne sont pas tous des brutes, avait-elle déclaré. Celui-ci m'en a donné la preuve ! »

— Toi aussi, ma Julie, affirme Sidonie. Tu finiras par trouver quelqu'un qui te rendra heureuse !

— Ça m'étonnerait ! grogne Julie.

Tout à sa nouvelle relation, son amie finira-t-elle par prendre ses distances ? Va-t-elle perdre la seule véritable confidente qu'elle n'ait jamais eue ? La jeune vendeuse s'efforce de chasser ses craintes en se concentrant sur l'emballage d'une ombrelle, le cadeau d'anniversaire d'une mère à sa fille. La cliente, une grosse dame affublée d'un chapeau à plumes d'autruche, surveille l'opération de près.

— Voilà quelque chose d'incroyable ! s'écrie-t-elle.

— Quoi donc, madame ?

— Vous n'avez pas entendu ? Une femme se présente aux élections législatives ! J'ignore si c'est la réalité ou une invention des journalistes pour vendre du papier, mais on aura tout vu !

La grosse dame s'empare de son paquet et s'éloigne en secouant la tête. Julie se tourne vers le comptoir de passementerie. Sidonie sert une cliente, mais elle devine, à son air concentré, que son amie n'a rien perdu de la conversation. D'un discret mouvement de tête, celle-ci désigne la porte ouverte du magasin. La pluie a cessé. Planté sur le trottoir, un crieur de journaux agite un exemplaire de la dernière édition du *Peuple* et s'époumone, assailli par une nuée de curieux :

— Une femme bientôt élue à l'Assemblée nationale ? Jeanne Deroin ose poser sa candidature !

2

Au moment de quitter le cabinet des esprits, la mère Dumet avise Léa, les larmes aux yeux.

— Merci, ma chère… merci ! balbutie-t-elle. Je suis si heureuse de savoir que mon pauvre Jacques est parti en paix !

Léa laisse la vieille femme en deuil lui prendre les mains et les serrer entre les siennes. Elle se réjouit d'avoir pu soulager les tourments de sa voisine. Son mari était décédé si soudainement ! Une nuit, dans son sommeil, son cœur avait cessé de battre. Il l'avait laissée seule, perdue, désemparée. Avait-il souffert ? Quelles étaient ses dernières volontés ? Léa avait proposé d'organiser une séance de spiritisme. Après plusieurs tentatives, elle avait réussi à entrer en contact avec le défunt. Enfin, la veuve éplorée avait obtenu les réponses à ses questions.

— Mon Jacques était généreux, poursuit la mère Dumet pendant que Léa la raccompagne dans le vestibule, mais je n'aurais pas osé donner ses effets aux miséreux sans son accord. Désormais, je sais ce qu'il me reste à faire.

Sentant le contact froid d'une pièce sur sa paume, Léa secoue la tête.

— Je n'accepte pas d'argent, madame Dumet.

— Alors, prenez-le pour votre petite Alice, réplique la vieille femme. Vous lui offrirez une poupée, la prochaine fois que vous la verrez.

— Si seulement j'ai encore cette chance…

— Vous l'aurez, et même deux fois plutôt qu'une ! Votre mari ne tardera pas à se rendre compte qu'un enfant a besoin de sa mère, et qu'il n'est pas bon de l'en tenir éloigné trop longtemps.

— Dieu vous entende, soupire Léa.

Une bourrasque humide s'engouffre dans le vestibule quand elle ouvre la porte d'entrée. Il a plu pendant la séance : les pavés de la rue des Marmousets sont luisants d'humidité. Une odeur de crottin frais et d'égouts empuantit l'air. La voie est déserte, à l'exception d'un dogue qui rôde le long du caniveau, la truffe au ras du sol. La mère Dumet arrange son chapeau sur la tête.

— Vous avez vu cette affiche, en face de la fruiterie du père Constant ? demande-t-elle en sortant.

— Quelle affiche ?

— Celle de cette femme qui se présente aux élections législatives du 13 mai, une certaine Jeanne… Derin ou Derouin. Je ne crois pas qu'elle soit autorisée à poser sa candidature ! Mais elle estime devoir le faire, en arguant que le principe d'égalité restera vain tant que les hommes et les femmes n'auront pas les mêmes droits.

— C'est certain, murmure Léa.

La mère Dumet lui presse affectueusement l'épaule.

— Courage, ma chère !

Appuyée au chambranle, Léa regarde sa voisine s'éloigner en trottinant dans la rue. Ses paroles pleines de bonté ont réveillé la douleur qu'elle s'efforce d'oublier chaque jour, en apportant son aide à autrui. La mère Dumet est l'une de ses rares fréquentations à ne pas lui avoir tourné le dos quand la rumeur s'est répandue, peu après le Nouvel An : Charles Caron, futur directeur adjoint de la *Belle Mercerie*, a obtenu de la justice le droit de se séparer de son épouse adultère, mais également de conserver la garde de leur fille de treize mois, afin de la soustraire à l'influence de cette mère indigne.

C'était un peu vite oublier que le père était tout aussi indigne. Léa se savait trompée depuis longtemps. Dès leur nuit de noces, trois longues années auparavant, elle avait compris que Charles fréquentait d'autres femmes. Elle n'avait que 20 ans et se berçait d'illusions sur le mariage. Il lui avait fallu du temps pour comprendre que son mari était seulement intéressé par son héritage, bien plus pour surmonter l'humiliation et trouver le courage de suivre son cœur, elle aussi. Mais tout était différent lorsque c'était une femme qui commettait l'adultère… Comme le soulignait cette Jeanne Deroin qui se présentait aux élections, les hommes s'arrogeaient tous les droits, alors que les femmes n'en avaient aucun.

Sa prétendue faute avait servi d'excuse à Charles pour la faire souffrir encore davantage. Depuis le début de l'année, Léa n'avait été autorisée à voir sa fille que deux fois, et toujours en présence de ses beaux-parents qui en avaient la garde pendant que Charles traînait ses guêtres dans les petites maisons* de Paris. Le cœur de la jeune femme se serre à la pensée des bouclettes couleur de miel, des grands yeux gris, et des petites mains qui se glissaient dans les siennes. *Alice n'est encore qu'un bébé*, songe-t-elle. *Bientôt, elle m'oubliera. Elle grandira, persuadée que sa mère était une affreuse sorcière. Et ensuite, que deviendra-t-elle ? Ma chère petite Alice…*

---

* Lieux de rendez-vous galants.

Les larmes brouillent la vue de Léa. Soudain, elle se rend compte qu'elle a froid. Emportée par ses pensées, elle en a oublié la porte ouverte, le vent et la bruine. La mère Dumet a disparu dans un coude de la rue, mais le son de sa voix lui parvient encore.

— Mais qu'est-ce qu'il me veut ce chien ? Va-t'en, sale bête ! Va-t'en ou je m'en vais te donner du bâton !

— Non, attendez !

Léa jette un châle sur ses épaules et se rue à l'extérieur. Elle a vite fait de retrouver sa voisine aux prises avec le dogue errant. Celui-ci l'a suivie jusqu'au bout de la rue et aboie à présent comme un fou en tournant autour d'elle.

— Ne craignez rien, madame Dumet, intervient Léa. C'est Annibal, le chien des ouvriers qui logent dans la remise du fruitier Constant. Il n'est pas méchant. Viens, Annibal ! Viens avec moi !

Entendant son nom, le chien cesse de japper et se tourne vers la jeune femme.

— Viens, répète Léa. Allons retrouver tes maîtres.

Après un instant d'hésitation, le dogue abandonne la mère Dumet et s'approche de Léa.

— Faites quand même attention, ma chère, lui recommande sa voisine. Il a l'air bizarre, ce chien !

— La faim, sans doute. Ses maîtres ont déjà du mal à se nourrir eux-mêmes…

Léa rebrousse chemin vers sa maison, suivie à bonne distance par Annibal, qui a recommencé à fureter à droite et à gauche, la queue basse. Arrivée devant une porte, à l'angle de la boutique du fruitier, la jeune femme frappe trois coups.

— Blaise, Nicolas ! appelle-t-elle.

— C'est inutile, madame Caron, annonce une voix dans son dos.

Constant, le fruitier, se tient sur le seuil de sa boutique. C'est un petit homme replet à la mine joviale, toujours vêtu d'une large blouse bleue.

— J'ai toqué plusieurs fois ces trois derniers jours, mais personne n'a répondu, explique-t-il en clignant des yeux dans la bruine. Je pense qu'ils ont trouvé un travail sur un chantier à l'extérieur de Paris, comme en février.

— Ils seraient partis sans leur chien ? s'étonne Léa. Annibal les suit partout, d'habitude !

— Peut-être qu'on ne leur a pas permis de l'emmener, cette fois-ci.

— Ils auraient pu vous prévenir, tout de même !

— Bah ! vous savez comme moi qu'ils ne sont guère causants. Je nourris le chien quand je le vois. Il me fait de la peine à tourner en rond comme ça…

Depuis l'arrivée de Constant, le dogue va et vient devant la porte, reniflant le seuil, grattant le bois écaillé du bout des griffes. Soudain, il lève le museau et, les oreilles baissées, émet un long hululement, rauque et déchirant.

— Que lui arrive-t-il ? s'exclame Léa.

— Il hurle à la mort, grommelle Constant. Vas-tu te taire, Annibal ? Tu vas ameuter tout le quartier !

Léa frissonne. Un chien criait de la même manière, non loin de là, cinq siècles plus tôt. Le chien d'un jeune homme, qu'un ignoble pâtissier était en train de découper pour fabriquer les délicieux pâtés à la viande qui faisaient la renommée de son commerce. Le père Constant pense-t-il, lui aussi, au terrible fait divers qui a forgé la légende de leur rue ?

— Vous n'imaginez tout de même pas que… commence-t-il d'une voix hésitante.

— Nous devrions entrer dans la remise, monsieur Constant, déclare Léa d'une voix pressante. Blaise et Nicolas sont peut-être souffrants…

— Le choléra, vous croyez ? s'alarme le fruitier. Ce fléau fait chaque jour de nouvelles victimes !

— Cela, ou autre chose… Ils auraient sûrement besoin d'aide.

— Bon Dieu ! Vous avez raison.

Les hurlements d'Annibal reprenant de plus belle, le père Constant rentre dans sa boutique. L'instant d'après, il revient avec une grosse clé en fer.

— J'espère que vous vous trompez, madame Caron, dit-il, un soupçon de tremblement dans la voix.

— Je l'espère aussi, souffle Léa.

Écartant Annibal d'une main, Constant glisse la clé dans la serrure.

— Ça alors ! s'écrie-t-il. C'est ouvert !

La porte pivote lentement sur ses gonds. Au même moment, une effroyable odeur saute aux narines de Léa. Constant laisse échapper un juron.

Le rectangle de lumière défini par l'ouverture de la porte révèle une pièce en désordre : une table renversée, des chaises cassées, des bouteilles et des couverts brisés. Les contours d'un corps humain se découpent sur le sol de terre battue. Le corps d'un homme, couvert de dizaines de blessures, qui baigne dans une mare de sang. Annibal se précipite en couinant vers la dépouille sanguinolente. Alors, ce qui devait être la main droite de l'individu se détache du sol et s'agite faiblement vers Léa et Constant, tandis qu'un infâme gargouillis monte de sa gorge :

— À moi !

3

Jeudi 12 avril 1849

— Où est passée mademoiselle Lhortie ?

Julie tressaille. Degas, le chef du rayon draps de la *Belle Mercerie*, a surgi devant les présentoirs de parapluies, la tirant des sombres réflexions qui l'occupent depuis une heure – depuis qu'elle a constaté l'absence de Sidonie.

— J'ignore où se trouve ma camarade, monsieur, répond-elle. Et ça m'inquiète…

— Un retard ou une absence injustifiés peuvent valoir un renvoi, mademoiselle Paupelier, assène Degas, impassible.

— Je le sais, monsieur, rétorque Julie du bout des lèvres.

Sidonie le sait également. Alors pourquoi ne se montre-t-elle pas ? Pourquoi n'a-t-elle pas envoyé quelqu'un pour l'excuser auprès de la direction ? S'imagine-t-elle pouvoir facilement trouver un emploi ailleurs ? Les journées de travail à la *Belle Mercerie* sont longues et harassantes, mais sans commune mesure avec les conditions imposées aux ouvrières dans les manufactures ou les usines.

Degas continue de toiser Julie de son regard de glace.

— Aujourd'hui, je remplace M. Caron dans la supervision de votre travail, annonce-t-il sèchement. Je vous confie le rayon passementerie, mademoiselle. Avec le sourire, s'il vous plaît. Je vous ai à l'œil.

Sans attendre de réponse, il s'éloigne d'un pas affairé. Julie réprime un mouvement d'humeur. Deux rayons à gérer au lieu d'un, comment s'en sortira-t-elle s'il y a foule ?

— Sidonie, où es-tu donc ? gémit-elle.

Chaque matin, son amie et elle se retrouvaient au carrefour de la Croix-Rouge, pour parcourir ensemble les deux cents derniers mètres qui les séparaient de la *Belle Mercerie*. À 7 h 30, comme chaque jour, Julie était au rendez-vous, à l'angle de la rue du Four et de celle du Vieux-Colombier. Elle piétinait d'impatience d'échanger ses impressions sur la campagne de Jeanne Deroin. La veille, elle avait songé à se rendre chez Désirée Gay, leur bienfaitrice, pour la questionner à ce sujet. Mais la fatigue de la journée avait eu raison de son projet. Elle ne connaissait pas bien Jeanne, ne la croisant que lorsqu'elle rencontrait Désirée au siège éditorial de *L'Opinion des femmes*. Qu'est-ce qui avait poussé cette femme à se lancer en politique, un domaine qui, de tout temps, était l'apanage des hommes ? Avait-elle des chances de réussir ? Julie l'espérait de tout cœur. Tout ce qui pouvait contrarier la domination masculine la mettait en joie. En attendant Sidonie, elle avait acheté le *Siècle* à un crieur, mais la lecture du dernier article consacré à l'audacieuse candidate ne lui avait pas appris grand-chose, sinon que Jeanne Deroin avait pris la parole lors des dernières réunions de campagne, aux côtés des démocrates socialistes, au nom de l'« universalité vraie ». Le ton du billet était ouvertement moqueur. Julie avait fini par refermer le journal, irritée. Un quart d'heure s'était écoulé, sans trace de Sidonie. Désemparée et inquiète, elle avait encore attendu cinq minutes, puis elle était partie pour ne pas se mettre en retard. Au magasin, le cagibi poussiéreux qui leur servait de vestiaire était vide. Désormais, le magasin va ouvrir d'une minute à l'autre et Sidonie n'a toujours pas paru.

Sourires de circonstance, gestes automatiques, Julie virevolte entre les rayons, démontrant la solidité et la grâce d'un parapluie pour dames, avant de passer au comptoir voisin, pour découper et enrouler des mètres de ruban. À travers les fenêtres qui donnent sur la rue de Sèvres, elle voit passer un corbillard suivi d'une poignée de personnes endeuillées pressant un mouchoir sur leur bouche. Le choléra. Un frisson lui traverse l'échine. Apparue le mois précédent, la maladie s'était répandue comme une traînée de poudre dans la capitale. On commençait à redouter une répétition de l'épidémie de 1832, qui avait causé la mort de dix-huit mille Parisiens. Sidonie serait-elle alitée ? Dans ce cas, elle aurait fait prévenir la direction du magasin ; et elle, sa meilleure amie ! Serait-elle souffrante au point de ne pouvoir parler ? Non, c'est impossible. La veille encore, Sidonie se portait comme un charme !

— Qu'est-ce qui vous vaut une mine si chagrine, aujourd'hui, mademoiselle ? s'enquiert une voix bienveillante.

Julie lève les yeux. Un homme vêtu d'un manteau brun à la dernière mode est accoudé au comptoir des parapluies, un haut-de-forme décoloré posé devant lui, une cascade de mèches blondes ondulant autour de son visage avenant. Une sensation déplaisante l'envahit quand elle reconnaît le client qui lui a fait la cour, la veille.

— J'avais dit que je repasserais vous voir pour vous donner des nouvelles de mon nouveau parapluie, déclare-t-il en souriant.

— En effet, admet Julie.

Elle le considère avec circonspection. Il est rare que ce genre d'homme tienne parole – à son grand soulagement – tant ils papillonnent d'une femme à l'autre. A-t-il vraiment jeté son dévolu sur elle ? Il est jeune et loin d'être désagréable à regarder, mais elle ne doit pas pour autant baisser la garde.

— Votre parapluie est-il à votre goût, monsieur ? demande-t-elle d'un ton neutre.

— Il me donne entière satisfaction. Vous m'avez vendu un très bon parapluie, mademoiselle Julie.

Cette fois, la jeune femme ne peut cacher sa surprise.

— Comment connaissez-vous mon nom ? s'écrie-t-elle. Je ne me rappelle pas…

— Non, vous ne me l'avez pas dit, confirme l'autre avec un sourire malicieux. Je me suis donc arrangé pour l'apprendre autrement.

Autrement… Sans doute en soudoyant l'un des vendeurs de la *Belle Mercerie*, à la sortie du magasin. Julie se raidit. Quoi d'autre a-t-on bien pu raconter sur elle contre un peu d'argent ? Qu'elle est une fille facile et qu'il ne faut pas hésiter à tenter sa chance ? Sans doute, car dans le cas contraire, il ne serait pas revenu… À moins que les obstacles ne le stimulent.

— Moi, je m'appelle Gustave Petitjean, poursuit le jeune homme. J'habite rue du Plâtre, dans le Marais.

Ce n'est pas tout près d'ici, vous voyez… Je suis venu spécialement pour vous !

— Avez-vous besoin d'un autre parapluie, monsieur Petitjean ? demande froidement Julie.

— Pas pour le moment, je vous remercie.

— Dans ce cas…

Julie balaie le magasin d'un regard plein d'espoir. Par malheur, il n'y a aucun client en vue pour le rayon parapluies. Quant à Degas, il est invisible – pour une fois qu'elle aurait besoin de lui… Gustave Petitjean émet un petit rire amusé.

— Vous ne vous débarrasserez pas de moi comme cela, mademoiselle ! Je vois bien que quelque chose vous tourmente, je l'ai remarqué dès notre première rencontre, et c'est aussi pour cela que je suis revenu. (Il plonge la main dans le revers de son manteau et en sort deux rectangles de papier.) Voici deux billets pour le théâtre des Funambules. Est-ce qu'un spectacle vous redonnerait le sourire ?

— Qu… quoi ? bégaie Julie.

— Accepteriez-vous de m'accompagner au théâtre, samedi prochain ?

— Vous n'êtes pas sérieux ?

Sans se départir de son sourire, Gustave Petitjean hoche vigoureusement la tête.

— Mais si, mademoiselle ! Tout à fait sérieux.

Julie jette un nouveau coup d'œil alentour. Cette fois, elle croise le regard d'Edgar, l'homme à tout faire, qui poireaute devant l'entrée du magasin en attendant l'arrivée d'un client à qui ouvrir la porte. Intrigué par ce supposé acheteur qui ne s'intéresse à aucun parapluie, l'employé ne perd pas une miette de la scène. Peut-être est-ce lui qui a révélé son prénom contre un petit pourboire… Julie lui décoche une œillade assassine avant de diriger ses foudres vers Gustave Petitjean :

— Vous pensez que je pourrais accompagner un parfait inconnu au théâtre, ou n'importe où ailleurs ? gronde-t-elle à voix basse. Vous faites une grossière erreur, monsieur !

— Mais je ne vous connais pas non plus, mademoiselle ! se défend le jeune homme. Ce sera l'occasion de faire plus ample connaissance, qu'en dites-vous ?

— Je ne crois pas !

— Attendez.

Gustave Petitjean rempoche ses billets et sort un carnet de moleskine jaune et un crayon. Il griffonne quelques mots sur une page, l'arrache et la dépose sur le comptoir.

— Voici mon adresse, indique-t-il. Réfléchissez et faites-moi savoir votre réponse avant samedi.

Sans attendre la réaction de Julie, il coiffe son haut-de-forme et s'éloigne vers la sortie. Sa voix, légère et pleine d'assurance, sonne comme un défi :

— Au revoir, mademoiselle Julie !

Il ouvrit les yeux avec une apaisante sensation de sérénité retrouvée. Filtrée par les rideaux tirés, la lumière du jour diffusait une douce lueur dans la chambre. Il comprit aussitôt qu'il faisait beau. Pendant qu'il dormait, la pluie avait cessé, le vent chassé les nuages et laissé place au soleil ; un peu comme le sommeil avait dissipé ses angoisses. Il avait bien fait de prétexter un impératif personnel pour annuler ses rendez-vous et rejoindre sa garçonnière après le déjeuner. À son réveil, tôt le matin, il ne se sentait déjà pas très bien. La peur, le doute, la certitude d'être épié n'avaient cessé de se renforcer au fil des heures. Il avait forcément commis une erreur. Ou négligé un détail. On finirait par le démasquer. Ce n'était peut-être qu'une question de minutes... Il avait bien fait de partir avant de perdre tout contrôle. Il se serait trahi.

Ces dernières semaines avaient été remplies d'émotions intenses. Il avait besoin de repos ; sa longue sieste lui avait remis les idées en place. Morse le lui avait affirmé : qu'il assure ou non sa protection, les chances qu'on le soupçonne étaient infimes, tout bonnement parce qu'il était insoupçonnable.

Satisfait, il se leva lentement et s'approcha de la fenêtre pour soulever un coin du rideau. L'après-midi était bien entamée ; peut-être même touchait-elle à sa fin. Il y avait du monde dans la rue, deux étages plus bas. Les cris des cochers marrons et des revendeurs à la petite semaine, les aboiements des chiens et les caquètements de la volaille qui se promenait en liberté dans la rue emplissaient les oreilles. Le Marais était bruyant, sale, populeux. Il détestait ce quartier, mais c'était pour toutes ces raisons qu'il y avait élu domicile. Il était facile de se fondre dans la masse.*

Il contempla les allées et venues des passants, jusqu'à ce que son regard tombe sur un petit chapeau bleu à rubans. Aussitôt, il n'y eut plus rien d'autre dans la rue. C'était comme si ses yeux avaient été aimantés par ce chapeau, et par la femme à qui il appartenait : jeune, blonde, mince, la taille bien tournée. Soudain, le désir qu'il connaissait si bien s'empara de lui ; une attirance irrépressible, l'instinct du chasseur pour la proie.

L'inconnue s'arrêta devant la droguerie qui faisait face à la garçonnière. Après avoir contemplé la vitrine, elle poussa la porte de la boutique et entra. Sans réfléchir, il rafla son manteau et son chapeau et se précipita hors de la chambre.

Il voulait cette femme, et il l'aurait.

---

* Qui exercent illégalement ou dans des conditions irrégulières.

4

Vendredi 13 avril 1849

Un crépuscule gris et pluvieux tombe sur Paris quand Julie se présente au 4, rue de Miromesnil. La jeune vendeuse toque deux fois à la porte, qui ne tarde pas à s'ouvrir sur une petite femme d'une quarantaine d'années coiffée d'un bonnet à dentelles.

— Bonsoir, madame Gay, dit Julie. Excusez mon retard… Sidonie n'est pas là ?

— Non, répond la petite femme.

Sans remarquer le désarroi de la visiteuse, elle tend les mains pour l'attirer à l'intérieur.

— Entre donc, mon enfant !

Deux baisers sonores claquent sur ses joues et Julie oublie momentanément ses soucis. Une mère aimante n'accueillerait pas sa fille autrement. Mais Désirée n'est-elle pas devenue un peu sa mère ? Quand elle avait débarqué à Paris par une froide journée d'hiver, sans argent ni bagages, c'est elle qui l'avait logée, qui l'avait embauchée dans l'atelier de couture pour femmes dont elle avait la charge, puis qui s'était arrangée pour lui retrouver du travail à la fermeture de celui-ci. C'est à elle qu'elle doit sa dignité.

Julie pénètre dans une vaste pièce aux murs défraîchis : le bureau du journal *L'Opinion des femmes*. Trois rédactrices discutent avec animation autour d'une table recouverte de livres, de journaux et de papiers. La jeune vendeuse salue à la cantonade. Sans les fréquenter, elle a fini par les connaître : Hortense Wild, tout d'abord, une dame aisée et très cultivée, qui signe ses articles sous le pseudonyme d'Henriette, Jenny d'Héricourt, ancienne présidente du club d'Émancipation des femmes, plus connue des lecteurs du journal sous le nom de Jeanne-Marie, et Claire, la meilleure plume du journal – selon Désirée.

— Nous avons fort à faire pour préparer l'édition du mois de mai, annonce la féministe, tout sourire. Je suppose que tu as appris la nouvelle, ma chère enfant ?

— Hier, par un crieur de journaux, confirme Julie. J'ai vu des affiches placardées un peu partout dans les rues.

Dont la plupart à moitié déchirées, se retient-elle d'ajouter. Sa protectrice doit s'en douter.

— Madame Deroin peut-elle vraiment se présenter aux élections législatives ? demande-t-elle.

— Aucune loi n'interdit de fait l'éligibilité des femmes, précise Désirée. Donc, ses seuls ennemis sont les préjugés. Mais nous avons déjà remporté une grande victoire !

— Laquelle ?

— Les hommes ont peur.

Désirée s'empare d'un journal posé sur la table. C'est l'édition du *Peuple* de la veille.

— « Un fait très grave, et sur lequel il nous est impossible de garder le silence, s'est passé à un récent banquet socialiste, lit-elle à haute voix. Une femme a sérieusement posé sa candidature à l'Assemblée nationale. Nous ne pouvons laisser passer, sans protester énergiquement, au nom de la morale publique et de la justice elle-même, de semblables prétentions et de pareils principes. Il importe que le socialisme n'en accepte pas la solidarité. L'égalité politique des deux sexes, c'est-à-dire l'assimilation de la femme à l'homme dans les fonctions publiques est l'un des sophismes que repousse non point seulement la logique mais encore la conscience humaine et la nature des choses. »

— Qui donc s'oppose ainsi à Mme Deroin ? s'exclame Julie.

— Monsieur Proudhon, bien sûr !

Des rires sarcastiques s'élèvent parmi les femmes présentes. Julie se joint à elles. Il ne s'écoule pas une semaine sans qu'elle entende parler de Pierre-Joseph Proudhon. Désirée Gay ne décolère pas contre ce député socialiste qui affirme que les femmes ne peuvent être que ménagères ou courtisanes ; en bref, réduites à servir les hommes dans tous les domaines. Pour un homme qui se targue de défendre l'application des droits humains présentés comme universels, une telle position vis-à-vis de la place des femmes est quelque peu contradictoire !

— Monsieur Proudhon a bien compris la menace que la candidature de Jeanne représente pour la domination masculine, fait remarquer Hortense Wild. Il n'appellerait pas ses lecteurs à se prononcer contre elle s'il ne craignait qu'elle puisse réussir !

— Le peut-elle ? demande Julie, pleine d'espoir.

— Nous commençons à le croire, répond Désirée. On la reçoit partout avec bienveillance, n'en déplaise à M. Proudhon ! En ce moment, elle discourt à la réunion électorale du 1er arrondissement. Prends donc un siège, dit-elle à Julie. Je vais te faire un grog. Tu as l'air épuisée. On te mène toujours la vie dure au magasin ?

— Pas plus que d'habitude.

La jeune femme choisit un vieux fauteuil défoncé, près de la table. Pendant ce temps, Désirée Gay retire une casserole d'un petit fourneau installé dans un coin de la pièce. Julie la regarde verser un peu d'eau bouillante dans une tasse et y mélanger une grande giclée de rhum. Soudain, les tourments de la journée reviennent l'accabler, comme si un coup de massue s'abattait sur son crâne. Un voile noir lui passe devant les yeux.

— Sidonie a disparu, annonce-t-elle.

Désirée Gay la considère avec stupéfaction.

— Sidonie, disparue ? s'écrie-t-elle. Comment ça ?

— Je ne sais pas.

Julie prend la tasse et aspire une gorgée de grog. Le liquide bouillant lui enflamme la bouche. L'instant d'après, la chaleur se répand dans ses veines et sa lucidité lui revient. Lentement, elle commence le récit des vingt-quatre dernières heures. La journée du jeudi s'était achevée sans nouvelles de Sidonie. Ce matin, à son arrivée à la *Belle Mercerie*, son amie était toujours absente. Degas, furieux, avait indiqué à Julie que sa collègue était renvoyée. Comme la veille, la jeune femme avait dû s'occuper du rayon des parapluies. Le soir venu, épuisée, elle avait pris un fiacre pour rejoindre le Marais. Son amie louait une chambre au dernier étage d'une maison de la rue des Rosiers. Elle avait eu beau frapper à sa porte, personne n'avait répondu. La voisine de palier n'avait pas croisé Sidonie depuis le mercredi matin, quand elle avait quitté son logement pour se rendre au travail. Julie avait patienté une bonne heure, assise sur les marches d'escalier. Puis, inquiète et découragée, elle s'était résignée à partir. Sous la pluie, elle avait rejoint la rue de Miromesnil, avec le mince espoir d'y retrouver Sidonie. Mais Sidonie n'était pas là, encore une fois.

— J'ai remarqué quelque chose d'étrange, dit Julie. Caron, notre chef de rayon, est absent depuis hier, lui aussi, et je n'ai pas réussi à savoir pourquoi.

— Charles Caron ? lance Désirée. Le gendre de l'ancien directeur du magasin ? On raconte qu'il s'est séparé de sa femme. Il la trompait depuis des années d'une manière éhontée, mais il n'a pas supporté qu'elle lui rende la pareille ! fait-elle remarquer d'un ton mordant.

— C'est pour ça que j'ai pensé…

— Tu crois que Sidonie se serait enfuie avec Caron ? s'écrie Désirée.

— Pourquoi pas ?

Toute la journée, tandis que Julie circulait d'un rayon à l'autre, son esprit galopait. Et si son amie était partie avec son amoureux ? Caron avait beau vouloir les mettre à la porte toutes les deux, cela ne l'empêchait pas de lorgner sur Sidonie. D'ailleurs, il l'avait complimentée à plusieurs reprises sur sa toilette, ces dernières semaines. Sa collègue se serait-elle laissé séduire ? Son mystérieux soupirant pouvait-il être son chef ? Si c'était le cas, Julie n'avait rien vu, rien soupçonné.

L'effet réconfortant du grog s'est dissipé. L'angoisse revient lui tordre les tripes.

— Quoi qu'elle ait fait, où qu'elle se trouve, je ne comprends pas que Sidonie ait négligé de me prévenir ! articule-t-elle. Vous savez comme nous sommes proches, madame Gay !

— Naturellement, ma fille.

À son tour, Désirée Gay approche un fauteuil et s'assoit près de sa protégée. Soudain, Julie se rend compte que le silence s'est fait dans la pièce. À l'écoute de son récit, les rédactrices ont interrompu leur travail. Toutes connaissent Sidonie, l'autre protégée de Désirée. La militante féministe prend une profonde inspiration.

— Ne t'alarme pas, mon enfant, commence-t-elle d'un ton embarrassé. Mais ce que tu me racontes ne m'inspire rien de bon. Je pense… (Désirée soupire et pose la main sur celle de Julie.) Je pense que tu devrais aller à la police pour signaler la disparition de Sidonie.

5

Assise sur le tapis du salon, Léa regarde sa fille jouer avec une boîte à musique. Le couvercle incrusté de perles jette des éclats multicolores dans la pièce. Pendant que le bébé les contemple, fasciné, Léa improvise une comptine sur la joyeuse mélodie qui s'échappe du jouet. Elle est heureuse. Enfin, Charles a consenti à répondre à sa demande. Tout à l'heure, la grand-mère et la nourrice d'Alice se sont présentées avec l'enfant. Une visite d'une heure, sous surveillance. Mais quel bonheur !

Il fait doux en cet après-midi de printemps... Tout en continuant à chanter, la jeune femme s'allonge à côté de sa fille et ferme les yeux. Un instant. Quand elle les rouvre, le salon est plongé dans l'ombre. Alice a disparu, la boîte à musique gît sur le tapis, brisée, ses perles éparpillées. Comment a-t-elle pu s'endormir ? Comment sa belle-mère a-t-elle pu partir sans la réveiller pour qu'elle puisse embrasser son enfant ? Léa veut crier, mais le nom de sa fille s'étrangle dans sa gorge. Là-bas, dans un angle de la pièce, une forme humaine remue et geint.

— Blaise !

Léa se redresse en sueur. Elle est assise dans sa bergère, près de la cheminée du salon, et son cœur cogne à coups redoublés. Un rayon de soleil couchant éclaire le coin de la pièce où elle a cru voir la dépouille sanglante…

— Madame ?

Léa se retourne dans un sursaut. Antoinette, sa bonne, se tient à l'entrée du salon.

— Des messieurs de la police sont là, annonce-t-elle. Ils veulent vous parler.

— Faites-les entrer.

Léa se lève, vérifie rapidement sa tenue dans le grand miroir qui surplombe la cheminée. Ses cheveux noirs, séparés par une raie et coiffés en longs bandeaux lisses, lui allongent le visage et accentuent la pâleur de son teint ; ses yeux gris reflètent encore l'horreur de son cauchemar. Rapidement, elle se pince les joues pour leur donner un peu de couleur et s'efforce de chasser l'atroce image de son esprit. Déjà, la porte s'ouvre et deux messieurs en manteaux et hauts-de-forme noirs font leur entrée. Le premier, la quarantaine, est grand, moustachu et bedonnant. Le second, nettement plus jeune, a un visage de félin, avec des yeux en amande et une petite bouche ferme soulignée par un collier de barbe.

— Madame Caron, commence le moustachu avec assurance. Je suis l'inspecteur principal Dubon, de la Sûreté générale, et voici mon adjoint, l'inspecteur Delage. Nous enquêtons sur la mort de votre voisin.

— J'ai déjà dit tout ce que je savais aux policiers qui m'ont interrogée hier, fait remarquer Léa.

— Ce sera à nous d'en juger, décrète Dubon. Désormais, c'est la Sûreté générale qui traite cette affaire.

Son attitude n'a rien d'amical. La manière dont il l'a toisée, au moment de pénétrer dans le salon, ne lui a pas échappé. Il la tenait déjà en piètre estime, mais quelque chose, dans sa tenue, lui a profondément déplu. Sans doute s'attendait-il à rencontrer une femme exposant sa fortune à travers des cascades de bijoux, de dentelles et de postiches. Or, elle porte une robe en soie bleu nuit dépourvue d'ornement, à l'exception du col brodé, et un petit bonnet à rubans. Soit elle lui a ôté un motif de la haïr, et cela le contrarie, soit il prend sa simplicité pour de la fausse modestie. Dans tous les cas, il ne l'aime pas. La tiendrait-il pour suspecte dans la mort de Blaise ?

— Je vous en prie, asseyez-vous, propose Léa, en s'efforçant de calmer son inquiétude.

L'inspecteur Delage se tourne vers un fauteuil, mais la voix cassante de son supérieur résonne de nouveau :

— Nous resterons debout, merci.

Le jeune policier s'immobilise derrière la méridienne. Léa croise son regard, mais il détourne la tête. Dubon fait lentement le tour de la pièce, en examinant les lampes et les tableaux, jusqu'à ce qu'il s'arrête devant une console en marbre.

— La victime est bien Blaise Murat, confirme-t-il soudain. L'homme a été formellement identifié par l'une de ses anciennes compagnes, grâce à une tache de naissance à la cuisse. L'autopsie et l'observation de la scène de crime nous ont permis de déduire que Blaise s'est battu contre un mystérieux agresseur il y a trois jours, tout au plus. Il est tombé, s'est fracturé le crâne et n'a jamais réussi à se relever. On suppose qu'il était la plupart du temps inconscient, ou trop faible pour parler, c'est pour cela qu'on ne l'a pas entendu appeler à l'aide. Les rats l'ont attaqué alors qu'il était encore vivant. Son corps présentait pas moins de deux cent vingt-cinq blessures. Il a subi l'une des pires tortures qu'on puisse imaginer…

— C'est horrible ! s'écrie Léa. Êtes-vous sûr de ce

que vous dites ? Je croyais que les rats ne s'en prenaient qu'aux cadavres et que…

— Monsieur Murat était incapable de se défendre, l'interrompt Dubon. C'était une proie facile.

— Si seulement nous avions eu l'idée d'entrer plus tôt ! murmure Léa.

Depuis la veille, elle ne cesse de revivre cette scène. Son entrée dans la remise du père Constant, les gémissements de Blaise… Horrifié, le fruitier était parti en courant chercher le médecin qui exerçait au bout de la rue. À l'arrivée du praticien, le malheureux avait cessé de respirer. Il s'en était fallu de quelques minutes, et on aurait peut-être pu le sauver.

Un léger coup frappé à la porte tire Léa de ses lugubres pensées. Un agent de police apparaît. L'inspecteur Delage le rejoint. Ils parlent un instant à voix basse, puis la porte se referme. Delage reprend sa place derrière la méridienne en adressant un léger signe de tête à son collègue. Dubon ne laisse transparaître aucune émotion. Il se tourne vers Léa, plongeant ses yeux globuleux dans les siens.

— Des témoins affirment avoir vu Nicolas Chagnard quitter les lieux du crime lundi soir, vers 19 heures, déclare-t-il. Il se dirigeait vers le Marais. Depuis, nous avons perdu sa trace.

— Vous avez dit Chagnard ? s'étonne Léa. Nicolas serait-il de la famille de l'entrepreneur en chemins de fer ?

— Ils sont cousins, explique Dubon. Nicolas est le vilain petit canard de la famille, celui qui a craché sur l'héritage familial. Il s'est mis en tête de devenir artiste peintre, mais le succès n'a pas été au rendez-vous et il a sombré dans la misère. Cela faisait deux ans qu'il survivait dans la rue. Vous l'ignoriez ?

— Blaise et Nicolas s'étaient présentés sous leurs seuls prénoms. Je n'ai pas l'habitude de poser des questions, aussi ne les connaissais-je guère.

— Étrange pour une voyante.

Léa tressaille. Le regard hostile de Dubon est fixé sur elle.

— Je ne *devine* pas les noms des gens, monsieur, rétorque-t-elle froidement.

— Vous êtes bien voyante ? demande l'inspecteur, un sourcil levé.

— Oui. Mais je ne vois pas ce genre de choses. Ce sont plutôt des éléments du passé, du présent ou de l'avenir qui me sont révélés, quand je suis en contact avec les gens…

— Vous n'avez jamais été en contact avec la victime ou son compère, madame Caron ? s'enquiert Dubon, en insistant désagréablement sur le mot « contact ».

— Non.

— Pourtant, plusieurs témoins affirment que vous étiez proches d'eux.

— Cela fait un peu plus d'un an qu'ils louaient la remise du père Constant, alors je les croisais presque tous les jours. Nous échangions quelques mots, parfois je leur faisais porter un repas par ma bonne, et je gardais les restes de viande pour le chien.

L'inspecteur s'est accoudé à la cheminée et a dégainé une boîte de trabucos d'une poche intérieure de son manteau.

— Ces hommes vous tenaient en grande estime, lâche-t-il d'une voix anodine en allumant un cigare. Se pourrait-il que l'un d'eux vous ait poursuivie de ses assiduités ? Et que vous ayez cédé ?

— Je n'ai jamais eu de liaison avec ces garçons ! se récrie Léa.

— En êtes-vous certaine ? Cela expliquerait bien des choses, si vous voulez mon avis.

Léa dévisage l'inspecteur, effarée.

— Êtes-vous en train de m'accuser d'avoir tué ce pauvre Blaise ? articule-t-elle.

Pour la première fois, l'inspecteur se fend d'un sourire. Mais c'est un sourire ironique. Détestable.

— Aucune femme n'aurait la force de commettre le genre de meurtre dont le malheureux a été victime, assène-t-il avec dédain. En revanche, elle peut le provoquer…

— Qu'insinuez-vous ?

— Si je vous disais que monsieur Murat et monsieur Chagnard se disputaient vos faveurs ? Qu'un soir, ils en seraient venus aux mains ; que Chagnard aurait tué son compère, avant de fuir lâchement ?

— C'est tout simplement ridicule !

— Ridicule ? répète Dubon en haussant les sourcils. Des femmes séduisantes, manipulatrices… il en existe plein !

— Je n'ai jamais tué ni provoqué la mort de personne !

— Pourtant, force est de constater que les morts s'accumulent autour de vous, madame Caron. Delage ?

Pour la première fois depuis son arrivée, le jeune inspecteur prend la parole.

— Vous avez grandi dans une ferme du Dauphiné avec vos parents et vos trois sœurs. Vous aviez seize ans quand la maison a été détruite…

— Je ne suis pas responsable du malheur qui a frappé ma famille ! proteste Léa. Je n'étais même pas présente le jour de l'accident !

— … à cause d'un incendie, dû à un foyer mal éteint, qui vous a laissée orpheline et sans ressources, poursuit l'inspecteur Delage, sans tenir compte de ses protestations. Votre tante Philomène Richard, la veuve du fondateur de la *Belle Mercerie*, vous a recueillie à Paris. Elle s'est chargée de votre éducation, avant de vous faire épouser un employé du magasin. Une belle affaire, car elle vous a dotée de cette maison et de toute sa fortune, à sa mort, il y a deux ans.

— Maison qui, grâce au contrat de mariage que votre tante avait négocié, est restée votre propriété, après votre séparation d'avec votre mari, précise l'inspecteur Dubon. Avec la rente confortable que ce dernier est tenu de vous payer tous les ans, vous êtes désormais libre de mener votre vie comme vous l'entendez. Cela suscite beaucoup de rumeurs, naturellement… D'après mon expérience, les rumeurs sont souvent fondées.

— C'est stupide ! s'exclame Léa, suffoquée.

Sans s'émouvoir, Dubon agite son trabucos vers la porte.

— Votre domestique affirme que vous êtes une sainte, annonce-t-il avec ironie. Vous avez de la chance : rien ne semble vous impliquer dans ce meurtre. Allons-y, Delage.

— Madame, dit le jeune inspecteur en inclinant la tête.

Pétrifiée par les paroles de Dubon, Léa est incapable de répondre. Les deux policiers se dirigent vers la porte du salon. Au moment de sortir, Dubon se retourne pour susurrer, son sourire détestable sur les lèvres :

— Si nous découvrons que vous aidez Chagnard à échapper à la justice, vous aurez de mes nouvelles, madame Caron. Mais vous devez déjà savoir comment cette histoire se terminera, non ?

Enfermé dans la salle d'eau, le visage collé au miroir, il examina la cicatrice sur le côté du menton. Il lui sembla qu'elle avait rétréci depuis la veille. Il était persuadé que personne ne l'avait remarquée. Pourtant, il n'avait cessé d'y penser toute la journée. Pourrait-on croire qu'il s'était coupé en se rasant ? Une chance qu'il ait relevé la tête en voyant arriver le coup, sinon cette furie l'aurait griffée en plein visage. Comment aurait-il expliqué une telle blessure ? Qu'un chat énorme l'avait attaqué ?

Il n'aurait jamais cru que cette femme cache un démon. Elle avait été si facile à manœuvrer ! Il l'avait légèrement bousculée à la sortie de la droguerie pour faire tomber son panier, s'était confondu en excuses, avait proposé de racheter le flacon d'eau de mélisse qui s'était brisé. Dès lors, il avait vu qu'elle était conquise. Son charme avait opéré, elle était à sa merci. Comment la situation lui avait-elle échappé ?

Quelques heures plus tard, pour un mot, un geste un peu leste, elle s'était métamorphosée en furie. Impossible de la maîtriser. Elle avait claqué la porte de la garçonnière et s'était enfuie dans la nuit. Il avait résisté à l'envie de la rattraper. En s'élançant à ses trousses, il se serait compromis. Il avait attendu un bon quart d'heure, puis il avait rassemblé ses affaires et il était rentré chez lui. Elle n'irait pas porter plainte, c'était certain : il l'avait à peine touchée. Dans le cas contraire, il ne risquait pas grand-chose. Ce qu'elle croyait connaître de lui n'était que mensonge : nom, profession, adresse, il avait tout inventé. Restait le goût amer, inédit, de l'échec.

Il respira profondément et s'éloigna du miroir. La soirée avait été ennuyeuse et il n'était pas si tard – à peine minuit. Les plaisirs nocturnes n'attendaient que lui. Il songea au Lys de soie, *la maison close où ce pervers de Morse l'avait emmené, la semaine précédente. Non, c'était trop facile. Les femmes là-bas étaient à la disposition du premier venu, pourvu qu'il ait la bourse pleine. Ce qu'il voulait, c'était chasser, conquérir. Alors, peut-être irait-il rôder du côté du boulevard du Crime ou au Palais-Royal. Et si les choses tournaient mal, encore une fois ? Si l'élue s'avérait insolente ou retorse ? Alors, il réagirait en conséquence. Il ne se laisserait plus jamais surprendre. Il resterait le maître jusqu'au bout.*

Un désir brûlant pour l'inconnue qui l'attendait, quelque part dans la nuit, se répandit dans ses veines. Il était grand temps de laver son échec.

6

Samedi 14 avril 1849

— Pourquoi êtes-vous ici, mademoiselle ?

L'agent qui reçoit Julie, après l'avoir fait patienter près d'une heure sur un banc, dans l'entrée du commissariat du quartier des Marchés, est un homme entre deux âges, grand et sec, avec une cicatrice en travers du front. Peut-être un ancien bagnard, un truand repenti dont la connaissance des pratiques et des milieux criminels profite désormais à la police. Il est plus de 19 heures et il réprime un bâillement en rechargeant l'encrier posé devant lui. La journée a été longue…

La mienne aussi, songe Julie. Prisonniers de ses bottines lacées depuis son réveil, ses pieds lui font atrocement mal. Elle a encore passé des heures à virevolter entre le comptoir des parapluies et celui des rubans, pour montrer le travail à Élisa, la remplaçante de Sidonie. Elle aurait voulu haïr cette fille, mais elle n'y arrivait pas. Âgée de 20 ans, Élisa était si menue qu'elle en paraissait à peine quinze ; avec ses longs bras maigres et les grands yeux marron qui lui dévoraient le visage, elle suscitait davantage la pitié que la colère. En charge d'une mère infirme et d'une sœur malade, elle avait désespérément besoin de gagner sa croûte. Ce n'était pas sa faute si la direction avait pris la décision de renvoyer Sidonie.

Quand Julie avait quitté le magasin, elle n'avait qu'une seule envie : retrouver son amie. Pour cela, elle n'avait d'autre solution que de se rendre à la police, comme le lui avait conseillé Désirée Gay.

L'agent de police se rassoit avec un nouveau bâillement. Julie l'observe, saisie par l'appréhension. Saura-t-il lui accorder toute l'attention qu'elle mérite ?

— Je viens signaler une disparition, indique-t-elle d'une voix forte.

L'agent tressaille légèrement. Pour la première fois depuis son entrée dans le bureau, il la regarde dans les yeux.

— Un membre de votre famille ? demande-t-il.

— Une camarade de travail… et aussi une amie. Elle n'a plus de parents à Paris, c'est pour cela que je suis là. Je ne pense pas que quelqu'un d'autre se soit soucié d'elle avant moi.

Le policier trempe une plume dans l'encrier.

— Donnez-moi d'abord votre nom, votre adresse, et votre profession.

— Je m'appelle Julie Paupelier, j'habite au 20, rue des Fossés-Saint-Bernard, et je suis vendeuse à la *Belle Mercerie.*

— C'est donc une employée de la *Belle Mercerie* qui a disparu ?

— C'est exact, confirme Julie. Elle s'appelle Sidonie Lhortie, elle a dix-neuf ans, comme moi, et je l'ai vue pour la dernière fois à la sortie du travail, mercredi soir.

Comme la veille, chez Désirée Gay, Julie relate le déroulement des trois derniers jours, jusqu'à sa nouvelle visite au domicile de son amie, un peu plus tôt dans la soirée.

— Le concierge a accepté de m'ouvrir la porte. L'appartement était désert.

Le soulagement – elle redoutait de découvrir Sidonie morte ou gravement malade – avait vite laissé place au désespoir : la jeune femme semblait partie depuis un bout de temps.

— Elle a une sainte horreur des araignées, explique Julie. Il y en avait une grosse, installée sur sa toile, juste au-dessus de la fenêtre. Elle l'aurait ôtée si elle était revenue chez elle.

— Avez-vous remarqué s'il manquait des choses dans son appartement ? demande le policier. Des objets avaient-ils été déplacés ?

— Tout était en ordre. Sidonie est une fille très propre, vous savez. Mais j'ai vu que son sac à main, son manteau, son chapeau n'étaient plus sur la patère, et la seule paire de souliers qu'elle possède avait disparu, elle aussi.

— Donc, elle est sortie, sans doute de son plein gré, pour se rendre quelque part.

— Une voisine l'a vue partir mercredi matin, et depuis, plus personne... C'est comme si elle n'était jamais rentrée chez elle après le travail !

— C'est peut-être le cas.

L'agent repose sa plume sur un buvard. Soudain, Julie s'aperçoit qu'il n'a rien écrit depuis qu'il a noté ses coordonnées en haut d'une feuille de papier – pas même le nom de Sidonie. Il s'est contenté d'écouter son histoire. Est-ce la procédure habituelle pour ce genre d'affaire ?

— Qu'allez-vous faire pour retrouver Sidonie ? l'interroge-t-elle.

— Mademoiselle Lhortie fréquente-t-elle quelqu'un ? s'enquiert le policier en ignorant sa question.

Il a croisé les mains sur son bureau et fixe Julie d'un regard perçant. Déstabilisée, elle répond en butant sur les mots :

— O… oui. Elle m'avait parlé d'un homme qui l'emmenait au théâtre et qui…

— Et vous ne pensez pas que votre amie ait pu partir avec cet homme ?

— Sidonie n'est pas une grisette*, si c'est ce que vous insinuez, monsieur ! s'indigne Julie.

— Je n'insinue rien du tout, réplique le policier d'une voix apaisante. Des hommes et des femmes qui partent ensemble, ça arrive.

— Non. Mon amie m'aurait prévenue. Nous étions comme des sœurs, elle et moi…

Elle s'interrompt, à la vue du sourire qui éclaire le visage de l'agent de police. Il n'a pris aucune note de son témoignage ; à présent, il s'amuse de ses propos ! Sentant la colère monter, elle lui lance sèchement :

— Vous prenez au sérieux ce que je vous raconte ? Parce que c'est important !

— Je n'en doute pas, mademoiselle Paupelier, affirme le policier en reprenant contenance. Seulement, je fais ce métier depuis plus de dix ans. J'en ai vu, des jeunes demoiselles, qui fuguaient avec leur amoureux, sans prendre la peine d'avertir quiconque. Tout cela pour dire que je ne pense pas qu'il y ait lieu de s'inquiéter.

---

* Jeune ouvrière coquette se laissant facilement courtiser.

Votre amie est sûrement partie avec un beau jeune homme, sur un coup de tête...

Voyant Julie ouvrir la bouche pour protester, il poursuit d'un ton ferme :

— Quand elle réalisera que sa réputation est en jeu, vous aurez vite de ses nouvelles.

— Alors vous ne ferez rien ? s'exclame Julie.

— Pas pour le moment. Si votre amie n'a pas reparu à la fin du mois, revenez me voir et nous engagerons une enquête.

Le policier a repoussé la feuille dans un coin du bureau et lui indique la sortie de son autre main.

— Au revoir, mademoiselle.

Furieuse, la jeune femme bondit de sa chaise.

— J'aurais dû écouter ce qu'on m'a dit ! crie-t-elle. Des femmes disparaissent et vous n'enquêtez pas ! Vous ne servez à rien !

Julie sort en trombe du poste de police et plonge dans la nuit pluvieuse. Pendant qu'elle remonte la rue en quête d'un fiacre, elle rumine sa déconvenue. Comme Jenny d'Héricourt avait raison ! Après que Désirée Gay lui avait conseillé d'aller voir la police, la collaboratrice de *L'Opinion des femmes* avait ricané : « La police ? Regardez la lenteur avec laquelle ils conduisent une affaire, quand il s'agit d'une femme. Fraisine Maillet a été tuée il y a plus d'un mois et son meurtrier court toujours ! »

Julie ralentit l'allure, saisie d'une profonde angoisse. Pourvu que Sidonie n'ait pas fait de mauvaise rencontre, comme cette pauvre Fraisine Maillet ! Elle ne l'avait croisée que deux ou trois fois aux réunions du club des Femmes. La malheureuse ne savait ni lire ni écrire, mais elle était courageuse. Elle aussi, elle avait dû se battre pour survivre, dans un monde impitoyable où la gent féminine était soigneusement tenue à l'écart de tout progrès social. Trempée jusqu'aux os, Julie se réfugie sous un porche pour attendre la fin de l'averse.

— Où cs-tu, Sidonie ? se lamente-t-elle. Mon Dieu, envoyez-moi un signe ! Montrez-moi où la chercher !

La jeune femme écoute dans le noir, mais la rue ne lui renvoie que le fracas mouillé des voitures et les cris des cochers qui s'abreuvent d'injures.

La pluie ayant cessé, elle reprend lentement sa marche. Elle ne s'est jamais sentie aussi désemparée depuis son arrivée à Paris. Elle va héler un fiacre quand, soudain, une idée lui vient. Une idée un peu folle, sans doute, mais peut-être son dernier espoir de retrouver Sidonie.

7

Assise à son secrétaire, devant un rectangle de papier, Léa s'applique à former de belles lettres ampoulées de la pointe de sa plume. *Mon cher Charles.* Comme elle déteste écrire ces mots ! Rarement une formule de politesse ne lui a paru aussi hypocrite. Mais Charles est son époux, et c'est pour cela qu'elle doit employer cette expression convenue. Peut-être pourra-t-elle l'attendrir et le faire fléchir dans sa décision ?

Je vous en supplie, permettez-moi de rendre visite à notre fille tous les dimanches. Je vous le demande, non pour moi, mais pour elle. Vous savez combien un enfant a besoin de sa mère, combien il souffre loin de lui ! Briserez-vous ce lien si naturel et nécessaire, au risque de causer le malheur d'Alice ? Je sais que son bonheur vous importe plus que tout.

— Quel mensonge ! souffle Léa.

Submergée par le dégoût, la jeune femme laisse sa phrase en suspens. C'est la quatrième fois de la semaine qu'elle s'adresse à son mari. Il n'a répondu à aucune de ses précédentes lettres. Les a-t-il seulement ouvertes ? Ou s'est-il délecté à leur lecture, comprenant combien elle avait souffert à les écrire ? En la forçant à jouer le jeu de la soumission, il sait qu'il continue à lui faire du mal. Oui, c'est sûrement cela. Il n'a aucunement l'intention de satisfaire sa requête.

— Ma petite Alice ! s'écrie Léa. Comme je voudrais te serrer dans mes bras, ma toute petite fille !

Les larmes aux yeux, elle abandonne son secrétaire. Il lui faut se distraire pour ne pas s'écrouler. Pourquoi ne pas regarder par la fenêtre ? Il y a tant de choses à observer dans une rue ; tant de destins à ressentir...

Il est 19 heures. La nuit est tombée et il pleut toujours. La lampe accrochée au mur de la fruiterie du père Constant jette une lumière grasse sur les pavés mouillés. De temps à autre, des silhouettes humaines traversent la flaque de lumière. Un chien furète dans le caniveau. Est-ce Annibal ? À peine Léa a-t-elle repéré l'animal qu'il disparaît de son champ de vision. Peut-être appelé par le père Constant, qui avait proposé de le nourrir en attendant le retour de son maître Nicolas... Les événements des derniers jours lui reviennent à l'esprit comme les bribes d'un cauchemar : l'affreuse mort de Blaise, la disparition de son ami, les soupçons de la police... Elle aurait dû se douter qu'ils se focaliseraient sur elle, la femme adultère et libertine, la devineresse ensorceleuse qu'on aurait brûlée vive en d'autres temps. À défaut d'avoir des preuves, pourraient-ils en fabriquer de toutes pièces pour pouvoir l'accuser formellement ? Elle avait interrogé les cartes, un peu plus tôt dans la journée. L'avenir restait incertain. La roue de la fortune tourne si vite !

Le son du heurtoir la fait sursauter. Il y a quelqu'un à la porte. Léa jette un coup d'œil à la pendule posée sur le manteau de la cheminée. 19 h 15. Il est tard pour une visite. Depuis le départ de Charles, elle ne reçoit plus le samedi soir. Les séances de spiritisme ont lieu le vendredi. Le heurtoir se fait entendre à nouveau. Peut-être est-ce la mère Dumet ou le fruitier Constant, au sujet d'Annibal ? Léa prend une bougie sur le secrétaire et se dirige vers l'escalier. Une troisième série de coups retentit au moment où elle traverse le vestibule.

— Qui est-ce ? s'enquiert-elle, une main sur la poignée de la porte.

— L'inspecteur Delage, de la Sûreté générale. Ouvrez, madame Caron.

La main de Léa se crispe sur la poignée. Si seulement elle n'avait pas répondu ! Impossible désormais de tourner les talons et remonter à l'étage, s'enfermer dans son cabinet de travail ! Il lui faut ouvrir sa porte, au risque de s'attirer plus d'ennuis qu'elle n'en a déjà.

Le jeune inspecteur de la veille se tient sur le seuil, un parapluie à la main.

— Je suis désolé de vous déranger à cette heure, madame Caron, dit-il d'un ton embarrassé. Je dois absolument vous parler.

— Seul ? s'étonne Léa. Votre chef n'est pas avec vous ?

— Non, ma visite est officieuse.

Léa réprime un soupir de soulagement. Un instant, elle a cru qu'il venait l'arrêter. Mais une nouvelle inquiétude la saisit.

— Officieuse ? souligne-t-elle. Pourquoi ?

— C'est assez long à expliquer…

Elle l'observe de nouveau. Il connaît sa réputation, les histoires obscènes qui courent sur elle. Serait-il venu pour en vérifier la véracité ? Il est policier. Et elle, suspectée de complicité dans une affaire de meurtre. Il pourrait facilement la piéger !

— Je n'ai pas tellement envie de vous laisser entrer dans ces conditions, décrète-t-elle. Vos intentions…

— Je vous assure qu'elles sont parfaitement honorables, madame Caron. Je ne compte ni vous trahir ni vous manquer de respect.

Fait-il allusion au comportement détestable de son collègue, la veille ? Léa hésite. Delage n'évite pas son regard. Il paraît sincère.

— Entrez, dit-elle.

— Je vous remercie. Vous vous apprêtiez à dîner ? demande-t-il en pénétrant dans le vestibule. Cela sent le rôti…

Serait-il venu dans l'espoir qu'elle le convie à sa table ?

— Non, répond-elle. J'écrivais à mon époux.

Elle guette sa réaction, mais il reste impassible. L'inspecteur Dubon, lui, n'aurait pas manqué de faire une remarque désobligeante.

— Puis-je vous débarrasser ? propose-t-elle en tendant les mains vers son parapluie.

— Votre bonne est absente ?

— Je lui ai accordé sa soirée.

— Bien.

Cette fois, Léa note qu'il a l'air satisfait. L'objet de sa visite est-il si secret qu'il souhaite éviter que d'autres en soient informés ? Le doute la reprend. Mais il est trop tard, désormais. Delage est dans la maison, la porte refermée.

Avant de partir, Antoinette a eu la bonne idée d'allumer un feu dans le salon. S'efforçant de faire taire ses angoisses, Léa ravive les braises et s'installe dans sa bergère favorite, tandis que l'inspecteur prend place dans le fauteuil qui lui fait face. À cet instant, elle se rend compte qu'il ne l'a pas quittée des yeux depuis son entrée dans la maison. Mais, contrairement à Dubon, son regard n'est pas malveillant. Il y a de la bonté en lui. Il joint les mains sur les genoux et elle remarque qu'il ne porte pas d'alliance.

— Avant toute chose, je tiens à vous informer que je suis en désaccord total avec mon collègue, déclare-t-il. Aussi bien sur la manière dont il a mené votre interrogatoire, hier, que sur ses déductions concernant la mort de monsieur Murat. Je ne crois pas un instant que vous ayez une quelconque responsabilité dans ce décès, ou dans la disparition de monsieur Chagnard.

Léa l'observe. Joue-t-il la comédie ? Tente-t-il de l'amadouer pour lui soutirer des informations ?

— Votre analyse ne peut-elle primer sur celle de l'inspecteur Dubon ? demande-t-elle prudemment.

— C'est difficile, madame Caron. L'inspecteur Dubon exerce depuis près de vingt ans, alors que je débute dans la profession. Il a résolu de très nombreuses affaires.

— Permettez-moi de supposer qu'il a dû envoyer plus d'un innocent en prison, monsieur. Si, dans mon cas, les déductions de l'inspecteur Dubon sont fausses, il est à craindre que je ne sois pas la seule à faire les frais de ses conclusions hâtives.

Un sourire éclaire furtivement les traits de Delage.

— Vous comprenez maintenant pourquoi je tiens à démontrer que mon collègue a tort, dit-il.

— Pensez-vous que votre réussite suffira à lui prouver que vous êtes digne de votre fonction ? réplique doucement Léa. Au fond, vous savez que vous resterez toujours un voyou à ses yeux ; le pauvre garçon qui commettait des larcins pour survivre et qui se terrait dans les taudis de cette ville afin d'échapper à la police...

Delage se renverse sur son siège et pose les mains sur les accoudoirs. Elle voit qu'il fait un effort pour contrôler sa surprise. Mais également sa crainte.

— Pourquoi pensez-vous cela ? demande-t-il avec calme.

— Vous m'avez confié votre manteau et votre parapluie. Nous laissons tous un peu de nous sur les objets que nous possédons...

— Je vois. Avez-vous toujours eu ce don ?

— Je n'en ai pris conscience qu'à mon arrivée ici. Quand j'étais enfant, j'avais des pressentiments, des visions de choses ou d'événements qui se révélaient justes ou se réalisaient un peu plus tard. Je prenais cela comme un jeu. Je n'y prêtais guère attention. Ma tante Philomène, elle, se passionnait pour les sciences occultes. Elle tirait les cartes de tarot, cherchait des réponses dans le marc de café, se faisait lire les lignes de la main. Quand elle m'a recueillie, elle avait commencé à interroger les esprits. C'est elle qui a vu que j'étais différente. Que j'avais une espèce d'intuition… hors du commun. Finalement…

Léa prend une profonde inspiration. Le regard rivé sur elle, l'inspecteur Delage attend la suite. Elle aussi, elle a quelque chose à prouver.

— Finalement, c'est un malheur qui m'a mise sur la voie de mon destin, reprend-elle dans un souffle. Comme vous, lorsque vous avez compris que les policiers ne se préoccupaient pas de retrouver l'homme qui avait violé et tué votre sœur Émilie. Elle s'était rendue au bal de la Saint-Jean, alors que votre père le lui avait interdit. Elle avait bien cherché ce qui lui est arrivé. Même votre père semblait le penser. À cet instant, vous avez eu soif de justice, et cette soif ne vous a jamais quitté. C'est cela qui motive toutes vos actions, aujourd'hui.

— Impressionnant ! lâche Delage. Ai-je retrouvé l'assassin ?

— Oui, des mois… peut-être un an plus tard. Mais il était mort. Poignardé dans une rixe.

— Exact.

Léa perçoit l'émotion dans sa voix. Il aurait voulu faire rendre gorge à cet homme pour ce qu'il avait fait. Mais cela aurait-il apaisé son chagrin ? Sa sœur n'était plus là. Elle était partie, lui laissant pour toujours un vide dans le cœur.

— J'imagine l'épreuve que vous avez traversée, murmure-t-elle. J'en suis désolée.

Delage la regarde avec intensité.

— Vos pouvoirs permettraient-ils de résoudre l'affaire qui nous occupe ? s'enquiert-il brusquement.

— Possible, acquiesce Léa. Si j'entrais en contact avec l'esprit de Blaise, je pourrais l'interroger. Malheureusement, il est beaucoup trop tôt. Les esprits fraîchement décédés doivent s'habituer à leur nouvelle condition, avant d'être en mesure de communiquer avec les vivants. Mais vous pensez que le spiritisme n'est qu'une vaste fumisterie, n'est-ce pas ?

Delage croise et décroise les mains sur ses genoux avant de répondre :

— Je pense que les gens entendent ce qu'ils ont envie d'entendre. En revanche, je suis convaincu que certaines personnes ont des dons d'écoute et une sensibilité plus forte que d'autres. C'est pour cela que je suis venu vous voir, madame Caron. J'ai besoin de vous pour m'aider à rassembler les preuves nécessaires à faire valoir ma théorie sur la mort de monsieur Murat.

— En quoi puis-je vous aider ?

L'inspecteur se penche en avant, et le feu souligne la cicatrice rosée qu'il porte à la base du menton.

— Je vais vous emmener sur les lieux du drame, annonce-t-il. Peut-être aurez-vous une vision ou une intuition déterminante.

La pluie a cessé quand Léa et l'inspecteur se faufilent dans la rue déserte, jusqu'à la remise où logeaient Blaise et Nicolas. L'entrée est interdite par un cadenas que Delage, muni d'une petite clé, a tôt fait de déverrouiller. Léa attend qu'ils soient entrés et aient refermé la porte avant de décapuchonner la lampe-tempête qu'elle a emportée.

Le cadavre de Blaise a beau avoir disparu, l'atroce odeur de mort imprègne encore l'atmosphère de la pièce. Des traces de sang séché maculent le sol à l'endroit où le pauvre homme a agonisé. Tout est resté en l'état après le passage des policiers de la Sûreté : bouteilles brisées, éclats de bois provenant de la table et des chaises, reliefs de vaisselle et de nourriture. Le halo de la lampe fait fuir une poignée de rats dans les recoins obscurs.

— Ces sales bêtes sont encore là ! s'écrie Léa.

— Difficile de les chasser tant que l'endroit n'aura pas été nettoyé, fait remarquer Delage. Or, nous avons encore besoin des lieux.

La jeune spirite s'avance dans la pièce sur la pointe des pieds pour éviter les éclats de verre qui jonchent le sol. Le tesson d'une bouteille attire son regard. Une arête renvoie un éclat brillant, presque aveuglant. Elle s'accroupit prudemment, pose le doigt sur le bris. Une goutte de sang perle sous son ongle, déclenchant une succession d'images et de sensations fugaces. Un monceau de bouteilles vides. Une dispute. Un homme ivre et en colère. Des bris de verre qui étoilent la pièce. Puis un fracas, des râles, et les rats qui s'agglutinent…

Léa se relève en titubant.

— Vous êtes blessée, madame Caron ! s'écrie Delage.

— Ce n'est qu'une petite coupure, dit-elle en enveloppant vivement l'index meurtri dans un mouchoir pour arrêter l'hémorragie. Je… je ne crois pas que Blaise ait été tué par Nicolas, ni par personne d'ailleurs. Il buvait… il buvait beaucoup. Il était sujet à des crises de fureur, quand l'argent ou le travail manquaient. Il s'est disputé avec Nicolas à ce sujet, un soir, mais ils ne se sont pas battus. Nicolas est parti… et Blaise a continué à boire. Il a passé ses nerfs sur le mobilier, jusqu'à ce qu'il tombe à la renverse et se fracasse la colonne vertébrale. Voilà ce que je vois dans cette pièce. Beaucoup de violence, mais pas de meurtre.

Delage hoche gravement la tête.

— Ce que vous venez de me dire, madame Caron, correspond en tout point à ce que je pense.

— Mais je ne vous ai apporté aucune preuve !

— Vous m'aidez sur le sens à donner à mes investigations. Je vais demander au médecin de la morgue de réexaminer le corps de monsieur Murat. Quant à monsieur Chagnard…

— Avez-vous une théorie au sujet de sa disparition ? s'enquiert Léa. S'il n'a pas fui pour échapper à la justice, alors…

— Pour le moment, je n'ai aucune idée à ce sujet, avoue le jeune policier d'un ton perplexe.

Léa s'approche de lui. Il tressaille quand elle lui touche le bras. Elle aurait tant voulu garder cette information pour elle, mais elle en est incapable.

— Inspecteur, souffle-t-elle. Nicolas Chagnard n'a pas causé la mort de son ami. Mais je crains… qu'il ne soit impliqué dans un autre crime.

8

En arrivant sur le quai du Marché-Neuf, Alexandre repère immédiatement les fenêtres éclairées, au rez-de-chaussée de la morgue. Il est près de 21 heures, mais quelqu'un travaille toujours dans la salle d'autopsie.

— Le docteur Lévrol est-il là ? demande-t-il au jeune assistant qui lui ouvre la porte.

— Vous êtes l'inspecteur Lagache ? grommelle le garçon en frottant ses yeux rougis de fatigue.

— Delage, rectifie Alexandre. J'enquête sur la mort du dénommé Blaise Murat qui a été transporté ici mercredi.

— Suivez-moi.

Comme chaque fois qu'il pénètre dans la salle d'autopsie de la morgue, le lourd silence qui règne en ce lieu saisit Alexandre, plus encore que l'odeur de chair en décomposition. Trois corps recouverts de draps blancs sont étendus sur des tables, au centre de la pièce éclairée par des lampes à huile. Debout à côté d'une espèce de desserte, un homme enveloppé dans un tablier maculé de taches brunes inspecte une rangée de scalpels disposés sur un linge.

— Thomassin ! lance-t-il au jeune assistant. Ces deux-là ne sont pas bien lavés. Nettoyez-les et veillez à bien les sécher, je ne veux pas de trace de rouille sur mes instruments.

— Bien, docteur, répond Thomassin d'un ton morose.

Le docteur Lévrol se tourne vers Alexandre. C'est un grand homme sec d'une soixantaine d'années, aux cheveux gris épars et au menton orné d'un bouc soigneusement taillé en pointe. Derrière ses binocles, ses petits yeux noirs sont en perpétuel mouvement, comme ceux d'un animal à l'affût. Pourtant, rien dans son attitude ne dénote une quelconque nervosité. De ses longs doigts noueux, il cale une pipe au coin de sa bouche et entreprend de la bourrer avec des gestes aussi rapides que précis. Alexandre ne peut s'empêcher de frissonner en l'imaginant avec une scie à la main. Lévrol se montrait également rapide et précis sur les champs de bataille napoléoniens, quand, en qualité d'aide-chirurgien, il lui fallait amputer des bras et des jambes à la chaîne.

— Vous n'avez pas mieux à faire un samedi soir qu'à fréquenter la morgue, cher inspecteur ? s'enquiert-il d'un ton calme.

— Je pourrais vous retourner la remarque, réplique le policier.

— Vous savez comme moi que la mort ne connaît aucun répit. Il y a eu de nombreux décès suspects ces derniers jours. L'un de vos collègues doit passer prendre les conclusions d'une autopsie tout à l'heure. Que voulez-vous ?

— Vous parler du cas de Blaise Murat.

— L'homme aux deux cent vingt-cinq morsures de rats ? Il me semble vous avoir remis mon rapport jeudi matin.

— C'est exact. Mais j'aurais besoin d'informations complémentaires.

Lévrol mordille le bec de sa pipe, l'air intrigué.

— Quel genre d'informations, inspecteur ?

— Dans votre rapport, vous avez dit que c'était la plaie à l'arrière du crâne de Murat – plaie causée par un choc violent avec la pierre de la cheminée – qui l'avait paralysé et empêché de se défendre contre les attaques des rongeurs. Mais vous ne pouviez déterminer si cette plaie avait été causée accidentellement, ou si on lui avait frappé la tête contre la pierre.

— C'est exact. Les rats avaient mis le corps en bouillie, et fait du même coup disparaître d'éventuelles traces de coups reçus dans une bagarre. La seule chose dont je sois certain, c'est que la victime était complètement soûle au moment du drame.

— Pourriez-vous tout de même réexaminer le corps ?

Voyant les petits yeux noirs de Lévrol se fixer sur lui, Alexandre s'empresse d'ajouter :

— Loin de moi l'idée que vous ayez pu négliger quoi que ce soit, mais... il arrive parfois que, pour une obscure raison, un détail nous échappe. J'ai besoin de pouvoir déterminer si la victime a été assassinée ou s'il ne s'agit que d'un malheureux accident. Une chasse à l'homme est lancée contre un individu qui est peut-être innocent...

— Je comprends, articule Lévrol après avoir tiré une bouffée de sa pipe. Le corps doit être restitué à la famille lundi. Je procéderai à un nouvel examen cette nuit ou demain. Vous aurez mon compte rendu en début de semaine prochaine.

— Merci, docteur, dit le policier avec chaleur.

Lévrol lui oppose une moue sceptique.

— N'espérez pas trop, inspecteur. La décomposition continue de faire son œuvre.

— Je sais. Mais...

Alexandre s'interrompt en entendant frapper à la porte de la morgue. Thomassin abandonne ses scalpels pour aller ouvrir. Une minute plus tard, il revient escorté d'un homme d'une trentaine d'années à la mine alerte, au large visage tanné par le grand air et marqué d'une balafre à la tempe.

— Inspecteur Lagache ! s'écrie Alexandre.

— Depuis qu'on travaille à la Sûreté, on ne se croise qu'à la morgue ! s'esclaffe son collègue.

— Une chance que je ne croie pas aux mauvais présages !

Les deux policiers se serrent la main avec chaleur. Le passé de Lagache n'est guère plus brillant que celui d'Alexandre. Envoyé deux fois au bagne pour vols et escroqueries, le malfaiteur repenti s'était finalement engagé dans la police, comme lui. Sa spécialité était l'infiltration. La plupart du temps, il se déguisait pour intégrer les milieux louches et se faisait accepter des criminels pour mieux les confondre ensuite.

— Qu'est-ce qui t'amène ici ? demande Alexandre.

— Une femme qu'on a retrouvée assassinée ce matin, au bois de Boulogne. J'ai passé la journée à essayer de l'identifier. Et j'ai réussi ! La pauvre était veuve et mère de cinq enfants. Elle a quitté son domicile, hier soir, dans le Marais, soi-disant pour aider une voisine à accoucher, mais elle n'y est jamais allée. Dans la matinée, sa fille aînée a signalé sa disparition au commissariat du quartier. C'est grâce à la description que j'ai fait le rapprochement. La fille est venue confirmer l'identité tout à l'heure. Et vous, docteur, qu'est-ce que vous pouvez m'apprendre sur elle ?

Pendant que Lagache parlait, Lévrol s'est rapproché d'une table dont il a soulevé le drap blanc, dévoilant le visage et les épaules d'une femme d'âge mûr à la lourde chevelure brune.

— La confirmation de que ce que vous soupçonniez, inspecteur, déclare-t-il. Cette femme a d'abord été frappée à la tête avec la pierre que vous avez retrouvée près du corps. Le sang a eu le temps de coaguler, elle était donc encore en vie lorsque l'agression a eu lieu. Après quoi, on l'a étranglée à mains nues.

— A-t-elle été violée ?

— Je n'ai décelé aucune trace d'activité charnelle, déclare Lévrol avec raideur.

— Elle était pourtant sortie pour ça, fait remarquer Lagache. La femme se prostituait à l'occasion du côté du Palais-Royal, précise-t-il pour Alexandre, mais ses enfants l'ignoraient, bien sûr. Je penche pour une mauvaise rencontre. Et toi, Delage, qu'en penses-tu ?

Le jeune policier se penche sur le cadavre de la veuve et contemple, stupéfait, le visage blafard, la plaie à l'arrière du crâne, les traces violacées sur le cou.

— Alors, Delage, ton avis ? insiste Lagache.

— Je pense que…

Alexandre s'éclaircit la gorge. Sous l'effet de la surprise, sa voix se perd dans un souffle :

— J'ai déjà vu cela quelque part.

9

Dimanche 15 avril 1849

À peine a-t-elle tourné dans la rue des Marmousets que Léa repère une silhouette campée devant sa porte d'entrée. Elle n'est pas surprise. Elle sentait que quelqu'un les attendrait, Antoinette et elle, à leur retour de la messe dominicale. Mais elle ignorait qu'il s'agirait d'une jeune femme de son âge – ou à peu près. Celle-ci est modestement vêtue, son châle est troué, ses souliers sont usés et elle tient un petit sac en tissu tout auréolé de taches humides. Depuis quand patiente-t-elle dans la bruine qui vaporise la chaussée sans discontinuer depuis l'aube ? Son visage aux traits durs, volontaires, s'anime à la vue de Léa :

— Madame Caron ? lance-t-elle d'une voix rauque.

— C'est bien moi. Que voulez-vous, mademoiselle ?

— Je m'appelle Julie Paupelier, j'ai besoin de vous parler. Ma meilleure amie a disparu et…

— Pas aujourd'hui, mademoiselle, intervient Antoinette. Madame Caron ne donne jamais de séances le jour du Seigneur.

— Si vous voulez, nous pouvons convenir d'un rendez-vous la semaine prochaine, propose Léa.

Julie secoue énergiquement la tête.

— Il sera peut-être trop tard à ce moment-là. Je n'aurais jamais pris la liberté de vous déranger un dimanche si ce n'était pas urgent !

— Madame Caron vous a dit... commence Antoinette.

— Écoutez-moi, insiste la visiteuse en regardant Léa droit dans les yeux. Je suis vendeuse à la *Belle Mercerie*. Votre époux a disparu en même temps que mon amie. On les a vus pour la dernière fois au magasin, mercredi soir.

Léa tressaille. Charles, envolé avec une femme ? Elle pense à ses lettres demeurées sans réponse, à la colère qu'elle avait ressentie en s'imaginant qu'il s'amusait à la torturer. Son mari avait-il simplement la tête ailleurs ? Tout occupé à préparer une escapade amoureuse, négligeait-il son courrier ?

— Je ne suis pas ici pour accuser qui que ce soit, ajoute Julie avec précipitation. Tout ce qui m'intéresse, c'est retrouver mon amie. La police ne m'a pas prise au sérieux, alors vous êtes mon dernier espoir !

— Suivez-moi, souffle Léa.

Le petit salon est froid et sombre. Une bonne flambée et quelques bougies lui rendent vite chaleur et lumière. Antoinette ayant disposé son châle sur une chaise devant le feu, Julie s'installe dans le fauteuil, face à l'âtre, son sac mouillé sur les genoux.

— Je connais Sidonie Lhortie depuis un peu plus d'un an, explique-t-elle d'un ton nerveux. On est originaires du Vexin toutes les deux, mais on ne s'était jamais rencontrées avant le jour de notre départ pour Paris. C'était en février 1848, la République venait tout juste d'être proclamée. J'étais seule et je prenais le train pour la première fois.

— Moi aussi, j'ai pris le train pour la première fois en quittant mon Dauphiné natal, pour venir m'installer chez ma tante à Paris, fait remarquer Léa.

À ces mots, les traits de Julie Paupelier s'illuminent.

— Vous êtes née à la campagne, comme moi ? s'écrie-t-elle.

Léa opine. La nouvelle semble détendre sa visiteuse, avant qu'une ombre ne voile à nouveau son regard.

— Il faut que je vous raconte quelque chose, madame Caron, annonce-t-elle en tripotant les anses de son sac. J'ai grandi dans une ferme, avec six grands frères. On n'était pas riches, mais on ne manquait de rien. Mes parents nous ont même fait donner de l'instruction en nous envoyant tour à tour à l'école du village. Quand j'ai eu 17 ans, mon père m'a dit qu'il s'était arrangé pour récupérer un bout de terrain enclavé entre nos champs, qui appartenait jadis à notre famille. Notre grand-père avait été contraint de le céder à l'un de nos voisins pour rembourser une dette. C'était le premier terrain que mon arrière-grand-père avait acheté après avoir travaillé toute sa vie comme métayer – une vraie fierté ! Du coup, mon père tenait très fort à reprendre cette terre. Pour cela, il fallait que j'épouse le fils aîné du voisin, un garçon grossier et brutal. J'ai décrété que je ne voulais pas de ce mariage. Mon père m'a répondu que je causerais le malheur de la famille si je ne me pliais pas à sa volonté. Chaque jour, je subissais ses jérémiades et celles de mes frères…

— Que disait votre mère ? demande Léa.

— Ma mère les soutenait. Elle avait accepté d'épouser mon père parce qu'on lui avait inculqué que c'était son devoir de se soumettre, en tout et toujours. Moi, je refusais de céder. C'est ma vie entière qu'on me demandait de sacrifier. Et ma vie, je trouvais qu'elle était plus importante qu'un lopin de terre !

Julie s'interrompt pour reprendre sa respiration. La révolte vibre encore dans sa voix, quand elle reprend son récit :

— Au bout d'un an de pressions et de tourments, j'étais si épuisée que j'étais prête à renoncer. C'est alors qu'on a appris le renversement de la monarchie et le retour de la république. Vous allez trouver ça bizarre, mais cela m'a donné un nouvel espoir. Je me suis dit qu'il était toujours possible de changer les choses. Un matin que je me rendais au marché, j'ai poursuivi ma route jusqu'à la gare et j'ai acheté un billet de train pour Paris. C'était la première fois que je montais dans l'une de ces machines. Jusque-là, je me contentais de les regarder circuler de loin, avec leurs énormes rouages et leur vapeur qui sifflait comme unc bouilloire. J'étais terrifiée, mais je ne serais revenue en arrière pour rien au monde. C'était comme une libération, vous comprenez ?

— Je comprends, murmure Léa.

Pendant que Julie évoquait son parcours, elle ne pouvait s'empêcher de le comparer au sien – nettement moins glorieux. Comme elle aurait aimé montrer l'audace de cette jeune femme, quand sa tante avait organisé son mariage avec Charles ! Mais Charles était beau, élégant, et il avait de l'avenir ; elle s'était convaincue qu'elle pourrait l'aimer. Avait-elle une autre option ? Son amour d'enfance s'était volatilisé, elle était seule dans une ville étrangère. Charles était la bonne option, la solution raisonnable. Jusqu'à ce qu'elle découvre sa cruauté, son infidélité. Et que Florin réapparaisse dans sa vie…

Les yeux fixés sur les flammes qui dansent dans l'âtre, Julie a replongé dans ses souvenirs :

— Je me suis retrouvée dans un compartiment avec une demi-douzaine d'autres personnes. Ces gens-là avaient des bagages et ils savaient précisément où ils se rendaient, alors que moi, je voulais juste partir. À côté de moi, il y avait une fille de mon âge. Elle m'a dit qu'elle s'appelait Sidonie et qu'elle allait rejoindre une cousine – décédée depuis – qui avait fui leur village longtemps auparavant pour s'installer avec son amoureux à Paris. Très vite, j'ai compris que nous avions vécu le même genre d'histoire. Je me suis confiée à elle, et Sidonie m'a proposé de l'accompagner. C'est ainsi que nous avons débarqué ensemble à la gare du Nord. Nous avons passé la nuit chez sa cousine. Le lendemain, nous étions embauchées dans un atelier de femmes. La directrice nous a déniché un logement à chacune. Ensuite, quand l'atelier a fermé, elle s'est débrouillée pour nous faire engager à la *Belle Mercerie*. Au fil du temps, Sidonie est devenue comme une sœur pour moi.

— Vos parents n'ont jamais essayé de vous retrouver ? s'enquiert Léa.

Julie hausse les épaules.

— J'avais jeté mon panier dans la rivière, sur le chemin de la gare. Je ne sais pas si on a cru que je m'étais noyée, mais je n'ai jamais eu de nouvelles de ma famille. Quant à Sidonie… Je sais ce que vous pensez, madame Caron, ajoute-t-elle en plissant les yeux. Non, Sidonie n'a pas été enlevée par son père ni ramenée de force dans le Vexin. Quelque temps après notre arrivée à Paris, elle a reçu une lettre de ses parents, par l'intermédiaire de sa cousine. Ils lui annonçaient qu'elle n'était plus leur fille et qu'elle n'avait pas intérêt à remettre les pieds chez eux.

— Alors vous avez pensé que votre amie avait fui avec mon époux.

— C'est vrai, admet la jeune femme d'un ton embarrassé.

— N'ayez pas peur de parler de monsieur Caron devant moi, déclare Léa. Nous sommes séparés depuis six mois. Je suppose que vous êtes au courant.

Julie acquiesce en silence.

— Monsieur Caron se montrait plutôt entreprenant avec Sidonie, reprend-elle d'une voix plus assurée. Comme elle sortait avec un homme depuis peu, j'ai pensé que ce pouvait être lui.

— D'après ce que j'en sais, mon mari sera bientôt nommé directeur adjoint de la *Belle Mercerie*, indique

Léa. Mais je ne serais pas étonnée qu'il ait décidé de tout abandonner pour partir avec votre amie. Il a beaucoup de relations et les moyens de refaire sa vie.

— Pourriez-vous me donner des nouvelles de Sidonie, madame Caron ?

La jeune vendeuse ouvre son sac et en tire un objet enveloppé dans un mouchoir. Le tissu déplié, Léa découvre un peigne d'écaille orné d'une petite perle.

— Il appartient à Sidonie, explique Julie. Elle me l'avait prêté il y a quelques mois, et j'ai toujours oublié de le lui rendre. Je sais que vous voyez des choses... Peut-être que vous arriverez à voir où elle est en touchant cet objet ?

Léa regarde le peigne. Bien qu'une chaleur agréable baigne le salon, une sensation de froid lui arrache un frisson. Julie plonge de nouveau la main dans son sac.

— J'ai de quoi payer, bien sûr ! affirme-t-elle en exhibant un porte-monnaie tout éraflé. Je ne suis pas là pour faire l'aumône.

— Gardez votre argent, rétorque Léa. Je ne fais jamais payer les gens qui viennent me consulter.

— Mais vous aviez l'air d'hésiter !

Léa hésite. Julie est une fille franche et honnête. Elle lui doit la vérité.

— Quand on me demande ce genre de chose, annonce-t-elle lentement, il se peut que la réponse ne soit pas toujours très heureuse. Êtes-vous prête à tout entendre ?

— Je le suis. Tout, plutôt que l'incertitude !

— Alors donnez-moi ce peigne.

L'objet est léger, un peu gras. Léa le tourne entre ses doigts. Aussitôt, la pièce se remplit de bruits et de mouvements. Les rires d'un couple, le clapotement de la Seine sous le clair de lune, l'arche d'un pont. Tandis que les images se succèdent, un froid glacial continue à s'infiltrer sous sa peau. Grelottante, elle pose le peigne sur l'accoudoir de la bergère. La voix anxieuse de Julie lui parvient à travers un épais brouillard.

— Ça ne sent pas bon, hein ?

— Non, lui souffle-t-elle. J'en suis désolée. Je puis vous assurer que votre amie n'a pas quitté Paris. Cependant, je crains…

— Quoi donc ?

Léa ferme les yeux pour échapper à la vision, persistante, d'un chien noyé balloté dans une eau croupie. Enfin, elle trouve la force d'articuler :

— Je crains que vous ne la revoyiez plus dans ce monde.

10

Lundi 16 avril 1849

Carré dans son fauteuil, Louis Canler avise les deux inspecteurs qui ont pris place devant lui.

— Avez-vous du nouveau à m'annoncer sur l'affaire de la rue des Marmousets, messieurs ? demande-t-il.

Alexandre Delage écarte légèrement ses mains croisées. Chaque lundi matin, le chef de la police de Sûreté convoque ses inspecteurs pour faire le point dans son cabinet, et chaque lundi matin, ses paumes sont moites. Canler n'est pas très impressionnant physiquement, et son parcours semble bien terne au regard de celui de son prédécesseur, l'illustre Vidocq. Toutefois, le jeune policier éprouve une profonde admiration pour cet ancien grognard de Napoléon, survivant de Waterloo. Entré comme inspecteur à la préfecture de police en 1820, Canler a gravi tous les échelons, d'officier de paix à chef adjoint, avant d'être nommé à la fonction suprême, le 3 mars dernier, à l'âge de 52 ans. Même le très arrogant Horace Dubon semble moins sûr de lui en sa présence.

L'inspecteur principal s'éclaircit la gorge avant de reconnaître – assez piteusement, semble-t-il à Alexandre :

— Nous n'avons guère avancé depuis la semaine dernière, monsieur.

— Pourquoi donc ?

— Nous manquons de pistes sérieuses. Les indices sont rares et les témoignages trop imprécis pour être exploitables.

Canler toise Dubon, les sourcils froncés.

— Vous n'avez pas la moindre idée de ce qu'est devenu le fils Chagnard ? l'interroge-t-il d'un ton sévère.

— Nous avons montré son portrait dans toutes les tavernes et les auberges du Marais, sans succès.

— Vous fréquentez son cousin du même nom, il me semble ? Le prospère entrepreneur en chemins de fer ?

— C'est exact, monsieur, confirme Dubon. Landry Chagnard et moi avons été camarades de collège. Mais je ne puis dire que nous nous fréquentons vraiment… Tout au plus nous rencontrons-nous de temps à autre.

— Peu importe ! s'agace Canler. Vous n'avez recueilli aucun indice de ce côté-là ?

— Hélas… ! (Dubon se tortille, mal à l'aise.) Chagnard père s'est brouillé avec son fils il y a deux ans et vit désormais dans son domaine de Chantilly ; quant à Landry, il donnait régulièrement de l'argent à son cousin, mais il ne l'a pas vu depuis des semaines – déclaration confirmée par les gens de maison et les voisins de la famille. Selon lui, Nicolas est un pauvre garçon incapable de faire du mal à une mouche.

— C'est peut-être vrai, glisse Alexandre.

Dubon réprime un mouvement d'humeur.

— Delage ne croit plus à la thèse du meurtre ! crache-t-il.

— Tiens donc ! s'exclame Canler. Pourquoi, inspecteur ?

Alexandre déglutit. Les regards de ses chefs sont braqués sur lui. Ce n'est pas le moment de se laisser impressionner.

— J'ai relu le dossier, monsieur, explique-t-il. Le docteur Lévrol a été incapable de déterminer si la blessure au crâne a été faite volontairement, par exemple en cognant la tête de la victime sur la pierre de l'âtre, ou si celle-ci est tombée accidentellement. Le corps était si abîmé qu'il n'a pas pu trouver des traces de coups ou des blessures qui accréditeraient la thèse d'une bagarre. Nous savons que Blaise Murat buvait beaucoup par ailleurs ; plusieurs bouteilles de vin vides ont été retrouvées autour de lui. C'est ce qui me fait penser qu'il s'est enivré et a causé seul sa perte.

— Admettons, dit Canler. Que faites-vous de Chagnard ? Pourquoi a-t-il quitté le domicile sans porter secours à son ami ?

— Je pense que Nicolas Chagnard est parti avant que l'accident ne se produise.

— Comment expliquez-vous qu'il ne soit pas revenu, abandonnant son chien, qu'il adorait, et ses maigres possessions derrière lui ?

— Je n'ai pas de réponse à cette question, monsieur.

Sentant que Dubon brûle d'impatience d'intervenir, Alexandre s'empresse d'ajouter :

— Je sais que toutes les apparences sont contre Chagnard, mais je suis intimement convaincu qu'il est innocent. Il n'en demeure pas moins la clé de l'affaire. Nous devons le retrouver pour savoir ce qui s'est réellement passé : soit il a effectivement causé la mort de son ami au cours d'une bagarre, et il doit en porter des séquelles, soit, comme je le crois, la mort de Blaise Murat est un accident.

— De toutes celles que nous avons explorées, la piste de la diseuse de bonne aventure me semble la plus fiable, indique Dubon. Léa Caron, une voisine de Chagnard, qui se dit spirite, précise-t-il en voyant Canler froncer les sourcils une nouvelle fois. C'est surtout une femme scandaleuse. Plusieurs témoins ont sous-entendu qu'elle avait une liaison avec Chagnard avant sa disparition. Je suis persuadé, pour ma part, que les deux compères se sont battus à son propos. Peut-être a-t-elle aidé Chagnard à s'enfuir…

— Je crois, moi, que cette femme est complètement étrangère au drame, rétorque Alexandre.

Dubon le toise, goguenard.

— Vous aurait-elle ensorcelé, Delage ? ricane-t-il.

Alexandre doit faire un effort pour ne pas répliquer vertement à son collègue. La pâle beauté de Léa Caron, mais également son calme et sa dignité face à l'opprobre dont elle fait l'objet, l'ont vivement impressionné. Il avait été séduit, d'une certaine manière, il devait bien l'avouer. Mais son opinion sur son cas était faite bien avant leur première rencontre. La voix autoritaire de Canler l'arrache à ses réflexions :

— Dépêchez-vous de retrouver Nicolas Chagnard, inspecteurs, que nous puissions clore cette affaire !

Le chef de la Sûreté saisit un dossier sur l'une des piles de documents qui occupent son secrétaire. C'est la fin de l'entretien. Le moment de parler. Alors que Dubon se lève, Alexandre prend une grande inspiration.

— Monsieur, lance-t-il à Canler. J'ai peut-être du nouveau dans l'affaire du meurtre de la femme Maillet.

— Tiens donc ! lâche Dubon en se rasseyant lourdement.

Alexandre affronte sans ciller le regard torve de son collègue. Il s'attendait à une telle réaction de sa part. Comme il s'attendait à ce que Dubon s'attribue son raisonnement ou s'arrange pour le battre en brèche s'il lui confiait ses déductions avant leur entrevue avec Canler. C'est pourquoi il a préféré le contrarier.

— Comme je l'ai expliqué tout à l'heure, j'ai demandé au légiste de confirmer ses observations, explique-t-il. Pour cela, je suis retourné à la morgue, tard ce samedi... J'y ai croisé l'inspecteur Lagache, venu prendre connaissance des résultats de l'autopsie de la veuve Bonneau, une sage-femme du Marais, retrouvée assassinée le matin même au bois de Boulogne. J'ai été frappé par les similitudes entre le meurtre de cette femme et celui de Fraisine Maillet : elles ont été étranglées toutes les deux, après avoir été frappées à la tête avec un objet lourd ; une grosse pierre pour la première, le pied d'une lampe pour la seconde. Elles n'ont pas été violentées. Ce pourrait être l'œuvre d'un même individu.

— Il n'est pas inhabituel pour un meurtrier de

neutraliser sa victime avant de lui donner le coup de grâce, fait remarquer Dubon.

— Avez-vous d'autres éléments qui vous amènent à cette conclusion, Delage ? demande Canler.

— Le profil des victimes. Ces deux femmes menaient une vie plutôt libre. La femme Maillet était vieille fille mais elle fréquentait plusieurs hommes ; quant à la veuve Bonneau, son activité de sage-femme ne suffisait pas à nourrir ses cinq enfants. Elle se prostituait occasionnellement, du côté du Palais-Royal.

— Limpide comme le jour ! décrète Dubon. Elles se sont retrouvées avec un homme de leur propre gré et la situation a dégénéré. Peut-être ont-elles refusé de se donner à lui…

— Je pense plutôt que leur discours engagé lui déplaisait, et qu'il a décidé de les faire taire, rétorque Delage. Rappelez-vous qu'elles ont été étranglées !

Les yeux de Canler se rétrécissent :

— Précisez votre pensée, Delage.

— Fraisine Maillet était membre du club des Femmes d'Eugénie Niboyet. Quant à Caroline Bonneau, elle a été brièvement interpellée à l'issue de la dernière réunion qui avait dégénéré en esclandre et conduit à la fermeture du club, l'année dernière.

— Vous pensez donc que le meurtrier aurait pu les

rencontrer à l'occasion de ces réunions ? Il me semble qu'elles étaient également ouvertes aux hommes, n'est-ce pas ?

— C'est exact. Mais cela fait près d'un an que le club a fermé. Pour quelle raison notre homme aurait-il attendu si longtemps pour passer à l'acte ? Je pense plutôt que l'attitude des deux femmes a déclenché le drame…

— Fouillez tout de même l'histoire de ce club, Delage, insiste Canler. À compter de ce jour, vous reprenez les affaires Maillet et Bonneau. Quant à vous, Dubon, tâchez de retrouver Chagnard au plus vite.

— Bien, monsieur.

Alexandre quitte le cabinet du chef de la Sûreté, frémissant de bonheur. C'est la première fois que Canler lui confie une mission. L'estime-t-il désormais assez expérimenté pour mener une enquête à bien tout seul ? Une chose est sûre, cependant : en le libérant de la tutelle de Dubon, il vient de lui offrir une belle promotion.

Une fois dans le couloir, Dubon sort sa boîte à cigares pour s'emparer d'un trabucos. Son expression est froide, distante. Il est clair qu'il n'a pas apprécié l'intervention de son adjoint, ni la faveur dont Canler l'a gratifié, et il va le lui faire savoir avec son arrogance habituelle. Alexandre s'attend à essuyer les foudres de l'inspecteur en chef. Mais au lieu des remontrances, Dubon se contente de faire remarquer :

— Belle manœuvre, Delage. Par où comptez-vous commencer ?

— Je vais m'entretenir avec les anciennes secrétaires du club des Femmes. La fondatrice, Eugénie Niboyet, s'est exilée à Genève. Mais les autres sont toujours présentes à Paris. Et vous ?

— Je vais refaire le trajet de Chagnard de la Cité au Marais et interroger de nouveau quelques personnes…

À ces mots, Alexandre ressent une sourde inquiétude. Va-t-il importuner de nouveau Léa Caron ? Qu'est-il capable d'inventer pour l'impliquer dans la disparition de Chagnard ? Dubon mordille son trabucos, l'air de rien. La colère remplace la peur dans le cœur du jeune policier. Son supérieur sait qu'il a touché un point sensible et il s'en réjouit – une revanche mesquine sur son coup de théâtre dans le cabinet du grand chef. Pourvu que Léa Caron ne tombe pas dans le piège qu'il lui tendra ! songe-t-il tandis qu'ils se dirigent vers la sortie de l'hôtel de police. Car il le sait capable de tout pour asseoir sa théorie.

La rue de Jérusalem est balayée par un vent humide venu de la Seine. Des lambeaux d'affiche arrachés par le vent volent en tous sens. Dubon désigne une feuille à moitié décollée sur un mur.

— Regardez ce chef-d'œuvre, Delage ! grogne-t-il.

— C'est l'affiche de la campagne de Jeanne Deroin pour les législatives, dit Alexandre en s'approchant pour la lire.

Aux électeurs du département de la Seine

Citoyens, je viens me présenter à vos suffrages par dévouement pour la consécration d'un grand principe, l'égalité civile et politique des deux sexes. C'est au nom de la justice que je viens faire appel au peuple souverain contre la négation des grands principes qui sont la base de notre avenir social. Si, usant de votre droit, vous appelez la femme à prendre part aux travaux de l'Assemblée législative, vous consacrerez dans toute leur intégrité nos dogmes républicains : liberté, égalité, fraternité pour toutes comme pour tous. Une Assemblée législative entièrement composée d'hommes est aussi incompétente pour faire les lois qui régissent une société composée d'hommes et de femmes que le serait une Assemblée entièrement composée de privilégiés pour discuter les intérêts des travailleurs, ou une Assemblée de capitalistes pour soutenir l'honneur du pays.

Signé Jeanne Deroin, candidate

— Quel ramassis de foutaises ! assène Dubon. Il faudrait enfermer cette femme, pour le salut public ! (Il roule en boule le morceau d'affiche et le jette dans le caniveau.) Je vais vous dire franchement, Delage : l'homme qui a tué les femmes Maillet et Bonneau, s'il n'avait pas tué… il faudrait lui décerner une médaille. Cela fait deux folles de moins dans la nature. Qui s'en plaindrait, franchement ? Est-ce qu'on n'a pas déjà suffisamment à faire avec la populace des faubourgs toujours prête à se révolter ? Il faut que les femmes s'en mêlent… Je vous souhaite bien du courage, mon cher, ajoute-t-il en s'éloignant, son trabucos vissé au coin des lèvres. À mon avis, vous ne trouverez jamais le coupable. Vous croyez que le grand patron vous a prouvé sa confiance en vous confiant cette affaire ? Détrompez-vous, c'est le moyen d'enterrer votre carrière sur un échec retentissant !

11

Frissonnant d'impatience, Julie se fraie un passage parmi le nombreux public de la salle de la Redoute. Sa journée de travail finie, elle a sauté dans un fiacre pour rejoindre la rue de Grenelle-Saint-Honoré, où se tient la réunion de campagne des candidats socialistes du 4e arrondissement. Elle ne voulait pour rien au monde manquer l'allocution de Jeanne Deroin. Un événement inédit est en train de se dérouler, et elle veut y assister de ses propres yeux. Par chance, la séance vient à peine de commencer. Le président Morel prononce un discours d'introduction.

Pendant que la jeune femme se faufile dans les premiers rangs, en quête d'une place au plus près de la tribune des orateurs, elle pense à Sidonie. Son amie l'aurait accompagnée, c'est certain. Mais peut-être d'autres occasions se présenteront-elles ? « Il arrive que j'interprète mal les signes qui me sont adressés, lui avait répété Léa Caron. Mademoiselle Lhortie est sans doute en danger, mais nous pouvons encore la sauver. » Elle lui avait promis d'aller à la police de Sûreté en son nom. « J'y connais un inspecteur. Je saurai le convaincre d'enquêter pour retrouver votre amie. » Julie avait décidé de garder espoir. Mais l'absence de Sidonie, ce soir, est bien cruelle.

La jeune femme trouve enfin une place convenable. Il était temps : le président Morel conclut son discours.

— Honneur aux dames, déclare-t-il. Donnons d'abord la parole à madame Deroin, qui va nous exposer la question des droits des femmes.

Julie écarquille les yeux avec surprise. Jeanne Deroin n'est-elle pas là pour présenter sa candidature ? Désirée Gay lui avait indiqué qu'elle avait été inscrite le lundi précédent sur la liste des vingt-huit candidats à l'Assemblée législative. Aurait-elle mal compris ? Une rumeur de réprobation s'élève dans la salle, quand une petite femme brune d'une quarantaine d'années, aux vifs yeux noirs et au menton volontaire apparaît sur l'estrade.

— Silence ! tempête le président.

Jeanne Deroin balaie la salle du regard. Julie se hausse sur la pointe des pieds, dans l'espoir que la candidate l'aperçoive. Si tel est le cas, celle-ci n'en laisse rien paraître.

— Mesdames, messieurs, commence-t-elle d'une voix ferme. Je suis une belle représentante de la condition féminine dans ce pays. Sachez que je ne suis pas venue ici pour discourir. Je suis venue pour poser ma candidature, et on me l'a refusé, sous le prétexte que ma demande serait inconstitutionnelle !

Aussitôt, le tumulte éclate dans la salle. Morel, imité par les membres du bureau de campagne, tape violemment sur sa table.

— Vous ne deviez pas aborder ce sujet, madame Deroin ! s'offusque-t-il. Nous ne vous avons accordé la parole que pour exposer la question des droits des femmes ! Quittez immédiatement cette tribune !

Jeanne pointe un doigt accusateur sur Morel et ses adjoints.

— Je suis étonnée de voir des hommes qui se disent des hommes d'avenir, qui se déclarent démocrates-socialistes et qui repoussent l'application des principes qui sont la base du socialisme…

— Vos prétentions sont immorales ! rugit un assistant.

— … qui reculent devant la pratique et qui n'ont pas le courage de leurs opinions, poursuit la militante sans s'émouvoir. Qui demandent l'abolition des privilèges et qui veulent conserver celui qu'ils partagent avec les privilégiés, celui qui est la source de tous les privilèges, de toutes les inégalités sociales : la domination de l'homme sur la femme !

— Faites-la taire ! s'égosille un participant.

— Non ! proteste Julie. Elle a raison !

Comme elle voudrait frapper ces hommes alignés là derrière leurs pupitres, sûrs de leur bon droit ! Ils ressemblent à son père, pour qui elle n'était qu'une monnaie d'échange ; à ses frères, qui se moquaient bien qu'elle soit malheureuse dans les bras d'un mari violent et inculte. Un objet, voilà comment ils traitent les femmes. *Mais nous ne leur appartenons pas !* rumine-t-elle. À sa grande satisfaction, plusieurs spectateurs et spectatrices manifestent leur soutien aux propos de Jeanne Deroin. Mais l'hostilité de la salle est plus forte. Sifflets, quolibets et injures fusent de toutes parts.

— Si vous m'écartez de la liste des candidats au nom d'un privilège de sexe, lance Jeanne Deroin à Morel et ses adjoints, vous violerez de manière évidente les principes d'égalité et de fraternité qui sont censés guider notre pays !

Un assistant du bureau de campagne monte sur l'estrade. Va-t-il forcer la militante à quitter la tribune ? Mais il se contente de brailler :

— Il n'y a pas de violation des principes d'égalité et de fraternité, car l'égalité naturelle des sexes n'existe pas !

N'oubliez pas la nature des choses : l'homme est fait pour commander et diriger, la femme pour s'occuper du foyer !

— Préjugés ! assène Jeanne Deroin. Il n'y a pas de nature des choses ! Juste des préjugés qui confortent et assoient votre sentiment de supériorité !

Un autre assistant monte à son tour sur l'estrade. L'air calme et posé, il semble plus réfléchi que son prédécesseur.

— Je suis d'accord avec Mme Deroin, déclare-t-il. Mais il est encore trop tôt pour instaurer de tels changements. À l'avenir, nous prendrons les mesures nécessaires.

— Remettre à plus tard ce qui peut être fait dès aujourd'hui, voilà qui est bien commode ! s'indigne Julie. Ainsi, rien ne change jamais !

— Cette Deroin devrait retourner à sa cuisine ! lâche un homme dans la foule.

— Au contraire, monsieur, nous nous priverions d'un beau sujet d'amusement ! rétorque un autre d'une voix joviale.

Julie se retourne, furieuse. L'auteur de ces propos se trouve juste à sa droite. Il ricane, penché sur un petit carnet jaune dans lequel il écrit avec ardeur. Un instant, le souffle lui manque. Ce carnet jaune, elle le revoit, posé sur le comptoir des parapluies, à la *Belle Mercerie* ; elle en a un feuillet plié dans la poche de son tablier.

Car l'homme qui se tord de rire en prenant des notes n'est autre que ce beau parleur de Gustave Petitjean qui voulait l'inviter au théâtre ! Julie se précipite vers lui.

— Qu'est-ce que vous faites là ? aboie-t-elle.

Il arrête d'écrire et la fixe, sidéré.

— Je pourrais vous retourner la question, mademoiselle Julie ! réplique-t-il avec un grand sourire. Moi, je fais mon travail de journaliste pour le *Charivari*. Mais vous… Voilà bien le dernier endroit où j'aurais pensé vous croiser ! Ne me dites pas que vous êtes venue pour applaudir Jeanne Deroin ?

— C'est pourtant cela ! clame Julie, rouge de colère.

Ainsi, son soupirant de la *Belle Mercerie* écrit pour le *Charivari*, ce torchon qui ne cesse de conspuer les femmes et leurs engagements, qu'ils soient artistiques, sociaux ou politiques. *Divorceuses, bas-bleus**… Combien de fois a-t-elle vu Désirée Gay jeter au feu les croquis d'Honoré Daumier, ce dessinateur qui prend un malin plaisir à les dépeindre de la plus grossière des manières ? Gustave Petitjean lui aurait-il avoué son métier dès leur première entrevue qu'elle aurait fait des confettis du papier où il avait noté son adresse !

---

* Terme péjoratif employé au XIXe siècle pour désigner toute femme qui affiche des prétentions intellectuelles.

La mine incrédule, le journaliste désigne Jeanne Deroin qui continue de défendre son point de vue contre une assemblée de plus en plus véhémente.

— Je ne peux croire que vous souteniez cette femme ! s'exclame-t-il. Non seulement ses idées sont risibles, mais sa candidature ne peut aboutir. On vous a forcément menti sur ses qualités, présenté ses prétentions d'une manière trompeuse…

— Personne ne m'a jamais dicté ma conduite, monsieur ! se récrie Julie. Vous n'avez pas honte de traîner les gens dans la boue ? Pour qui vous prenez-vous, à la fin ?

— Je ne fais que mon travail ! De même que vous, vous vendez vos parapluies. Vous tiendrait-on responsable de la dernière couleur à la mode ou des matériaux employés ?

— Quoi ? s'étrangle Julie.

Croit-il vraiment la rallier à son point de vue avec des arguments aussi minables ?

— Ce que vous faites n'est pas un simple travail ! vocifère-t-elle. Vous prenez du plaisir à dénigrer celles qui défendent la justice !

Elle essaie de lui arracher le petit carnet jaune qu'elle devine rempli d'ignominies. Plus leste, Gustave Petitjean le glisse dans le revers son manteau.

— Vous êtes vraiment en colère, on dirait ! ricane-t-il. Allons, allons…

Son ton condescendant fait exploser Julie. Elle va lui faire ravaler ses paroles, à ce prétentieux, effacer le sourire moqueur de son visage !

— Hé ! beugle-t-il en la voyant se ruer sur lui, les poings levés.

Il a tout juste le temps de lever les bras pour parer le premier coup. Julie sent ses doigts se refermer sur son poignet droit pour la repousser. Trop tard. Le journaliste pousse un cri. Le sang perle au bout de son nez. Il se recroqueville, les mains en coupe sur son visage.

— Abruti ! crache Julie. Allez faire votre sale travail, à présent !

Elle voudrait continuer à frapper, mais on l'attrape par la taille pour la tirer en arrière. Des cris retentissent :

— Cette fille est folle ! Arrêtez-la !

Sentant l'étau se resserrer, Julie se dégage d'un coup de coude et se précipite vers la sortie de la salle. Autour d'elle, des gens s'empoignent, elle entend des bruits de verre brisé, les hurlements du président Morel et de ses assistants qui s'efforcent de ramener le calme.

Des larmes de rage et de désespoir lui roulent sur les joues tandis qu'elle s'enfonce dans la nuit, en direction de la Seine.

Elle ne s'est jamais sentie aussi seule de sa vie.

12

Le col de son manteau remonté sur ses oreilles, Alexandre Delage longe d'un pas vif le boulevard de Courcelles. Le crachin désagréable qui tombe depuis la fin de l'après-midi se transforme peu à peu en pluie tiède et collante. Des falotiers circulent d'un trottoir à l'autre, échelle au dos, pour allumer les réverbères. La nuit est en train de tomber et il n'a pas vu passer la journée, trop occupé à parcourir la ville en tous sens. Autour de lui, plusieurs personnes s'engouffrent dans une entrée d'immeuble ou poussent la porte d'une demeure aux fenêtres éclairées. En ce début de soirée, chacun est pressé de rentrer chez soi, au sec, pour faire bon dîner. L'odeur de viande rôtie et de légumes persillés qui flotte dans l'air tord l'estomac d'Alexandre. Il n'a rien avalé depuis le petit déjeuner ; pourtant, l'heure de retrouver la quiétude de son appartement est encore loin. Il lui reste une dernière visite à mener à bien. Sans doute la plus délicate…

Malgré la fatigue qui pèse sur ses jambes, le jeune enquêteur accélère le pas et tourne dans la rue de Miromesnil. Au n° 4, plusieurs fenêtres sont éclairées. Il ne n'est donc pas déplacé pour rien.

Il doit frapper deux fois avant qu'un pas se fasse entendre de l'autre côté de la porte. Une femme à l'âge incertain entrouvre le battant et le toise d'un air méfiant.

— Bonsoir madame, dit Alexandre en exhibant sa carte de police. Je suis l'inspecteur Delage, de…

— Si vous venez pour ce qui s'est passé à la salle de la Redoute, Jeanne n'y n'est pour rien, l'interrompt la femme d'un ton farouche. C'est l'œuvre d'individus obscurantistes, ignorants et stupides ! S'ils avaient un tant soit peu de jugeote, on n'en serait pas là !

Interloqué par cette diatribe, Alexandre choisit de passer outre.

— J'ignore de quoi vous parlez, madame, déclare-t-il. Je suis inspecteur à la Sûreté générale et j'enquête sur deux homicides survenus ces dernières semaines. Les victimes étaient proches du club des Femmes. À ce titre, j'aimerais m'entretenir avec mesdames Gay et Deroin. On m'a dit que je pouvais les trouver à cette adresse.

Cette fois, c'est au tour de son interlocutrice de montrer une franche surprise.

— Qui est-ce, Claire ? lance une voix derrière elle.

— Un monsieur de la police. Il veut vous voir au sujet des anciennes du club des Femmes qui ont été assassinées.

La porte s'ouvre en grand et une seconde personne apparaît : une dame d'âge mûr, coiffée de bandeaux poivre et sel, qui fixe Alexandre sans ciller. Jeanne Deroin, sans aucun doute. Il avait vu une caricature de Daumier, dans le dernier numéro du *Charivari*. Le dessinateur avait su saisir le menton volontaire, le regard passionné, l'expression autoritaire.

— Fraisine Maillet était une fidèle de nos réunions, et elle a été tuée le mois dernier, déclare-t-elle froidement. J'ignorais qu'elle ne fût pas la seule.

— Malheureusement, il y a eu un autre meurtre, madame, répond Alexandre. Caroline Bonneau, une sage-femme du Marais, a été retrouvée morte dans le bois de Boulogne, samedi matin. Tout indique qu'elle a été victime du même agresseur.

À cette annonce, Jeanne Deroin et son amie Claire restent coites.

— Puis-je entrer, mesdames ? demande Alexandre.

— Bien sûr, dit Jeanne Deroin en ouvrant la porte. Suivez-moi, inspecteur.

Après l'humidité désagréable de la rue, la relative chaleur qui règne au siège de *L'Opinion des femmes* enveloppe Alexandre comme un baume réconfortant. Laissant Claire rejoindre un salon où règne une conversation animée, Jeanne Deroin entraîne le jeune policier vers un petit cabinet de travail, à l'autre extrémité du couloir.

La lumière d'une lampe à huile révèle une pièce chichement meublée. Les murs, tachés de salpêtre, auraient besoin d'un bon coup de peinture. Alexandre se souvient des informations glanées sur le lancement du mensuel féministe, en début d'année. À l'origine, *L'Opinion des femmes* devait paraître toutes les semaines, mais le manque de moyens avait contraint Jeanne Deroin et ses collaboratrices à revoir leurs ambitions à la baisse. C'est grâce à la généreuse contribution de l'une de leurs rédactrices, la riche Hortense Wild, que le premier numéro avait vu le jour. Depuis, l'argent était une préoccupation de tous les instants pour maintenir le journal en vie. Les militantes avaient d'autres priorités financières que la réfection des peintures…

— Prenez donc un siège, inspecteur, propose une voix aimable.

Une petite femme à la mine de souris pénètre à son tour dans le cabinet de travail. À son air soucieux, Alexandre devine que l'impétueuse Claire l'a mise au courant des événements.

— Je suis Désirée Gay, annonce-t-elle. Vous avez du nouveau concernant cette pauvre Fraisine ?

— Nous pensions que la police avait abandonné l'affaire, depuis le temps, fait remarquer Jeanne Deroin.

— L'affaire est toujours ouverte, réplique Alexandre en s'asseyant sur une chaise inconfortable. Seulement… nous manquions d'éléments nouveaux. Désormais, nous tenons peut-être une piste.

— Celle du club des Femmes ? s'enquiert Jeanne Deroin, un sourcil levé. Je ne me rappelle pas avoir fréquenté une femme dénommée Bonneau.

— Elle a pourtant été interpellée à l'issue de la dernière réunion de votre club, l'année dernière, pour avoir frappé l'un des policiers envoyés pour rétablir l'ordre. Lors de son interrogatoire, elle a reconnu avoir assisté aux deux précédentes réunions.

— Que voulez-vous savoir, inspecteur ? demande Désirée Gay.

Les deux militantes ont pris place sur des chaises, devant lui. Il ressent toujours une vague hostilité à son encontre, surtout de la part de Jeanne Deroin. Est-ce parce qu'il est policier ? Ou un homme ? Ou les deux ? Quels désordres a-t-elle donc causés dans cette salle de la Redoute, pour que leur amie ne semble pas surprise d'ouvrir à la police ? Il l'apprendra bien assez tôt…

Posément, il sort son calepin et un crayon du revers de sa veste. Un geste répété tant de fois durant la journée qu'il en a perdu le compte.

— De ce pas, j'arrive du domicile de Mme Pauline Roland, l'une de vos anciennes partenaires du club des Femmes, indique-t-il. C'est elle qui m'a dit que je pouvais vous trouver ici en soirée.

— Nous dépouillons les lettres qu'on nous adresse et nous préparons la prochaine édition du journal, explique Jeanne Deroin d'un ton de défi. Mais vous avez de la chance, à une demi-heure près, vous me manquiez. Je me trouvais à la réunion de campagne du 4e arrondissement.

Elle guette sa réaction de son regard implacable. Il ne peut qu'être informé de son engagement politique ; elle veut voir si elle a affaire à un ami ou un ennemi. Dans ce dernier cas, il ne tirera rien d'elle. Même s'il est loin de blâmer son initiative, il doit garder son opinion pour lui. Sa mission n'est pas de discuter politique.

— Je vous aurais attendue, dit-il d'un ton neutre. Il est d'une importance capitale que vous me parliez de votre passé au club des Femmes. Vous y êtes-vous fait des ennemis ? Des hommes vous auraient-ils menacées ou agressées ?

Les deux militantes échangent un regard narquois.

— Croyez-vous, inspecteur, que les revendications que nous portons soient accueillies par des tonnerres d'applaudissements ? réplique Désirée Gay. Si c'était le cas, nous ne serions pas ici, aujourd'hui, à éditer un journal pour faire valoir nos droits et Jeanne ne courrait pas les réunions politiques pour alerter le public sur la condition des femmes !

— C'était notre lot quotidien, enchaîne Jeanne Deroin. Des sifflets, des injures obscènes, des crachats. Comme ceux que j'ai essuyés tout à l'heure, devant le public de la salle de la Redoute, quand j'ai osé rappeler que notre société, malgré tous ses beaux principes, n'est ni juste ni égalitaire ! Vous devez savoir que la dernière réunion de notre club, au manège de Fitte, s'est terminée en esclandre. Nous devions parler du divorce. Des hommes ont réclamé le remboursement du billet d'entrée, et, comme on leur tenait tête, ils ont cassé les vitres du manège et dégradé la tribune. Exactement comme tout à l'heure !

C'était donc cela, « l'œuvre d'individus obscurantistes, ignorants et stupides » dénoncée par la fougueuse Claire. Alexandre tapote nerveusement la page de son calepin de la pointe de son crayon. Les anciennes secrétaires du club des Femmes qu'il a interrogées dans la journée lui ont raconté la même chose. Les écrivaines Claude Vignon, Adèle Esquiros et Anaïs Ségalas avaient déploré la bêtise et l'aveuglement d'une bonne partie du public de ces réunions, qui gênaient souvent les débats et empêchaient la discussion d'avancer.

— Nous tenions à ce que les hommes participent à ces réunions, explique Désirée Gay. Nous pensions ainsi changer les esprits et faire progresser la société ; en travaillant main dans la main, sur un pied d'égalité, et non en prolongeant l'oppression d'un sexe par l'autre. Nous avons vite déchanté !

— Vous souvenez-vous des fauteurs de troubles ? demande Alexandre. Étaient-ce toujours les mêmes ?

— Je ne crois pas, répond Jeanne Deroin. En tout cas, je n'en ai jamais reconnu un seul d'une fois sur l'autre, et pourtant, je suis physionomiste !

— Mais si, Jeanne ! intervient Désirée. Il y avait ce groupe de jeunes gens… ils ont dû assister à deux ou trois séances, peu avant la fermeture du club. Ils nous invectivaient depuis le fond de la salle. Tu ne te rappelles pas ?

Son amie fronce les sourcils. Puis son visage s'éclaire.

— Tu as raison. Ces petits gredins…

— Qui étaient-ce ? s'enquiert Alexandre. Dites-moi tout.

Dans un frémissement d'espoir, il saisit son crayon. Contrairement à leurs anciennes camarades, les deux femmes vont peut-être le mettre sur une piste.

— C'étaient des jeunes hommes de 18 ou 20 ans, explique Désirée Gay. Ils étaient quatre ou cinq. Je ne saurais vous dire à quoi ils ressemblaient. Ils étaient bien habillés, mais sans luxe ostentatoire. Je pense qu'ils devaient être étudiants. Sans doute s'amusaient-ils à faire du tapage chez nous après s'être enivrés dans une taverne...

— Ils n'étaient pas sobres, c'est certain, affirme Jeanne Deroin. Leurs voix étaient empâtées et leurs propos souvent incohérents.

— Pourriez-vous me les décrire ?

Désirée Gay secoue la tête d'un air désolé.

— C'étaient des hommes ordinaires. Je n'ai retenu aucun trait particulier.

— Cela remonte à plus d'un an déjà, fait remarquer Jeanne Deroin. De toute façon, nous ne leur avons pas accordé plus d'attention que cela. Nous avions plus important à faire !

Alexandre repose son crayon en essayant de cacher sa déception. Il ne croyait pas à la piste du club des Femmes avant que Canler lui ordonne d'enquêter sur le passé de l'association. Mais il voulait tant résoudre cette affaire qu'il n'avait pu s'empêcher d'espérer...

— Franchement, inspecteur, je serais étonnée que l'assassin de Fraisine Maillet et de Mme Bonneau se trouve parmi ces fauteurs de troubles, déclare Désirée Gay avec douceur. Ils ne donnaient pas l'impression d'être autre chose qu'une bande d'idiots désœuvrés.

— Peut-être, réplique Alexandre. Ou peut-être pas. Si quelque chose vous revenait – un détail, un nom, quoi que ce soit en lien avec ces personnes – je vous serais reconnaissant de me contacter au plus vite.

— Naturellement.

Le jeune policier rempoche son carnet et son crayon. Il se sent soudain terriblement las et impuissant. Toute cette journée à arpenter Paris pour rien… pas le moindre indice, pas l'ombre d'un suspect. Toujours très digne, Jeanne Deroin le salue et rejoint le salon où l'on continue à discuter avec animation. Désirée Gay le raccompagne à la porte. Dehors, la pluie a cessé. Il rentrera chez lui sans se mouiller davantage. Sa seule satisfaction de la journée.

La militante le regarde avec compassion.

— La ville est grande et nos ennemis sont partout, soupire-t-elle. Je comprends qu'il ne soit pas aisé de démasquer l'auteur de ces crimes affreux.

— Je ferai de mon mieux, madame, assure Alexandre.

Mais c'est la voix hargneuse de Dubon qui résonne dans son esprit. « Je vous souhaite bien du courage, mon cher. Vous ne trouverez jamais le coupable. »

13

Mardi 17 avril 1849

Léa se hâte dans la rue, la mine préoccupée, la démarche nerveuse. Elle s'est réveillée à l'aube, après une nuit peuplée de mauvais rêves qui ne lui ont laissé aucun souvenir, seulement un profond sentiment de malaise. Est-ce un avertissement venu de l'au-delà ? Un drame se prépare. Où ? Quand ? Impossible de le dire.

Une tasse de café noir avalée, elle s'est habillée et elle est sortie. Dans la rue, elle semble bien la seule à ruminer de sombres pensées. Le vent du nord a chassé les nuages ; un beau soleil printanier éclaire les étroites artères de la cité. Les rares passants qu'elle croise ont le sourire, comme si le retour de l'astre du jour suffisait à chasser leurs ennuis. Léa, elle, garde les lèvres serrées, tandis que de joyeuses bourrasques soufflent dans son dos et la poussent en avant, toujours plus vite vers sa destination : le siège de la police de Sûreté générale, rue de Jérusalem.

Alors qu'elle tourne dans la petite voie qui jouxte le quai des Orfèvres, les cloches de Notre-Dame finissent d'égrener huit coups. Prise de doute, la jeune femme ralentit. N'est-il pas trop tôt pour trouver l'inspecteur Delage ? Non, bien sûr, il doit être à pied d'œuvre depuis longtemps. Les affaires criminelles ne manquent pas à Paris. Elle prie simplement pour qu'il accepte de la recevoir, et qu'il ne laisse pas ce soin à son collègue Dubon. Ce détestable policier s'était présenté chez elle la veille, mais sa fidèle Antoinette avait répondu qu'elle s'était absentée. Il n'avait pas reparu depuis. S'il l'accueille à la place de Delage, elle se pliera à un nouvel interrogatoire. Car il est hors de question qu'elle révèle à cet être mal embouché la véritable raison de sa visite. Non seulement Dubon refuserait d'enquêter sur Sidonie Lhortie, mais elle est certaine qu'il se ferait un plaisir de dénigrer la disparue.

Déterminée, Léa pousse la porte de l'hôtel de police. Au moment de franchir le seuil, des images l'assaillent. Celles d'hommes aux mains ligotées, le visage marbré de traces de coups, clamant leur innocence... N'est-elle pas en train de se jeter dans la gueule du loup ? Les visions s'effacent, et elle se retrouve face à un secrétaire, au pied d'un grand escalier.

— Je viens voir l'inspecteur Delage, annonce-t-elle au préposé assis derrière un épais registre. C'est… à propos d'une affaire en cours.

— L'inspecteur vient tout juste de s'absenter, répond l'agent d'un ton morne.

— Savez-vous quand il rentrera ?

— Aucune idée. Il est parti sur une scène de crime, alors…

— Un… un crime a eu lieu ? balbutie Léa.

La gorge serrée, elle s'appuie sur le bord du secrétaire. C'était cela, son pressentiment. Un meurtre. Le préposé lui jette un regard inquiet. Pense-t-il qu'elle va s'évanouir ?

— D'après ce que j'en sais, on a retrouvé un corps sous la passerelle de la Cité, explique-t-il. Ce n'était pas une noyade. (Voyant Léa vaciller, il s'alarme soudain :) Êtes-vous souffrante, madame ? Avez-vous besoin d'aide ?

— Non, je vous remercie. Je vais… je vais essayer de rencontrer l'inspecteur là-bas.

— Cela m'étonnerait qu'il ait du temps à vous consacrer. Revenez plus tard dans la journée ou laissez-moi votre adresse.

— Je repasserai. Merci pour votre accueil, monsieur.

Léa quitte l'hôtel de police d'un pas digne. Une fois dans la rue, elle se met à trottiner, luttant contre le vent qui lui fouette le visage. Elle n'a aucunement l'intention d'attendre pour voir Delage. Il lui faut se rendre sur place, tout de suite. Le jeune policier ignore tout de sa victime, mais elle, elle connaît jusqu'aux moindres détails de sa vie.

14

Debout derrière le comptoir des parapluies, Julie suit d'un œil morose le ballet des clientes dans les allées de la *Belle Mercerie*, les froufrous des robes, les jacasseries et les petits cris d'extase qui composent le bruit de fond quotidien du magasin. Il est 10 heures et elle n'a vendu qu'une ombrelle. Si elle pouvait en rester là de la journée ! Chaque fois qu'elle bouge le bras droit, des élancements douloureux lui traversent le poignet. Heureusement que la fine dentelle qui orne les manches de son corsage couvre le dessus de sa main, sinon on verrait les vilaines traces bleues qui lui zèbrent la peau. Cette teigne de journaliste lui avait fait bien mal. Mais elle lui avait fait mal, elle aussi. Même si elle avait échoué à lui prendre son carnet.

Le crieur de journaux était devant le magasin, à l'ouverture. Julie avait entendu les gros titres. La réunion de campagne du 4e arrondissement s'était terminée en chaos, par la faute de Jeanne Deroin dont la candidature était inconstitutionnelle et qui avait quand même insisté pour la poser ! Allait-elle persister dans son obstination ? En revanche, toujours aucune nouvelle de Sidonie. Léa Caron s'est-elle rendue à la police de Sûreté, comme elle le lui avait promis ? Un inspecteur consentira-t-il à enquêter sur la disparition d'une jeune employée de magasin ? Les larmes montent aux yeux de Julie. Sidonie est peut-être enfermée quelque part, blessée ou mourante. Elle est incapable de lui venir en aide, seulement de prier pour qu'on la retrouve vite et en vie.

— Julie ? glisse une voix fluette.

La vendeuse s'essuie vivement les yeux. Penchée au-dessus du comptoir de passementerie, sa collègue Élisa la contemple avec anxiété.

— Est-ce que tout va bien ? s'enquiert-elle. Tu as l'air…

— Je vais bien, affirme Julie.

— Non, je ne pense pas, mademoiselle, intervient une voix peinée. Et c'est à cause de moi.

La jeune femme doit se raccrocher au comptoir pour ne pas tomber de surprise. Son haut-de-forme défraîchi à la main, Gustave Petitjean s'approche d'elle, la mine contrite.

— Vous… i… ici ! bégaie-t-elle. Vous avez un sacré toupet de venir me voir après m'avoir insultée !

— Laissez-moi m'expliquer, je vous en prie ! supplie le journaliste. Je suis venu pour vous présenter des excuses.

— Des excuses ?

Elle le dévisage, ébahie. Soudain, elle réalise qu'il porte un pansement sur le nez et que sa lèvre supérieure est rouge et enflée. Elle ne pensait pas l'avoir amoché à ce point !

— Oui, reprend-il d'un ton gêné. Je reconnais que je ne me suis pas bien comporté, hier. Je n'avais pas l'intention de vous manquer de respect, ni à vous ni à Mme Deroin.

— Mais vous l'avez fait ! s'écrie Julie.

— Et je comprends que vous m'ayez frappé.

Gustave s'appuie à son tour au comptoir. Tout à coup, Julie réalise qu'elle a oublié le magasin, les yeux ronds d'Élisa qui n'a perdu aucune miette de la conversation et les œillades d'un couple de clients qui passe dans l'allée. Pourvu que Degas n'ait pas entendu les cris ! Le feu aux joues, elle se met à arranger un présentoir, dans l'espoir de donner le change.

— Nous sommes partis du mauvais pied, j'en suis désolé, reprend Petitjean à voix basse. Je voulais vous dire que mon invitation au théâtre tient toujours. Une manière de me faire pardonner…

Julie le toise par-dessus une rangée de parapluies. Est-il sincère ? L'a-t-elle séduit au point qu'il soit prêt à toutes les concessions pour la revoir ? Aussitôt, une voix s'immisce dans ses réflexions : *Méfie-toi, Julie. Tu sais ce dont les hommes sont capables. Peut-être te tend-il un piège pour se venger. Une fois seuls, Dieu sait ce qu'il peut te faire subir !*

— Après ce qui s'est passé, comment pourrais-je vous faire confiance, monsieur ? déclare-t-elle sèchement.

— Prenez le temps de réfléchir ! l'implore Gustave. Vous avez mon adresse. Faites-moi connaître votre décision d'ici samedi. Mais… sachez que je m'en veux terriblement et que je serais heureux de vous revoir, mademoiselle Julie.

Recoiffant son haut-de-forme, le journaliste s'éloigne vers la sortie du magasin. Julie ne peut s'empêcher de le suivre des yeux. Il a l'air pitoyable avec son nez pansé et sa lèvre blessée. Certes, il l'avait mise hors d'elle ; mais elle s'était déchaînée contre lui avec une rare violence. N'a-t-elle pas un peu à se faire pardonner, elle aussi ?

— Je verrai, marmonne-t-elle. Je verrai.

15

Le cadavre a été hissé sur la berge. Des relents de vase croupie, la puanteur des excréments et des ordures que les gens déversent régulièrement dans cet endroit se mêlent à l'odeur de putréfaction. Les pieds dans la vase, Alexandre Delage examine une nouvelle fois le visage inanimé. Il est blafard, déformé par son séjour dans l'eau et les attaques des prédateurs du fleuve. Les poissons et les oiseaux ont dévoré les yeux, les lèvres et les joues. Difficile de savoir à quoi la victime ressemblait de son vivant. À la vue de la corde qui enserre son cou bleui et boursouflé, une sensation de malaise étreint l'inspecteur. De la pointe d'un bout de bois trouvé sur la berge, il soulève l'extrémité de la corde qui pend, effilochée, sur la poitrine inerte.

— Vous croyez qu'on y avait attaché une pierre ? s'enquiert une voix curieuse.

Penché sur le corps, le sergent Loiseau l'observe avec grand intérêt. Alexandre a recruté ce jeune policier pour l'aider à relever les possibles indices laissés sur place par le meurtrier. Un rapide examen des lieux leur avait suffi pour se convaincre que la victime n'a pas été tuée à l'endroit où on l'a retrouvée. La Seine repousse sous la passerelle de la Cité, coincée entre l'île du même nom et celle de Saint-Louis, tout ce qu'elle charrie depuis son entrée dans la ville. Le cadavre a été découvert, tôt le matin, par un pêcheur qui revenait au port. Il flottait, coincé entre les coques de deux embarcations voisines.

— Il est tout à fait possible qu'il ait été lesté, estime Alexandre. On ne voulait pas qu'il soit retrouvé, ou alors le plus tard possible, pour gêner l'identification de la victime. Mais la corde était légère... Elle s'est usée et a fini par rompre.

— Combien de temps a-t-il séjourné dans l'eau, à votre avis ?

— D'expérience, je dirais une semaine... peut-être plus. L'autopsie nous le confirmera.

Avec des cheveux couleur de paille étalés comme des tentacules mous, des jupons tout chiffonnés et des bottines aux semelles usées par les années, le corps ressemble à une poupée désarticulée.

— Je pense qu'elle était jeune, déclare l'inspecteur. Jeune et de condition modeste. Les vêtements sont assez bien conservés pour permettre une identification.

— Une chance ! s'écrie Loiseau. Nous pourrons sûrement résoudre cette affaire !

— Espérons-le !

De nouveau, Alexandre éprouve un profond malaise. Autour d'eux, la rumeur enfle. La foule se presse sur le chemin de halage. À leur arrivée, les spectateurs se réduisaient à une poignée de pêcheurs et leurs familles, tenus à distance par les policiers chargés de protéger la scène de crime. Mais le nombre des badauds avait rapidement augmenté. À présent, les quatre agents missionnés par la préfecture ont du mal à maintenir l'ordre. Des poings s'agitent, des invectives fusent :

— Ça fait des heures que vous avez sorti cette pauvre fille de l'eau, vous devriez pas déjà être sur la trace du coupable ?

— Regarde-les ! Ils tournent en rond comme des chiens incapables de trouver une piste !

— Bah ! le sort des petites gens comme nous ne compte pas. Pour une dame de qualité, ils se remueraient les miches, ça oui !

Le cœur serré, le jeune inspecteur hèle son collègue :

— Loiseau, allez chercher du renfort pour ménager un passage au fourgon de la morgue. Il faut emporter la dépouille au plus vite.

— Bien, monsieur.

Le sergent parti, Alexandre jette une couverture sur le corps. Comme il aimerait déjà être en train d'enquêter pour résoudre cette affaire ; prouver que la police de Sûreté ne bâcle pas les affaires qui lui sont confiées ! L'hostilité de la foule monte d'un cran. Les renforts doivent être en vue. Avec eux, le sinistre fourgon de la morgue… Déjà, les agents incitent les badauds à reculer. Quelques-uns protestent à grands cris.

— S'il vous plaît, monsieur, écoutez-moi ! supplie une voix féminine. Je dois parler à l'inspecteur Delage.

Alexandre tressaille. Cette voix, il la connaît. Il repère aussitôt la jeune femme au visage pâle qui supplie l'un des agents en faction. Léa Caron. Sans prendre le temps de réfléchir, il se précipite vers elle.

— C'est un informateur ! Laissez-la passer.

D'une main ferme, il saisit la spirite par le coude pour l'emmener loin de la foule, tandis que le cordon de sécurité se referme derrière eux.

— Que faites-vous ici ? demande-t-il, à la fois réprobateur et inquiet.

— Je suis passée au siège de la Sûreté, explique-t-elle. Il fallait absolument que je vous parle. On m'a dit qu'un corps avait été retrouvé sous la passerelle de la Cité, alors je suis venue.

— Ce n'est pas le lieu pour discuter, madame Caron !

— C'est exactement le lieu.

Elle le fixe intensément. Soudain, Alexandre réalise qu'elle n'a pas jeté un seul regard à la couverture mouillée tout près d'eux.

Un frisson lui traverse l'échine. Elle est là parce qu'elle *sait* !

— Une employée de la *Belle Mercerie* est passée chez moi dimanche matin, annonce-t-elle. Elle était très affectée par la disparition de sa meilleure amie, qui travaillait avec elle, et qui n'a plus donné signe de vie depuis mercredi dernier. La police n'ayant pas pris au sérieux sa déposition, elle est venue me consulter. Il se trouve que mon mari a disparu, lui aussi, au même moment. Elle pensait qu'ils pouvaient avoir une liaison. J'ai pressé dans mes mains un peigne qui appartenait à la disparue. Je n'ai pas vu ce pont, mais la Seine coulait. Et j'ai senti la mort…

Léa se tait et ferme les yeux. Va-t-elle perdre connaissance ? s'inquiète Alexandre. N'a-t-il pas déjà assez de soucis avec un cadavre non identifié ?

— Quand j'ai appris qu'un corps avait été repêché dans la Seine, j'ai compris, souffle-t-elle.

La jeune femme respire profondément et plante son regard dans le sien.

— Inspecteur Delage, la femme que vous venez de retrouver s'appelait Sidonie Lhortie, elle avait 19 ans et elle travaillait comme vendeuse à la *Belle Mercerie*.

— À quoi ressemble-t-elle, cette Sidonie ?

— Blonde, mince, à peu près ma taille.

Le jeune inspecteur reste silencieux. Ses pensées s'enchaînent à la vitesse de l'éclair. Surtout, il lui faut garder son calme.

— Avait-elle l'esprit indépendant ? demande-t-il d'une voix rauque. Cherchait-elle, d'une manière ou d'une autre, à s'affranchir de certaines… convenances ?

Léa Caron le considère d'un air interrogateur.

— Son amie et elle sont des protégées de Désirée Gay, la cofondatrice de *L'Opinion des femmes*, répond-elle. J'ai cru comprendre qu'elles partagent ses convictions.

— Alors…

Alexandre a l'impression d'avoir plongé dans un gouffre. *Vous enterrerez votre carrière sur un échec retentissant !* lui a prédit Dubon.

— Celui qui a tué cette femme n'en est pas à son coup d'essai, dit-il sombrement. Il a déjà frappé trois fois… et il recommencera.

16

Mercredi 18 avril 1849

L'inspecteur parle mais Julie n'entend qu'un vague bourdonnement. Tôt ce matin, ses pas l'ont conduite au siège de la police de Sûreté, où Delage les avait convoquées, Léa Caron et elle, pour les tenir informées des premières conclusions de l'enquête. Elle s'y était rendue sans y penser. Depuis la veille, ses faits et gestes sont automatiques : elle s'était préparée à dîner, mais n'avait rien mangé ; puis elle s'était mise au lit, tout en sachant qu'elle serait incapable de dormir ; ce matin, enfin, elle avait fait chauffer une tasse de café noir qui était restée sur la table de sa petite cuisine. La voix de Delage lui parvient, assourdie :

— Entrez, je vous prie.

Tandis que l'inspecteur fait installer les visiteuses dans un petit cabinet, et prend place à son tour derrière un secrétaire de bois brut, ses pensées l'entraînent pour la centième fois vers les événements de la veille, au moment où tout avait basculé.

Quand elle avait quitté la *Belle Mercerie*, vers 18 heures, elle était triste, mais elle conservait une minuscule lueur d'espoir. Une lueur qui s'était ravivée quand elle avait aperçu Léa Caron qui l'attendait sur le trottoir, en face de la sortie du personnel, avec un homme un peu plus âgé qu'elle ne connaissait pas. Ils étaient pâles et solennels dans le crépuscule.

— Bonjour, mademoiselle Paupelier, avait dit Léa. Voici l'inspecteur Delage, de la police de Sûreté. Je lui ai parlé de la disparition de votre amie.

— Vous allez faire quelque chose pour elle, monsieur ? avait-elle demandé.

L'inspecteur avait échangé un bref regard avec Léa Caron. Puis il avait pris la parole. Sa voix était douce et agréable.

— J'ai peur de ne pas avoir de bonnes nouvelles, mademoiselle.

L'espace d'un instant, elle avait cru que son cœur s'arrêtait. La minuscule lueur d'espoir avait disparu, laissant place au néant.

Elle s'était entendu articuler d'une voix blanche :

— Vous voulez dire que… Sidonie est morte ?

— Un corps de femme a été repêché ce matin dans

la Seine, avait annoncé l'inspecteur. Il se pourrait que ce soit celui de mademoiselle Lhortie. Accepteriez-vous de le confirmer ?

— Vous voulez… que je voie le corps ?

— Vous en sentez-vous capable ?

Julie avait dégluti. Elle avait vu quelques morts, dans son enfance ; ses grands-parents, des anciens du village décédés de causes naturelles – vieillesse ou maladie. Mais des noyés, cela n'était jamais arrivé. Une fois, la cousine de Sidonie leur avait proposé de se rendre à la morgue. C'était un spectacle très en vogue que celui d'observer ces cadavres anonymes retrouvés dans la rue ou dans le fleuve : on s'y rendait en famille ou entre amis, le dimanche, après un bon repas. Après tout, n'étaient-ils pas exposés en public afin d'être identifiés ? Comme son amie, Julie avait décliné avec dégoût. À présent, pouvait-elle refuser la proposition de l'inspecteur ? Il demanderait à Degas ou à l'un des chefs du magasin de l'accompagner. Abandonner Sidonie au regard de ces hommes, ce serait comme la trahir. Elle n'en avait pas le droit.

— Allons-y, avait-elle dit.

— Maintenant ?

— S'il vous plaît.

Ils avaient pris un fiacre pour rejoindre le quai du Marché-Neuf. À cette heure, la morgue était encore ouverte. Une vingtaine de personnes se pressaient dans l'immense vestibule qui tient lieu de salle d'exposition, le nez collé aux vitres qui les séparaient des cadavres. Étendus entièrement nus sur des tables – à l'exception de leurs parties génitales recouvertes d'un linge blanc –, leurs vêtements accrochés à une patère au-dessus d'eux, les corps ressemblaient à des statues grotesques. Les spectateurs s'horrifiaient devant les plaies qui lardaient ceux qui avaient été assassinés ou qui s'étaient suicidés ; se moquaient des défauts, de l'expression donnée par la mort à tel ou tel visage. Tant d'irrespect soulevait le cœur de Julie, plus encore que l'odeur de décomposition qui flottait dans l'air. Où était Sidonie ?

Delage l'avait conduite à l'extrémité de la pièce. Là, derrière une vitre, gisait le corps dénudé d'une femme qui avait dû être jeune. Sa peau livide était lisse, ses seins, petits et ronds, avaient dû être fermes ; de longs cheveux blonds coulaient autour de ses épaules. Mais elle n'avait presque plus de visage et une cordelette était attachée autour de son cou gonflé.

Julie avait porté la main à sa bouche.

— Qu'est-ce… qu'est-ce qui lui est arrivé ? avait-elle balbutié. Qui lui a fait ça ?

— Elle a séjourné dans l'eau près d'une semaine, s'était contenté de répondre Delage. Mais elle n'est pas morte par noyade. On l'a étranglée avant de la jeter à l'eau.

— La pauvre ! Comme elle a dû souffrir !

Julie avait éclaté en sanglots. Elle avait senti la main de Léa Caron se poser sur son bras pour l'entraîner à l'écart.

— C'est bien votre amie, mademoiselle ?

Oui, c'était bien Sidonie, avec ses petites mains fines et sa taille élancée.

— Cette… robe bleue ! avait-elle hoqueté en montrant les vêtements pendus près du corps. C'était sa robe des dimanches. Elle ne la portait que pour sortir, dans les grandes occasions. Oh ! Sidonie ! Pourquoi es-tu ici ?

— Je vais tout mettre en œuvre pour le savoir, mademoiselle Paupelier, avait promis l'inspecteur Delage de sa voix douce. Je vous le promets.

Il l'avait fait raccompagner chez elle, après lui avoir demandé de se présenter au siège de la Sûreté le lendemain matin.

Gentiment, Léa Caron avait proposé de l'y accompagner.

Julie sent la main de la spirite se poser sur la sienne.

— C'est encourageant, n'est-ce pas, mademoiselle ? demande-t-elle.

— Pardon, murmure Julie. Je repensais à Sidonie... dans cette grande salle... sous le regard de tous ces gens. Elle n'aurait pas aimé ça !

— Elle n'y est plus, annonce l'inspecteur Delage. Sitôt après votre identification, je l'ai fait retirer. Nous allons prévenir sa famille pour savoir s'ils veulent récupérer le corps.

— J'en serais étonnée. Ils estimaient qu'elle les avait déshonorés en partant vivre à Paris. C'est peut-être eux qui lui ont fait ça, d'ailleurs !

La rage et l'incompréhension l'envahissent. Pourquoi Sidonie ? Pourquoi une mort aussi affreuse ? Qu'avait-elle fait de mal ?

— Sa famille n'est pour rien dans la mort de votre amie, déclare Delage. C'est ce que j'expliquais à l'instant.

Les mains croisées sur son secrétaire, l'inspecteur répète patiemment les explications qu'elle n'a pas écoutées.

— L'enquête avance plus vite que je ne le pensais. Hier, après votre départ, le médecin de la morgue a procédé à l'autopsie du corps de mademoiselle Lhortie. L'examen a confirmé ce que je soupçonnais : il n'y avait pas d'eau dans ses poumons, elle est donc morte avant d'avoir été immergée. Le décès est dû à une asphyxie. On l'a étranglée, et probablement lesté le corps avec une pierre avant de le jeter à l'eau, depuis la rive droite de la Seine. Quand la corde a rompu, le corps a dérivé vers l'aval, jusqu'à échouer sous la passerelle de la Cité, où on l'a retrouvé.

— Pourquoi êtes-vous certain qu'il a été jeté de la rive droite ? demande Julie. Dans votre vision, il y avait l'arche d'un pont ! lance-t-elle à Léa Caron.

— Ce n'était pas celui de la Cité, répond la spirite. J'en ai eu la certitude quand je me suis trouvée sur place hier.

— Je partage la conviction de madame Caron, renchérit Delage. La fouille des vêtements nous a permis de découvrir un petit porte-monnaie en cuir, caché dans une poche à boutons cousue juste sous la ceinture de la robe…

— C'était là que Sidonie cachait son argent, confirme Julie. Bien malin celui qui pouvait le lui faucher !

Les larmes lui montent aux yeux au souvenir de l'ingéniosité de son amie. Elle entend encore son rire franc et joyeux quand elle lui avait révélé sa cachette pour déjouer l'habileté des voleurs à la tire. Désormais, il ne résonnerait plus que dans ses souvenirs…

— À l'intérieur, il y avait un billet d'entrée, du genre de ceux qu'on vous donne dans les salles de spectacle du boulevard du Temple, poursuit Delage.

Celui-ci se trouve sur la rive droite. Vous avez dit que votre amie sortait régulièrement avec un homme. À ces occasions, elle devait porter ses plus beaux vêtements. Je pense qu'elle a été tuée par son mystérieux soupirant, à l'issue d'une de leurs soirées. Ils devaient flâner sur les quais, et le drame a eu lieu à proximité du pont Marie. Vous devez savoir que deux femmes ont été assassinées de la même manière depuis un mois. Comme mademoiselle Lhortie, elles étaient proches des milieux féministes et plus particulièrement du club des Femmes, auquel adhérait madame Gay, l'une de vos amies communes.

— Il s'agit de Fraisine Maillet et de Caroline Bonneau, énumère Julie d'une voix éteinte. Oui, je suis au courant.

— Je pense qu'elles ont été toutes les trois victimes du même assassin. Il a d'abord veillé à les étourdir en les frappant à la tête. Dans le cas de votre amie, le médecin n'a trouvé aucune plaie, mais cela ne veut pas dire qu'on ne l'a pas assommée…

— Sidonie a forcément été attaquée par surprise ! décrète Julie. Ce n'était pas une fille à se laisser faire. Elle disait qu'elle portait bien son nom. Elle piquait… comme une ortie.

Sa voix s'étrangle. L'autre soir, l'ortie n'avait rien pu

contre son agresseur. Elle avait baissé la garde et cela lui avait été fatal.

— Nous avons interrogé les commerçants du boulevard du Crime en leur montrant un portrait de votre amie, reprend l'inspecteur Delage. Aucun d'eux ne se rappelle une femme correspondant à la description. Tant de personnes fréquentent cette artère ! Mais je ne perds pas espoir que quelqu'un se souvienne d'avoir vu votre amie et puisse décrire l'homme qui l'accompagnait. C'est la seule piste que nous ayons pour le moment. Les anciennes secrétaires du club des Femmes m'ont assuré qu'aucune d'elles n'avait reçu de menace ou soupçonnait quiconque d'en vouloir à leurs vies.

— Avez-vous interrogé mon mari, inspecteur ? demande Léa Caron.

— Un agent enquête de ce côté, répond Delage.

Il semble à Julie qu'il en sait plus qu'il ne le dit. A-t-il trouvé des preuves contre Charles Caron ? Se peut-il que le chef du rayon passementerie de la *Belle Mercerie* soit le coupable ? Ce coureur de jupons avait largement les moyens de sortir ses conquêtes au théâtre… Mais pourquoi les aurait-il tuées ? Quelles sont les motivations du meurtrier, d'ailleurs ? Son mépris des femmes célibataires ? Traversée par une pensée subite, la jeune vendeuse tressaille.

— Inspecteur ! Le billet d'entrée retrouvé dans le porte-monnaie de Sidonie… d'où venait-il ?

Delage la considère avec surprise avant de répondre :

— Je l'ignore. Les inscriptions étaient trop effacées. Pourquoi cette question ?

— Parce qu'un homme m'a proposé une sortie au théâtre des Funambules, ce samedi. Un client de la *Belle Mercerie*…

Soudain, Julie revoit Gustave Petitjean, son sourire engageant, ses propos flatteurs, son invitation, et puis leur accrochage lors de la réunion de campagne de Jeanne Deroin. Il avait tenu de tels propos sur la candidate ! Pourrait-il être l'assassin de Sidonie ?

Le silence s'est fait dans le cabinet de l'inspecteur Delage. Julie est consciente de livrer un récit un peu décousu sous le coup de l'émotion. Mais le policier semble la comprendre. Il prend plusieurs notes dans un carnet et examine avec intérêt les bleus sur son poignet.

— Gustave Petitjean, répète-t-il. Journaliste au *Charivari* ?

— C'est ce qu'il m'a dit.

— Je crois savoir de qui il s'agit, fait remarquer l'inspecteur d'un ton neutre. Il est souvent présent sur les scènes de crime. Que vous a-t-il dit d'autre ?

— Il habite dans le Marais, rue du Plâtre.

Julie s'interrompt, troublée. Le Marais… Sidonie habitait rue des Rosiers. À en croire les journaux qui avaient suivi l'affaire, c'était également le cas de Caroline Bonneau ; quant à Fraisine Maillet, elle logeait tout près de là, rue du Faubourg-Saint-Antoine. Léa se pince les lèvres. Elle pense à la même chose, tout comme l'inspecteur Delage qui continue à prendre des notes en haussant les sourcils.

— Vous pensez qu'il pourrait… commence-t-elle.

— D'après ce que vous me dites, ce Gustave Petitjean a le profil de l'homme que nous recherchons, confirme le policier. Un meurtrier solitaire, violent et détestant les féministes. Avez-vous accepté l'invitation ?

— Vous voulez rire ? s'exclame Julie. Et maintenant, cela risque encore moins !

— Vous devriez, pourtant.

Devant l'expression stupéfaite de la jeune vendeuse, il poursuit :

— Vous venez de me livrer une piste aussi inattendue qu'intéressante, mademoiselle Paupelier. J'y vois l'occasion idéale d'organiser une filature. Plusieurs agents de la Sûreté vous suivront discrètement. S'il a de mauvaises intentions contre vous, nous le prendrons sur le fait !

— Et moi je terminerai à la morgue, comme Sidonie !

— Bien sûr que non. Nous nous tiendrons prêts à intervenir au moindre signe inquiétant.

Julie regarde alternativement Léa Caron et l'inspecteur Delage. Elle sent qu'elle a mis le doigt sur quelque chose d'important. Et si Gustave Petitjean était bien l'assassin de Sidonie ? Quoi de plus beau que d'aider à le confondre ? Grâce à elle, son amie serait vengée !

— Si j'accepte, vous devez me promettre d'être là en personne, lance-t-elle à Delage. Que je puisse vous voir pour m'assurer que la police veille sur moi !

— Je serai là, mademoiselle Paupelier, assure l'inspecteur. Il ne vous arrivera rien de fâcheux.

17

Penchée à la fenêtre du fiacre, Léa regarde Julie Paupelier qui s'éloigne dans la rue de Jérusalem d'un pas saccadé. Leur entretien terminé, l'inspecteur Delage avait proposé de reconduire ses invitées – l'une chez elle, l'autre à la *Belle Mercerie*, où elle devait prendre son poste à 8 heures. La jeune vendeuse avait décliné : « J'ai besoin de marcher. » D'être seule, sans doute, pour repenser à la mission périlleuse dans laquelle elle s'est engagée…

— J'espère qu'elle ne va pas faire un malaise en traversant la chaussée ! marmonne le policier.

— Soyez tranquille, inspecteur, affirme Léa. Elle est beaucoup plus forte que vous ne l'imaginez.

— Je ne la sous-estime pas. Mais elle traverse une épreuve difficile… Qui pourrait lui reprocher de flancher ?

— Cela n'arrivera pas. Elle sera au rendez-vous samedi soir, et elle fera ce que vous attendez d'elle.

L'inspecteur lui jette un regard en biais.

— Une vision ? demande-t-il d'un ton faussement léger.

— Davantage une intuition, répond Léa en souriant. Faites-moi confiance, inspecteur.

Delage lui retourne un sourire crispé. La mine sombre, il monte à son tour dans le fiacre et s'installe en face d'elle. Tandis que la voiture s'ébranle, Léa le regarde sortir son calepin du revers de son manteau et le feuilleter avec nervosité. Elle s'apprêtait à prendre congé, mais il l'avait retenue : il devait s'entretenir avec elle. Il avait l'intention de se rendre boulevard du Temple, pour s'informer de l'avancée de l'enquête et interroger lui-même quelques commerçants. La rue des Marmousets était sur son trajet. Ils parleraient en chemin.

— Avant toute chose, je tiens à vous remercier pour votre collaboration, madame Caron, dit-il en refermant brusquement son calepin. Votre aide m'a été précieuse.

— Si je pouvais faire davantage pour vous aider à retrouver Nicolas Chagnard… soupire Léa.

— Je ne vois pas où ni comment vous pourriez encore intervenir dans cette affaire. De toute façon, ce dossier est désormais entre les mains de l'inspecteur Dubon.

Léa attend. Va-t-il lui demander si Dubon est passé chez elle pour la questionner à nouveau ? S'inquiéter de savoir s'il l'a harcelée ? Mais Delage reste silencieux, le regard tourné vers la fenêtre. Elle en éprouve un petit pincement au cœur.

La glace avait été brisée quand l'inspecteur s'était présenté chez elle pour quérir son aide dans l'affaire Chagnard. Avec la découverte de Sidonie Lhortie, il lui avait témoigné une grande confiance : d'abord en l'accueillant sur les lieux de découverte du cadavre, puis en lui demandant de l'accompagner pour annoncer la mauvaise nouvelle à Julie Paupelier, enfin en la convoquant dans son cabinet de travail, tôt le matin même. En quelques heures, ils étaient devenus de véritables partenaires. Presque des complices. Un enquêteur et son adjoint... Avec le temps, elle pensait que son esprit ne s'enflammerait plus à la moindre marque d'attention. Comment a-t-elle pu s'imaginer qu'elle comptait davantage aux yeux de l'inspecteur que n'importe quel témoin qui pourrait l'aider à faire avancer son enquête ? D'ailleurs, ne reste-t-elle pas suspecte dans l'affaire Chagnard ?

Soudain, elle se rappelle qu'il a proposé de la raccompagner pour pouvoir lui parler. La voiture traverse la rue de la Barrillerie. Ils seront bientôt chez elle. L'a-t-il fait monter uniquement pour la remercier de son aide ? Est-ce une manière de mettre fin à leur collaboration ?

— Madame Caron, dit brusquement Delage. J'ai des nouvelles de votre mari.

— Vous avez parlé à Charles ? s'écrie Léa.

Il lui avait bien semblé, tout à l'heure dans son cabinet, qu'il ne voulait pas évoquer le sujet. Sa réponse était trop rapide, trop laconique. Il lui cachait quelque chose…

— Non, je ne lui ai pas parlé, répond Delage. Ce que j'ai à vous dire est un peu délicat, c'est pourquoi je ne souhaitais pas l'exposer devant mademoiselle Paupelier.

— Je peux tout entendre, déclare Léa.

Son cœur bat à coups redoublés. Comme la veille, quand elle se dirigeait vers le siège de la police de Sûreté, elle pressent une funeste nouvelle…

— Votre époux n'est pas impliqué dans le meurtre de Sidonie Lhortie, annonce Delage. Le soir de la disparition de cette pauvre jeune femme, il était alité et recevait la visite d'un médecin. Je ne lui ai parlé que brièvement, à une distance respectable. Et pour cause : il est atteint du choléra.

— Le choléra !

Léa joint les mains dans un geste horrifié. En cet instant, ce n'est pas à Charles, qu'elle pense, mais à Alice.

— Ma… ma fille ! balbutie-t-elle. Avez-vous vu ma fille ?

— Soyez rassurée : dès les premiers symptômes, ses grands-parents l'ont envoyée à la campagne avec sa nourrice, chez une certaine madame Heulier.

— Une tante de Charles, murmure Léa. Elle habite Saint-Leu-la-Forêt. Est-ce que ma petite Alice va bien ?

— Vos beaux-parents me l'ont assuré. Ils m'ont montré une lettre qu'ils venaient tout juste de recevoir de la nourrice. D'après cette femme, votre enfant se porte à merveille et commence à marcher. Je peux envoyer un agent vérifier son état de santé, si vous le souhaitez…

— Oh ! monsieur, vous ne pouvez pas savoir combien cela me ferait plaisir !

Tout à coup, elle se rend compte qu'elle est au bord des larmes. Charles, malade du choléra ! Et Alice, chez sa grand-tante à la campagne ! Elle n'avait rien vu, rien pressenti. Comment est-ce possible ? À présent, elle comprend pourquoi ses courriers restaient sans réponse. Quelqu'un aurait pu la prévenir de l'état de son mari, et du départ d'Alice pour la campagne ! Elle est quand même sa mère ! Une mère indigne, songe-t-elle avec amertume. Ses beaux-parents ne l'ont jamais appréciée ; sa supposée trahison les a délivrés de toute considération à son égard. Femme adultère, répudiée, elle n'existe plus…

Le fiacre ralentit et s'arrête à l'angle des rues de la Lanterne et des Marmousets. Le terminus, pour elle, avant que le fiacre n'emprunte le pont Notre-Dame pour rejoindre la rive droite et l'animation du quartier du Temple.

— Je vous souhaite une bonne journée, inspecteur, dit Léa dans un souffle. Merci de tout cœur pour votre sollicitude.

— Attendez ! Je n'ai pas fini.

Delage tend le bras vers la portière pour l'empêcher de saisir la poignée, mais il arrête son geste avant que leurs mains se rencontrent. Une légère rougeur lui colore les joues et ses yeux brillent comme deux escarboucles. Dans la pénombre de l'habitacle, il a vraiment l'air d'un chat aux aguets... Léa se rassoit sur son siège, troublée. Pourquoi s'est-il montré si brusque ? Redoute-t-il qu'elle lise en lui ?

— Vous parliez tout à l'heure de la force de mademoiselle Paupelier, commence-t-il d'une voix rauque. Pour ma part, je vous trouve tout aussi forte – peut-être même plus forte – pour supporter avec dignité les épreuves qui accablent votre vie : les soupçons, les rumeurs sordides, la séparation avec votre enfant... Je n'ai pas la prétention de lire dans les âmes, comme vous, mais je vous trouve courageuse, madame Caron. Très courageuse.

— Merci, souffle Léa.

Elle l'observe. Où veut-il en venir ? La sincérité fait vibrer sa voix, de même qu'une grande émotion.

— C'est pourquoi j'ose espérer que vous ne refuserez pas de m'accompagner samedi soir au théâtre des Funambules.

— Vous voulez que je vous accompagne… dans votre filature ? articule lentement Léa.

— Un homme seul attire toujours plus l'attention qu'un couple. Deux jeunes mariés sortant se divertir boulevard du Temple, c'est une situation banale. Il me semble que cette affaire vous tient à cœur ?

— C'est exact. Je souhaite que le meurtrier de ces femmes soit arrêté.

— Je pense que vous possédez le calme et la réserve dont il faut savoir faire preuve dans ce genre de situation.

L'inspecteur Delage reprend son souffle et sa voix redevient ferme.

— Il suffira de rester naturelle et de faire ce que je vous dirai. Bien sûr, si les choses devaient mal tourner, vous partiriez aussitôt. Ai-je votre accord ?

Elle s'était trompée. Leur collaboration n'est pas finie. Il a besoin d'elle, non pas comme un simple appui, mais comme une véritable partenaire. Un instant, la pensée la traverse qu'elle n'a pas été au théâtre depuis

l'époque de son mariage, trois longues années plus tôt – juste avant que le vernis de sa relation avec Charles ne commence à se craqueler et tomber en morceaux.

— Oui, souffle Léa. Je serai heureuse de vous accompagner.

— Alors, je vous dis à samedi. Je vous ferai porter toutes les instructions nécessaires en temps voulu.

Le policier aide Léa à descendre du fiacre.

— Faites attention à vous, madame Caron, lui recommande-t-il. Il y a un assassin dans cette ville et...

— Soyez tranquille, inspecteur. Je suis forte, n'est-ce pas ?

Il opine en souriant.

— Vous avez raison. Au revoir, madame.

— Au revoir, inspecteur.

Léa regarde la voiture s'éloigner en direction du pont Notre-Dame. Une onde puissante la fait frissonner – aussi intensément que ce soir d'été où, contre toute attente, elle avait croisé le regard de Florin.

18

Samedi 21 avril 1849

Dès sa descente du fiacre qui l'a transportée jusqu'au boulevard du Temple, Julie est assaillie par un tourbillon de bruits, d'odeurs et de couleurs. En ce début de soirée, l'artère se remplit de centaines de Parisiens venus se distraire, au mépris du choléra qui continue de se répandre dans la ville. Des théâtres aux spectacles de rue improvisés sur des échafaudages, en passant par les cafés et les cabarets, les amusements ne manquent pas. Coincé entre le théâtre de la Gaîté et celui des Délassements-Comiques, le théâtre des Funambules est juste devant elle, avec son enseigne surmontée de l'effigie du Pierrot lunaire – figure emblématique des pantomimes qui firent la renommée de l'établissement.

La jeune femme rajuste d'une main nerveuse la mantille – présent de Désirée Gay – qui lui couvre les cheveux. Elle n'a pas l'habitude d'être aussi apprêtée. Au moment de préparer ses vêtements pour son rendez-vous avec Gustave Petitjean, elle avait constaté que sa tenue de fête, trop longtemps oubliée dans son armoire, était mangée aux mites. Par chance, l'une de ses voisines possédait une robe à volants et un grand châle, qui s'accordaient parfaitement avec sa coiffure. Ce samedi soir, elle devait être aussi séduisante que possible...

Le journaliste est déjà présent. Il poireaute à l'entrée du théâtre, habillé d'une veste en alpaga ouverte sur un élégant gilet brodé. Son chapeau paraît neuf et ses souliers brillent. Julie se dirige vers lui d'un pas résolu. Tout à l'heure, dans son petit appartement, elle éprouvait encore de l'appréhension en pensant aux risques qu'elle allait courir. Elle n'a parlé à personne de la mission qui lui a été confiée, pas même à Désirée Gay, à qui elle avait annoncé la mort de Sidonie, lors de sa visite hebdomadaire au siège de *L'Opinion des femmes*. En voyant les larmes couler sur les joues de sa bienfaitrice, la jeune vendeuse avait dû se faire violence pour respecter la promesse faite à l'inspecteur Delage. Afin d'avoir toutes les chances d'aboutir, la piste suivie par la police devait rester confidentielle, comme la filature dans laquelle elle devait servir d'appât. Julie s'était résolue à garder sa langue. Elle n'aspirait qu'à retrouver le meurtrier de Sidonie. Désormais, elle n'a plus peur de l'affronter.

— Bonsoir, monsieur Petitjean, lance-t-elle d'une voix sonore.

— Je suis si heureux de vous revoir, mademoiselle Julie ! s'écrie le journaliste en se précipitant vers elle. Vous êtes ravissante !

— Et vous, vous êtes mieux sans votre pansement sur le nez, fait-elle remarquer. J'espère que vous n'avez plus mal.

L'inspecteur Delage lui a recommandé de se montrer gaie et affable ; en aucun cas Petitjean ne devait soupçonner sa défiance. N'avait-elle pas accepté ses excuses et consenti à le retrouver, à 19 heures, dans la rue la plus animée de Paris ? Ils ne devaient plus parler du passé.

— Je me porte bien mieux, affirme le journaliste en souriant, et plus encore à présent que nous sommes réunis. Souhaitez-vous dîner en attendant le spectacle ?

Julie hésite. Que lui a recommandé Delage lors de sa visite à la police de Sûreté, la veille ? Refuser de suivre le suspect dans une voiture ou un endroit privé, où il ne pourrait plus assurer sa protection. Il ne lui a pas interdit de prendre une collation. Jugeait-il Gustave Petitjean incapable de changer de méthode et d'empoisonner la nourriture de sa proie... ? Bien que l'inspecteur le lui ait défendu, la jeune femme jette un regard autour d'elle. Léa Caron devait accompagner le policier, coiffée d'un chapeau rouge. Mais nul chapeau rouge en vue. Pourtant, Delage avait promis de se trouver sur place pour filer Petitjean.

— Je ne sais pas… marmonne-t-elle en s'efforçant de maîtriser son inquiétude.

— Soyez tranquille, je connais un restaurant où nous serons très bien servis, insiste le journaliste. (Il désigne du doigt une terrasse bondée, à deux pas du théâtre.) C'est ici.

Julie tergiverse encore. Que risque-t-elle, au milieu de tant de monde ? Il lui suffira de ne pas quitter son rendez-vous des yeux de tout le repas.

— Allons-y, dit-elle.

Ayant déniché une table près de l'entrée, ils commandent des côtelettes de mouton et une bouteille de vin. Gustave Petitjean s'empresse de servir Julie. Elle l'observe en douce. Outre le costume qui lui va comme un gant, ses cheveux sont coiffés avec soin, et son visage – à l'exception de la grosseur qui lui déforme le nez – est toujours aussi agréable à regarder. S'il n'était pas le probable meurtrier de Sidonie, et si elle était plus naïve, elle se laisserait conter fleurette par un tel homme. *Comme beaucoup d'autres filles, sans doute !* se raisonne-t-elle avec sévérité.

— Fréquentez-vous régulièrement le boulevard du Crime ? lui demande-t-elle.

— De temps à autre… Et vous ?

— J'y suis venue deux fois avec une amie depuis que j'habite Paris.

Ma meilleure amie, celle que vous avez assassinée ! a-t-elle envie de crier. Gustave Petitjean enfourne une bouchée de côtelette et mastique longuement avant de reprendre la parole.

— Pardonnez-moi, mademoiselle Julie, mais je suis curieux : comment en êtes-vous arrivée à soutenir le projet de madame Deroin ?

Julie fait tourner sa fourchette dans sa main, indécise. Delage lui a conseillé d'éviter le sujet du féminisme. Il ne lui a donné aucune consigne sur l'attitude à adopter si le journaliste prenait l'initiative de la questionner à ce sujet. Doit-elle détourner la conversation ? Sans doute est-ce la solution la plus sûre. S'il a prévu de la tuer, il n'aura pas besoin d'un prétexte. Pourtant, elle s'entend répondre avec passion :

— On ne peut que soutenir Jeanne Deroin si l'on veut réellement respecter les principes de la République, l'égalité entre tous les êtres humains. L'esclavage a été aboli, non ? Mais en réalité, la moitié de la population française reste esclave de l'autre moitié. Les hommes dirigent la vie des femmes à chaque instant. Le père, puis leur mari, décident pour elles. Elles finissent mal mariées, gagnent moins d'un franc par jour, et sombrent dans la prostitution pour survivre ! Tout cela parce qu'elles n'ont aucun droit. Aucun !

Gustave Petitjean hoche gravement la tête.

— C'est juste, admet-il.

— Vous trouvez cela juste ? s'étonne Julie. Pourtant, vous travaillez pour le *Charivari* !

— Oui, mais je ne fais pas de caricatures. Je me contente d'écrire quelques articles en forçant le trait pour que les lecteurs s'amusent, c'est tout. Il faut bien que je gagne ma vie ! ajoute-t-il avec un sourire contrit.

Julie le toise. La colère lui serre les tripes. Au diable les recommandations de Delage !

— Prenez-moi pour une sotte ! lâche-t-elle avec emportement. Il y a des dizaines d'autres journaux à Paris ! Les opinions défendues par votre journal ne vous dérangent pas plus que cela, ou vous ne pourriez pas travailler pour lui !

Gustave Petitjean repose ses couverts et croise les bras devant son assiette.

— D'accord, vous avez raison. Je vais être honnête avec vous : sur cette question, je partage l'avis de Mme Sand.

— George Sand a trahi la cause des femmes ! s'écrie Julie.

Avec son roman *Indiana*, qui dénonçait le carcan du mariage, l'écrivaine était devenue le symbole de la femme affranchie. Juste après la proclamation de la République, Eugénie Niboyet, dans un numéro de *La Voix des femmes*, avait proposé de l'inscrire comme candidate à l'Assemblée nationale. L'écrivaine s'en était offusquée. Elle ne voulait pas être mêlée à cette aventure. Tout auréolée de son succès, elle ne se sentait plus concernée par les revendications des femmes. Lorsque Jeanne Deroin avait lancé sa campagne, elle avait fait savoir publiquement sa désapprobation. Selon elle, la place des femmes n'était pas en politique, du moins, pas dans l'immédiat : il leur fallait d'abord se libérer de la tutelle masculine en obtenant l'égalité civile entre les sexes.

— Vous ne pouvez pas représenter quoi que ce soit en politique alors que vous n'avez aucune indépendance, poursuit Gustave Petitjean. Aucune indépendance ni aucune expérience en la matière !

— Je suppose que les novices de sexe masculin doivent faire leurs armes, eux aussi, rétorque Julie. Vous voyez que vos arguments ne tiennent pas ! En réalité, vous avez peur que les femmes prennent le pouvoir et vous ôtent vos privilèges, à vous les hommes, ajoute-t-elle d'une voix triomphante.

C'est tout le fond de l'affaire : une lutte pour le pouvoir, la suprématie – Désirée Gay l'a toujours dit. Jusqu'ici, les hommes gagnaient, parce qu'ils avaient réussi, par la force ou par la ruse, à faire croire aux femmes que leur place était dans l'ombre. Julie se rappelait les réprimandes de sa mère. Chaque jour, la pauvre femme lui reprochait son comportement. Sa fille riait trop fort. Marchait trop vite. Posait trop de questions et donnait trop volontiers son avis. Il lui fallait se montrer plus discrète. Ne pas afficher ses opinions ni son intelligence. S'effacer, comme si elle n'existait pas ! Les hommes ne devaient surtout pas se sentir menacés. Ils devaient rester les maîtres. Désormais, ce temps était révolu. Par l'éducation, par l'information, les femmes pouvaient conquérir la juste place qui leur revenait. Voilà pourquoi Proudhon fustigeait la campagne de Jeanne Deroin avec tant de véhémence ! Il avait peur…

Gustave Petitjean secoue la tête.

— Je n'ai pas peur de perdre quoi que ce soit, déclare-t-il. Simplement, je ne crois pas que l'arène politique soit un domaine de femmes. Toutes ces empoignades, cette violence…

Julie ne peut réprimer un éclat de rire.

— Les femmes ne sont pas en cristal ! Elles n'ont pas peur de se battre. Vous avez pu vous en rendre compte l'autre jour, il me semble.

Le journaliste la regarde avec surprise puis sourit à son tour.

— Oui, mais vous... Vous êtes exceptionnelle, mademoiselle Julie !

— Je suis telle que bien des autres.

— Si vous étiez comme les autres, je n'aurais pas insisté pour vous inviter à sortir.

Il avance la main pour effleurer la sienne. Tout à coup, la raison de sa présence dans ce restaurant, en compagnie de cet homme, revient à l'esprit de Julie. Elle esquive la caresse de Petitjean et jette un rapide coup d'œil autour d'elle. Sur la terrasse, un joli chapeau rouge attire son regard comme une bouée de sauvetage en mer. Léa Caron et l'inspecteur Delage ne l'ont pas abandonnée ! Ils veillent bien sur elle.

— Que donne-t-on au théâtre ? demande-t-elle, soulagée.

— *Les Trois Filles à Cassandre*, répond Petitjean. C'est une pantomime campagnarde.

— Pas de crime, alors ?

— Vous auriez voulu voir un crime ?

— On surnomme ce boulevard « le boulevard du Crime ». Est-ce qu'il y a eu un véritable crime de commis dans ce quartier ?

— Hormis la mort des trente soldats lors de l'attentat

manqué contre Louis-Philippe il y a quatorze ans, je ne crois pas.

— Mais cela pourrait arriver, non ?

Elle l'observe avec attention. Il se contente de rire, visiblement amusé par sa question.

— Vous en avez de drôles d'idées, mademoiselle Julie !

— Pas si drôles que ça, réplique-t-elle. À Paris, il y a des crimes tous les jours. Ma meilleure amie... celle dont je vous parlais tout à l'heure... elle a été assassinée.

De nouveau, elle guette sa réaction. Une vive surprise se peint sur ses traits.

— Comment ? s'écrie-t-il.

– Elle a disparu la semaine dernière. Mardi, on l'a retrouvée morte, sous le pont de la Cité. Elle a été étranglée et jetée dans la Seine.

Gustave Petitjean la contemple d'un air affligé. *Quel excellent comédien !* songe Julie, non sans effroi.

— Je suis désolé d'apprendre ce qui est arrivé à votre amie ! s'exclame-t-il. Je comprends maintenant pourquoi vous étiez si triste quand je vous ai rencontrée... A-t-on retrouvé le coupable ?

— Non. Mais j'espère que cela ne tardera pas.

Le journaliste acquiesce avec ferveur.

— Je le souhaite également ! En attendant, venez, mademoiselle Julie, allons nous distraire !

Dissimulé dans la pénombre de la salle de théâtre, Alexandre ne quitte pas des yeux le couple assis deux rangs devant lui. D'où il se trouve, il distingue nettement le profil de Gustave Petitjean. C'est bien le journaliste qui les a interpellés, Dubon et lui, au pied de l'immeuble de Fraisine Maillet, le jour de la découverte du corps. L'assassin revient toujours sur les lieux de son crime, dit-on…

Le jeune inspecteur sourit. Quoi qu'en dise Dubon, il semble que la chance soit avec lui. Sans l'incroyable révélation de Julie Paupelier, peut-être n'aurait-il jamais remonté la piste de cet individu. Même dans l'obscurité, il devine le petit air satisfait du journaliste – tellement sûr de lui, qu'il se croit intouchable. *À malin, malin et demi*, songe Alexandre avec jubilation. Son collègue, l'inspecteur Lagache, croisé la veille dans les locaux de la Sûreté, s'était proposé avec joie pour participer à la filature ; flanqué du sergent Loiseau, il patiente devant l'entrée du théâtre, prêt à prendre en chasse leur proie. Quel que soit le plan de Petitjean ce soir-là, il n'échappera pas à la police.

Le siège voisin de celui d'Alexandre craque doucement. Léa Caron décroise puis recroise les mains sur ses genoux. Son profil à elle est nettement plus visible. Elle porte un corset qui amincit et allonge encore sa taille fine, et la couleur anthracite de sa robe lui confère une impression de mystère et de fragilité. Ils n'ont guère parlé, hormis pour évoquer l'affaire, depuis qu'il est passé la prendre à son domicile en fin de journée. Il savait qu'il en serait ainsi : ils étaient en mission. Toutefois, il ne cesse de s'interroger. Agirait-elle de la même manière s'ils ne jouaient pas la comédie ? La relation amoureuse qui lui avait valu la rupture avec son mari était, pour ce qu'il en savait, un ami d'enfance. Se fréquentaient-ils toujours ? Plus tard, peut-être, s'enhardira-t-il à lui poser la question…

Les applaudissements du public tirent le jeune inspecteur de ses réflexions. Le spectacle est fini. Les employés du théâtre rallument les lampes une à une. Gustave Petitjean quitte son siège et tend la main vers Julie Paupelier qui lui confie la sienne, non sans, lui semble-t-il, une certaine réticence.

— Elle est incorrigible ! s'exclame Léa.

— Par chance, il pensera qu'elle lui tient toujours rigueur d'écrire pour le *Charivari*, répond Alexandre. Venez, madame Caron.

Le public s'écoule dans un joyeux brouhaha vers la sortie du théâtre. Il est encore tôt : la soirée se terminera dans un cabaret ou un café-concert. Le policier presse le pas pour éviter de perdre de vue la mantille de Julie Paupelier. Dans la rue, la panique le saisit. Lagache et Loiseau sont invisibles et l'étoffe de dentelle a disparu !

— Là ! souffle Léa.

Alexandre respire. Suivis à bonne distance par ses collègues, Julie et son compagnon s'éloignent en direction du restaurant où ils ont mangé un peu plus tôt.

— Ils vont prendre un verre, prédit-il.

Mais le couple passe devant la terrasse sans s'arrêter. Ils s'attardent devant un spectacle d'acrobates, admirent les tours d'un prestidigitateur, et poursuivent leur chemin en bavardant.

— Ils se dirigent vers la Seine, indique Léa.

— Exact, confirme le jeune inspecteur.

Les battements de son cœur s'accélèrent. Petitjean compte-t-il répéter le scénario du meurtre de Sidonie Lhortie ? Les policiers ne peuvent forcer l'allure au risque de se faire remarquer et de dissuader le suspect de passer à l'action. Petit à petit, ils laissent l'animation des théâtres derrière eux. La rue devient plus calme. Quand ils débouchent sur le quai de la Grève, Julie et son soupirant ont tourné depuis longtemps à l'angle du bâtiment de l'Hôtel de Ville.

— Où sont-ils ? demande Léa d'une voix anxieuse.

— Au bord de l'eau.

Alexandre les regarde qui s'éloignent, côte à côte, sous les arbres qui bordent la berge. L'endroit cst désert. Une ombre glisse derrière eux, de tronc en tronc, silencieuse comme un chat. C'est Lagache. De l'autre côté de la chaussée, le sergent Loiseau s'est rencogné sous une porte cochère. Son collègue lui adresse un signe discret. Il doit faire le tour par la rue de la Mortellerie et se positionner à l'angle du pont Marie et du quai des Ormes, afin de couper la route au couple.

— Restez derrière moi, madame Caron, ordonne Alexandre.

Il écarte les pans de mon manteau et saisit son revolver. À présent, tout peut arriver.

Petitjean et sa compagne se sont arrêtés pour discuter. Puis ils se taisent et repartent d'un pas lent. Alexandre retient son souffle. Il lui semble que le suspect ralentit encore l'allure, laissant Julie passer devant lui.

Le jeune inspecteur se faufile le long d'un mur, son revolver au poing. Petitjean jette un rapide regard derrière lui. Se sent-il suivi ? Mais non, il continue son chemin. Désormais, il marche nettement derrière Julie. Toujours aussi discret, malgré sa grande taille, Lagache les talonne de près. Soudain, Petitjean écarte les bras. Dans un mouvement aussi brusque que silencieux, il se rue sur Julie, les mains en avant.

19

Dimanche 22 avril 1849

La bouche ouverte, les narines dilatées, Julie suffoque. Les doigts qui lui enserrent la gorge l'empêchent de respirer et elle ne peut faire aucun mouvement pour s'en débarrasser. Comme si elle était tétanisée. L'emprise se resserre et la douleur devient insoutenable. Au moment où elle va perdre conscience, ses yeux roulent et se posent sur un point devant elle : le pied ventru d'une lampe à huile.

La jeune femme se redresse, trempée de sueur. Elle met un moment avant de reconnaître la chambre d'amis dans laquelle elle a fini par s'assoupir, alors que les premières lueurs de l'aube soulignaient les contours des volets clos. Loin du luxe ostentatoire auquel elle s'attendait, le mobilier – une armoire en chêne, un meuble de toilette et son broc de faïence, un fauteuil en tapisserie – dégage, à l'image de sa propriétaire, Léa Caron, une certaine simplicité.

Julie s'assoit sur les couvertures, heureuse de pouvoir respirer librement. La nuit n'a été qu'un long cauchemar éveillé, jusqu'à ce que le sommeil jette un voile sur son esprit exténué de ressasser les mêmes pensées. Que se serait-il passé, au bord de la Seine, si l'inspecteur Delage n'était pas intervenu ? Sa voix avait explosé comme le tonnerre derrière elle :

— Arrêtez-vous immédiatement !

Le policier courait vers Gustave Petitjean, revolver au poing. Le journaliste se trouvait juste derrière elle, sous un réverbère – elle n'avait pas remarqué qu'il ne marchait plus à ses côtés –, les mains en l'air, la mine hagarde. Jaillissant de l'ombre – l'un, du couvert des arbres, l'autre, du porche d'entrée d'une maison – deux autres policiers s'étaient rués vers lui. Alors seulement l'horreur l'avait submergée.

— Vous vouliez… me faire subir le sort de Sidonie ! avait-elle balbutié.

— Quel sort ? s'était récrié le jeune homme. De quoi parlez-vous ? Et vous, qu'est-ce que vous me voulez ? avait-il lancé aux deux policiers qui le ceinturaient sans ménagement.

— Police de Sûreté, avait indiqué Alexandre en s'approchant. Je suis l'inspecteur Delage et voici mes collègues, l'inspecteur Lagache et le sergent Loiseau. Monsieur Petitjean, vous êtes en état d'arrestation.

— Pour quelle raison ?

— Pour avoir tenté d'étrangler mademoiselle Paupelier ici présente. Avez-vous l'habitude de vous jeter sur les demoiselles que vous invitez à sortir, monsieur ?

Interloqué, le journaliste les avait considérés alternativement, elle, Delage, les deux policiers et Léa Caron qui les avait rejoints.

— Je comprends ! s'était-il exclamé. Vous avez comploté pour me piéger ! Mais vous faites fausse route. Je me suis précipité vers mademoiselle Paupelier, c'est vrai. Mais c'est parce que j'ai cru voir un insecte tomber d'un feuillage sur son épaule.

— Vous vous moquez de moi ? avait grondé Delage.

— Non, inspecteur. Regardez, mademoiselle Paupelier ! Je ne sais pas si c'est un cafard ou...

Debout sous le réverbère, Julie avait ôté et secoué son châle, pendant que Léa inspectait sa mantille et les volants de sa robe, sans déceler aucun intrus.

— On dirait que votre excuse s'est envolée, monsieur Petitjean, avait ironisé Delage.

— Naturellement ! s'était emporté le journaliste. La bestiole a eu le temps de s'enfuir depuis tout à l'heure ! Je vous jure que j'ai vu quelque chose !

Il venait d'être pris sur le fait – une minute plus tard, elle serait morte – et il avait l'aplomb de nier l'évidence ! Avec une excuse aussi rocambolesque, il fallait vraiment qu'il prenne les policiers pour de parfaits imbéciles ! L'inspecteur Delage avait donné l'ordre de le conduire au siège de la police de Sûreté, mettant ainsi fin à cette mascarade, et à la soirée la plus longue de sa vie.

Julie enfile la robe de chambre prêtée par Léa Caron, avant d'aller pousser les volets. Qu'il est bon de retrouver l'animation de la rue, le bruit des fiacres et des charrettes sur le pavé, les bavardages des passants, l'odeur de la fruiterie en contrebas et, même, celle du caniveau qui finit d'évacuer les ordures charriées par les dernières pluies ! Le beau temps est revenu sur Paris et elle, elle est en vie ! Le cauchemar est fini. Gustave Petitjean ne fera plus de mal à personne, désormais. Il sera traduit en justice et puni pour avoir ôté la vie à trois femmes courageuses.

Soudain, Julie se rend compte que la rue est baignée de soleil. Quelle heure peut-il être ? Midi ? 13 heures ? Vite, elle nettoie son visage avec un linge mouillé et s'assoit devant la coiffeuse pour discipliner ses cheveux emmêlés. Alors qu'elle mate les dernières mèches rebelles, la voix de Léa Caron résonne sur le palier de la chambre :

— Tout va bien, mademoiselle Paupelier ?

— Excusez-moi, madame, s'écrie Julie en se précipitant pour ouvrir la porte. Je n'ai pas passé une très bonne nuit… Il doit être tard !

— Près de 11 heures, confirme son hôtesse avec douceur.

Elle est apprêtée avec élégance et simplicité, comme à son habitude. Une simple robe rose et deux bandeaux de cheveux ébène soulignent la pâleur de son visage. Julie se sent soudain bien laide et vulgaire. Machinalement, elle vérifie que les rubans de sa robe de chambre sont correctement noués. Léa Caron lui sourit.

— Vous n'avez pas à vous excuser, déclare-t-elle. Vous avez traversé une épreuve des plus pénibles hier soir. À mon retour de la messe, Antoinette m'a dit que vous n'aviez pas quitté la chambre, aussi je voulais prendre de vos nouvelles. Souhaitez-vous déjeuner ?

— Ici ? Avec vous ?

— Où donc, sinon ?

— Ben… chez moi, bredouille Julie. Vous avez été tellement gentille de proposer de m'héberger hier soir, Mme Caron ! Je ne crois pas que j'aurais pu passer la nuit toute seule et…

— C'est tout à fait normal.

Léa Caron l'invite à la suivre d'un geste gracieux.

— Allons déjeuner. Vous pouvez m'appeler Léa, ajoute-t-elle en se dirigeant vers l'escalier. Madame Caron, c'est tellement solennel ! Et c'est le nom de mon mari.

— Si c'est ainsi, il faut que vous m'appeliez Julie ! proteste la jeune femme.

Un peu gauche, elle se glisse à son tour sur le palier, les larges pans de sa robe de chambre flottant autour d'elle. Dans un mouvement pour les resserrer, elle fait tomber une minuscule paire de chaussons pendus à une poignée de porte voisine. Tandis qu'elle se penche pour les ramasser, la voix de Léa Caron résonne à ses oreilles.

— C'était la chambre de ma fille.

Rouge d'embarras, Julie se dépêche de remettre les chaussons à leur place.

— Ce doit être terrible d'être séparée de votre enfant, dit-elle d'une voix sourde.

— Par chance, j'ai eu de ses nouvelles par l'inspecteur Delage, répond Léa. Il m'a appris que mon mari était atteint du choléra. La petite a été envoyée chez une tante à la campagne pour la protéger. Avec le prétexte d'enquêter sur l'emploi du temps de mon mari les jours des meurtres, l'inspecteur a dépêché un agent sur place pour s'assurer qu'elle va bien. Je suis rassurée, à présent, et j'espère la revoir bientôt. Mon mari ne peut plus la faire surveiller aussi étroitement là-bas…

— Je ne sais pas quel genre d'homme est l'inspecteur Delage, décrète Julie. Mais vous lui plaisez, c'est certain. Sans ça, il n'aurait pas mené toute cette enquête pour vous.

La main sur la pomme de l'escalier, Léa Caron marque un arrêt.

— Qu'allez-vous inventer ? s'écrie-t-elle, les sourcils froncés.

— Je ne suis pas aveugle, vous savez. J'ai vu la façon dont il vous regardait, à l'hôtel de police, mais aussi hier soir, après l'interpellation de Gustave Petitjean. Vous ne lui êtes pas indifférente…

— Il serait malheureux que vous ayez raison, soupire Léa. Je ne pourrais lui retourner la pareille.

— Parce que vous en aimez un autre ?

Julie se mord la lèvre. Ne s'est-elle pas montrée un peu trop familière en questionnant ainsi une femme qu'elle ne connaissait pas encore une semaine plus tôt ? Ce n'est pas parce qu'elle l'a priée de l'appeler par son prénom qu'elle est devenue sa confidente… Mais Léa Caron ne semble pas choquée.

— Je pense bien à un homme, rectifie-t-elle. Tout en sachant qu'il est vain de continuer à l'aimer.

— Pourquoi ?

— Il est parti en Algérie avec son régiment, et il ne reviendra probablement jamais.

Devant le regard interrogateur de Julie, elle poursuit :

— Je le connaissais depuis l'enfance. Son père travaillait les terres du mien. Après la mort de mes parents, j'ai déménagé à Paris et je l'ai perdu de vue. Jusqu'à un soir de juillet, l'année dernière. Mon mari et moi étions invités chez un ami à lui. Il y avait là le frère de notre hôte, un capitaine de zouaves, et quelques-uns de ses hommes. Je l'ai immédiatement reconnu. Sept ans avaient passé mais il n'avait pas changé. Il ne m'avait pas oubliée…

Sur le visage de Léa, Julie lit tour à tour le bonheur et une infinie tristesse.

— J'ai appris son départ le jour où le tribunal a rendu sa sentence sur la demande de séparation d'avec mon mari.

— Alors, c'est avec lui que vous…

Léa Caron opine.

— Ne parlons plus de cela, voulez-vous ? demande-t-elle d'une voix douce.

— Bien sûr, acquiesce Julie, confuse.

Dans la salle à manger, un véritable buffet les attend : poulet froid, salade de gésiers, fraises et crème fouettée.

Pendant que les deux nouvelles amies s'installent autour de la table, Antoinette apporte un pichet de vin et une carafe d'eau gazeuse. À peine a-t-elle fini de remplir les verres que le son du heurtoir retentit. La bonne s'éclipse et revient un instant plus tard.

— Madame, dit-elle à Léa. L'inspecteur Delage demande à vous voir.

— Faites-le entrer, répond la jeune femme en se levant.

Julie ne peut s'empêcher de noter la légère rougeur qui colore ses joues de porcelaine. La bouche pleine, elle se lève à son tour, en rajustant les rubans de sa robe de chambre. Pourvu que l'inspecteur ne remarque pas sa tenue négligée ! Un pas lourd résonne sur le parquet du vestibule et Delage apparaît. Il porte ses vêtements de la veille, ses joues sont recouvertes d'un fin voile de barbe et ses yeux lourds de fatigue. La peur étreint le cœur de Julie. Quelque chose ne va pas.

— Que se passe-t-il, inspecteur ? s'enquiert Léa Caron.

Le visage de la spirite a blêmi. Elle sait ce qu'il va répondre, elle l'a compris dès l'instant où elle a entendu son pas dans l'entrée.

— Ce n'est pas lui, lâche l'inspecteur. Gustave Petitjean n'est pas notre meurtrier.

20

— C'est impossible ! s'écrie Julie Paupelier. Vous avez vu qu'il était prêt à m'étrangler !

La jeune femme toise Alexandre, partagée entre la stupeur et l'indignation. Comme il la comprend ! Lui-même se serait cogné la tête contre les murs quand il avait réalisé que la si prometteuse piste Petitjean aboutissait à une impasse. À présent, il ne peut que secouer la tête, impuissant.

— En fait, non, avoue-t-il. Je suis intervenu dès que je l'ai vu lever les mains. Je n'ai pas attendu qu'il passe à l'acte.

— Encore heureux !

— Mais cela ne suffit pas à prouver qu'il s'apprêtait à vous tuer. J'ai commis une erreur, en me montrant trop pressé...

— Vous plaisantez ?

— Hélas ! Non. De toute façon, il aurait été innocenté.

— Vous voulez dire que vous l'avez… relâché ? s'écrie Julie, scandalisée.

Léa Caron pose une main apaisante sur le bras de son amie et se tourne vers lui.

— Et si nous nous asseyions ? propose-t-elle d'une voix douce. Je vous en prie, inspecteur, expliquez-nous de quoi il retourne.

Alexandre se laisse tomber sur une chaise, encore étourdi par son échec. Il s'était trop vite réjoui de tenir le coupable, et il avait été lourdement puni de son arrogance. En sortant de la Sûreté, tout à l'heure, il avait croisé Horace Dubon. « Mauvaise nuit, Delage ? » s'était enquis son collègue. Alexandre avait filé sans répondre. Dubon connaissait toute l'affaire, c'était certain. Il n'attendait qu'une occasion pour triompher. *Je vous avais dit que cette affaire ruinerait votre carrière !* Le jeune policier prend une profonde inspiration. Pour le moment, il lui faut encore remuer le couteau dans la plaie.

— J'ai passé une partie de la nuit à interroger Gustave Petitjean sur son emploi du temps au moment des meurtres de nos trois victimes, explique-t-il d'un ton las. Il m'a répondu très calmement et en détail. Ce matin, à la première heure, des agents ont fouillé son domicile et vérifié ses alibis aux quatre coins de Paris. Mercredi soir, il se trouvait dans les bureaux du *Charivari*, pour terminer et corriger un article qui devait partir sous presse ; quatre employés, dont le directeur, étaient présents avec lui. La semaine qui a précédé la découverte de Fraisine Maillet, il était en voyage à Bordeaux, pour préparer les funérailles de sa mère ; nous avons retrouvé les billets de train poinçonnés chez lui. Les jours qui ont précédé la mort de Caroline Bonneau, il était sorti tous les soirs : dîner chez un confrère du *Charivari*, spectacle à l'opéra, bal. Chaque fois, des dizaines de témoins attestent de sa présence jusque tard dans la nuit. Par ailleurs, on n'a rien découvert de suspect dans son appartement.

— Impossible ! scande Julie Paupelier. Il y a forcément une erreur ! Son patron, ses amis ont menti pour lui. Il n'est pas allé à Bordeaux !

— Je puis vous assurer que nous avons tout vérifié, mademoiselle Paupelier.

— Mais il s'est quand même rué vers moi hier soir !

— J'ai interprété son geste comme menaçant, mais je n'ai aucun moyen de prouver qu'il voulait s'en prendre à vous, admet piteusement Alexandre. Nous avons fouillé ses vêtements. Il n'avait sur lui aucune arme, aucun objet dangereux.

— Alors, monsieur Petitjean est en liberté ? intervient Léa Caron.

— C'est exact. Mais je ne crois pas que vous ayez quoi que ce soit à redouter de sa part.

Le jeune inspecteur cherche le regard de Julie Paupelier. Elle l'évite, terrassée par ses révélations. Le chagrin a succédé à la colère ; le visage tourné vers la fenêtre, elle fait tout pour retenir ses larmes. Sans doute pense-t-elle qu'il n'y aura jamais de justice pour son amie Sidonie. Mais il est inconcevable que la police de Sûreté laisse un meurtrier impuni !

— Je suis venu vous dire que l'enquête se poursuit, déclare Alexandre avec toute la conviction dont il est capable après une nuit blanche. En attendant, il y a un homme dangereux qui se promène dans Paris et qui s'attaque aux femmes seules et résolues. Je ne saurais que trop vous conseiller de prendre garde à vous, mademoiselle Paupelier. N'acceptez aucune invitation à sortir, de quelque individu que ce soit, proche parent ou simple connaissance. C'est également valable pour vous, madame Caron, ajoute-t-il en se tournant vers Léa. À ce stade, tout le monde peut être suspect. La presse va s'emparer de cette histoire et la peur va s'abattre sur la ville, ce qui ne va pas arranger nos affaires. Il se peut qu'il se méfie et se cache pour un temps, mais cela le rendra encore plus difficile à démasquer.

— C'est entendu, inspecteur, dit Léa en se levant pour le raccompagner à la porte. Nous serons prudentes.

Elle ne lui a pas proposé de se joindre à elles pour déjeuner. Mais il ne peut pas lui en vouloir. Une telle invitation aurait été déplacée après l'affreuse déception qu'il vient de leur infliger – à Julie Paupelier, surtout. Immobile, face à la fenêtre, la jeune femme ne répond même pas à son salut quand il quitte la pièce.

— Je suis désolé, madame Caron, soupire-t-il, une fois dans le vestibule. J'aurais souhaité vous apporter d'autres nouvelles.

— Vous trouverez le meurtrier, inspecteur, affirme Léa.

— Une intuition ?

— Une certitude.

Elle sourit. Alexandre aimerait lui prendre la main et y déposer un baiser, mais il se contente de récupérer son chapeau sur le portemanteau. Loin de l'abattre, sa visite rue des Marmousets l'a revigoré. Grâce à elle…

— Veillez sur vous et sur mademoiselle Paupelier, lui dit-il avec chaleur. Je vous tiens au courant des développements de l'affaire.

21

— Elles sont là ! s'écrie Julie.

Léa se laisse entraîner entre les tables du café de Foy. Même sans l'indication de son amie, elle aurait su que les deux femmes, qui lisent des journaux au fond de la salle, sont les personnes qu'elles cherchent. En ce milieu d'après-midi, les clients sont clairsemés et se résument à quelques couples, très certainement illégitimes, et une famille aussi nombreuse que bruyante. Depuis 1836 et la fermeture des tripots et des maisons de jeu qui faisaient la renommée du Palais-Royal, les galeries des jardins, autrefois si fréquentées, sont peu à peu délaissées par les Parisiens en quête de divertissements qui lui préfèrent les Grands Boulevards. Mais l'endroit est habituellement plus animé le dimanche. La peur du choléra retient les gens chez eux.

À l'approche de Julie, les deux femmes installées au fond de la salle abandonnent leur lecture et se lèvent pour l'accueillir. La première est de petite taille, le visage rond et avenant sillonné de rides. Léa a vu plusieurs portraits de Désirée Gay dans les journaux – souvent des caricatures, visant à dénigrer le modèle et ses idées. La réalité, elle le sent tout de suite, en est bien éloignée. Quant à la seconde, très sobrement vêtue et dotée d'un visage à l'expression volontaire, il émane d'elle une force impressionnante et une grande intelligence. Pourrait-il en être autrement de Jeanne Deroin, la femme qui ose braver l'ordre établi en dénonçant ses contradictions ?

— Ma petite Julie ! s'exclame Désirée Gay en prenant la jeune femme dans ses bras. Quelle bonne surprise de te voir !

— Je suis passée chez vous tout à l'heure, explique cette dernière. On m'a dit que vous aviez rendez-vous au café avec madame Deroin. Alors je me suis permis de vous rejoindre, en compagnie de madame Caron, ma nouvelle amie.

— Excellente idée ! se réjouit Désirée Gay. Je suis ravie de faire votre connaissance, madame, dit-elle à Léa.

— Prenez donc une chaise, propose Jeanne Deroin. Nous allions justement commander un café et des meringues.

Léa accepte l'invitation en souriant. Julie a peut-être déjà parlé d'elle à sa protectrice ; plus sûrement,

Jeanne Deroin et elle ont dû avoir vent de sa séparation avec Charles Caron et des frasques dont on l'accuse. Mais il n'y a pas de jugement dans leurs yeux. Le contraire l'aurait étonnée. Ne se battent-elles pas pour l'abolition de tous ces carcans qui les oppressent ?

— Apportes-tu de bonnes nouvelles ? demande Désirée à Julie, une fois qu'elles sont toutes les quatre réunies autour de la table. L'assassin de Sidonie a-t-il été arrêté ?

— Non, soupire Julie. C'est pour cette raison que je voulais vous parler.

La jeune femme relate en quelques phrases le piège tendu à Gustave Petitjean, la filature, l'arrestation et la désillusion du matin.

— Le meurtrier est toujours dans la nature, annonce-t-elle d'une voix amère. L'inspecteur Delage nous a recommandé la plus grande prudence. C'est pour cela que madame Caron m'a accompagnée jusqu'ici. Je devais vous mettre en garde, vous aussi !

— Franchement, je pense avoir passé le point de non-retour, décrète Jeanne Deroin.

— Avez-vous réussi à poser votre candidature ? s'enquiert Léa.

— Elle n'a pas été retenue.

— Quoi ? s'exclame Julie.

Jeanne Deroin attend que le serveur ait déposé le café et les meringues sur la table et soit reparti vers l'arrière-salle pour expliquer :

— Seulement quinze délégués du comité démocrate-socialiste se sont prononcés en ma faveur. Même mon ami Jean Macé, qui est journaliste pour *La République*, et soutient notre combat pour les droits des femmes, m'a écrit pour me dire qu'il admirait ma ténacité, mais qu'il jugeait ma démarche inconstitutionnelle. Si j'avais été élue, conclut-elle d'un ton résigné, mon élection aurait été annulée. Mais je ne m'arrêterai pas pour autant de porter la parole des femmes.

— Si quelqu'un voulait nous tuer, Jeanne et moi, il l'aurait déjà fait, déclare Désirée Gay.

— Pourquoi le meurtrier a-t-il choisi Sidonie ? lâche Julie. Et Fraisine, et Caroline… ? Elles n'étaient pas célèbres comme vous !

— Je pense qu'il frappe à l'aveugle… dans l'espoir de décourager toute initiative.

Léa opine en silence. Distillée par les journaux, la peur va s'abattre sur la ville, a prédit Alexandre Delage. Les femmes ne sortiront plus seules, n'oseront plus prendre la parole. Elles s'effaceront… à la grande satisfaction des conservateurs de tout poil !

Jeanne Deroin brandit le numéro du *Peuple* qu'elle lisait à leur arrivée.

— Quand Proudhon promet le chaos si les femmes obtiennent les mêmes droits que les hommes, ce meurtrier d'agitatrices finira par apparaître comme un justicier aux yeux des plus radicaux !

— C'est révoltant ! s'indigne Julie.

— Voilà pourquoi nous devons continuer à exprimer nos idées, assène Désirée Gay. Si nous nous taisons, les réactionnaires auront gagné ! Nous devons agir, Jeanne. Publier une lettre ouverte aux Parisiennes pour leur dire qu'il ne faut pas céder à la peur, mais, au contraire, continuer à sortir, à se battre ! Ce monstre qui nous traque doit savoir qu'il ne gagnera pas la partie !

Jeanne Deroin hoche gravement la tête.

— La liberté ou la mort, articule-t-elle.

— Ce n'était pas la devise des révolutionnaires de 1789 ? demande Léa.

— Parce que la vie ne vaut pas d'être vécue sans liberté, explique la féministe. Savez-vous que c'est ici, au café de Foy, que Camille Desmoulins a appelé les Parisiens à se révolter contre les tyrans ? La Bastille a été prise il y a soixante ans. Notre tour est venu, à nous les femmes, d'abattre nos tyrans.

Un lourd silence s'abat sur le petit groupe. Posées au centre de la table, les tasses de café refroidissent. Personne n'a touché aux meringues. Au bout d'un moment, Jeanne Deroin reprend la parole :

— La police avance-t-elle sur les autres affaires ? s'enquiert-elle. Le cousin de l'entrepreneur Chagnard… c'était l'un de vos voisins, madame Caron ?

— C'est exact, acquiesce Léa. À ma connaissance, l'enquête piétine.

— Il y a un article dans *Le Siècle* d'hier, qui se contente de rappeler les faits, confirme Désirée Gay. Mais rien de nouveau.

Léa parcourt du regard les quelques lignes qui composent l'article, au bas d'une page. Une photographie de Nicolas Chagnard, datant sans doute de l'époque où il était étudiant, a été insérée au centre. Imberbe, les cheveux bien peignés, le visage lisse… La gorge de la spirite se serre. Depuis que l'inspecteur Delage l'a emmenée dans la sordide remise où Blaise Murat a trouvé la mort, elle n'a plus rien ressenti au sujet de son voisin disparu. Comme si le jeune déclassé avait été avalé par le néant.

— Attendez !

Désirée Gay se penche à son tour sur le journal.

— Montrez-moi la photographie, Jeanne, dit-elle à son amie. Ce visage m'est familier…

— Vous avez déjà rencontré cet homme ? demande Julie.

Sa protectrice opine, l'air éberlué.

— Mais… oui ! Je le reconnais ! balbutie-t-elle. L'un de ces blancs-becs qui venaient mettre la pagaille et nous insulter, aux réunions du club des Femmes… n'est autre que Nicolas Chagnard !

22

Mardi 24 avril 1849

Aux femmes de Paris

Depuis plusieurs jours, les journaux se font l'écho d'une terrible nouvelle. Un assassin rôde dans la ville et s'attaque aux femmes la nuit venue. Trois malheureuses sont déjà tombées sous ses coups. Elles étaient veuve ou célibataire, jeune fille ou mère de famille, couturière, sage-femme ou employée de magasin. Mais surtout, elles voulaient vivre libres. Celui qui leur a ôté la vie ne l'a pas supporté. Il n'a pas supporté leur soif légitime de liberté. Femmes de Paris, ces femmes qui sont tombées, ce sont vos mères, vos sœurs, vos filles. À travers elles, c'est vous qu'on cherche à faire taire. Ne vous repliez pas dans la peur, ne cachez plus vos aspirations, vos goûts, vos désirs. Faites savoir à ce monstre qui se terre lâchement dans l'ombre, qu'il faut compter avec vous ! Ensemble, nous sommes plus fortes que lui !

Le texte du manifeste de Désirée Gay et Jeanne Deroin, affiché par dizaines dans les rues de la capitale, tourne dans la tête de Julie.

Elle l'a si souvent relu depuis la veille qu'elle le connaît par cœur. Les phrases qu'elle récite à voix basse décuplent son courage. Il lui en faut particulièrement ce soir…

La jeune femme respire un grand coup avant de frapper à la porte enduite d'une peinture blanche défraîchie. « Monsieur Petitjean ? Dernier étage, au bout du petit couloir », avait annoncé la concierge du numéro 18 de la rue du Plâtre.

Cette commère aurait-elle été un chat que Julie n'aurait pas été étonnée de la voir se lécher les babines. Qui donc rendrait visite à son jeune et beau locataire, à près de 20 heures, si ce n'est une maîtresse ? Elle tient là un potin de premier choix !

Julie, elle, s'était réjouie de cette marque d'intérêt. La concierge ne risquait pas de l'oublier. Elle pourra attester de sa présence chez Gustave Petitjean, si les choses tournent mal.

La jeune femme décèle un pas traînant de l'autre côté de la porte.

La voix ensommeillée du journaliste lui parvient :

— Qui est-ce ?

— Julie Paupelier.

Aucune réponse. La visiteuse retient son souffle. Va-t-il rebrousser chemin et la laisser sur le palier ? Est-il en train de préparer une arme – un pied de lampe pour la frapper en plein visage ou un couteau à lui planter dans le cœur ? Le moment de vérité approche. Un déclic retentit et la porte s'entrouvre sur la figure hagarde de Gustave Petitjean.

— Que faites-vous chez moi ? demande-t-il d'une voix presque tremblante.

Julie le toise brièvement.

Il est tout habillé mais sa cravate est dénouée. Sa main gauche est vide ; la droite, en revanche, est dissimulée derrière la porte.

— Je suis passée au siège de votre journal où l'on m'a dit que vous étiez rentré chez vous, répond-elle, sur ses gardes. Je voulais…

— … me faire des excuses ?

— Pourquoi vous en ferais-je ?

Les lèvres du journaliste s'étirent dans un sourire amer.

— Pour votre mémoire, j'ai passé la nuit de samedi et une partie de la matinée de dimanche au siège de la police de Sûreté, à subir un interrogatoire absurde de la part d'un inspecteur persuadé de tenir le pire criminel du siècle. Tout cela parce qu'une jeune personne que j'estimais, et en qui j'avais toute confiance, m'a trahi !

— Je ne vous ai pas trahi, réplique Julie. J'ai aidé la police à arrêter le meurtrier de ma meilleure amie et de deux autres femmes.

— Non, vous n'avez fait qu'accuser injustement un homme ! Au cas où vous n'auriez pas lu les journaux, j'ai été mis hors de cause. C'est un certain Nicolas Chagnard qui est désormais le principal suspect dans cette affaire !

— Pas pour moi.

Julie retient son souffle. Gustave Petitjean ne devrait-il pas exploser de colère et se jeter sur elle ? Il se contente de la fixer d'un air stupéfait et douloureux.

— Parce que j'avais des places pour le théâtre des Funambules, comme l'homme qui a assassiné votre amie, vous croyez que j'allais m'en prendre à vous ? s'écrie-t-il.

— Vous oubliez la promenade au bord de la Seine, et cet insecte imaginaire sur mon épaule…

— C'est ridicule ! Quel criminel doté d'un tant soit peu d'intelligence procéderait deux fois de suite de la même manière ? Il faudrait être complètement idiot !

— Ou très sûr de soi. Après tout, la police ne vous a pas arrêté.

Le journaliste lui décoche un regard perçant.

— Que faites-vous ici, si vous me croyez toujours coupable ? demande-t-il brusquement. Vous essayez encore de me piéger ?

Julie reste muette. Comment a-t-il deviné ? Elle n'aurait pas dû le laisser parler. Il a pris le contrôle de la conversation et elle en a oublié son plan. Elle était censée se réjouir que la police l'ait relâché, prétexter qu'on l'avait forcée à jouer l'appât ; elle devait le mettre en confiance, afin qu'il se sente libre d'agir contre elle de nouveau !

Gustave Petitjean ouvre grand sa porte et s'avance sur le seuil, en regardant autour de lui.

— Pas d'inspecteur Delage en planque dans un coin ? lance-t-il d'un ton ironique. Mais vous êtes bien venue pour me piéger, n'est-ce pas ? Vous pensiez que j'allais terminer ce que, selon vous, je n'ai pu accomplir samedi soir. Réfléchissez un instant : si j'étais réellement un meurtrier, est-ce que je ne serais pas plus malin que ça ? Après avoir été soupçonné une première fois, après que ma logeuse vous a vue passer… et je suppose qu'elle n'est pas la seule au courant de votre visite chez moi ce soir ?

— Non, naturellement, confirme Julie. Madame Caron l'est également.

Elle avait fait porter un billet à Léa, avant de partir pour le siège du *Charivari*. Informée plus tôt de son expédition, sa nouvelle amie aurait certainement cherché à la retenir. La spirite semble résignée à l'idée que Nicolas Chagnard soit l'assassin du Marais – ainsi que la presse surnomme désormais l'auteur des meurtres. Ne le sent-elle pas impliqué dans un autre crime que celui de Blaise, son compagnon d'infortune ? Tous les indices concordent pour le désigner comme le bourreau des trois femmes retrouvées étranglées depuis le mois précédent : un an plus tôt, il conspuait les oratrices du club des Femmes et leurs ambitions égalitaires ; la dernière fois qu'on l'avait vu, il se dirigeait vers le quartier de prédilection du meurtrier. Louis Canler, le chef de la police de Sûreté, avait livré ses conclusions aux journalistes : après avoir tué Blaise Murat pour l'empêcher de révéler ses crimes, Nicolas Chagnard avait changé de repaire afin de brouiller les pistes. Julie n'était pas convaincue par cette thèse. Le cas de Gustave Petitjean avait été trop vite écarté, trop vite oublié. Elle devait faire jaillir la vérité.

Nul doute que Léa doit être inquiète pour elle à cet instant… À moins qu'elle ne pressente que tout se terminera bien ?

— Madame Caron la voyante, l'autre complice de l'inspecteur Delage! ricane Gustave Petitjean. Est-elle l'instigatrice de votre obsession contre moi ? Sa boule de cristal lui aurait-elle soufflé que je suis une mauvaise personne ? Si c'est ça, je peux vous jurer qu'elle se trompe !

— Ce n'est pas ça, rétorque Julie. Et je vous interdis de vous moquer de cette dame !

— Ce n'était pas mon intention.

Le journaliste a soudain l'air très abattu.

— J'allais vous écrire, mademoiselle Julie, annonce-t-il d'une voix cassée. Je ne comprends pas… Je pensais que cette soirée au théâtre scellerait le début d'une belle amitié entre nous. Que puis-je faire pour vous convaincre que mes intentions à votre égard ont toujours été honorables ? Cesser d'écrire sur la campagne de Jeanne Deroin ? Ce ne sera pas difficile. Elle a finalement été écartée de la liste des démocrates-socialistes.

— Il ne s'agit pas seulement de Jeanne Deroin, fait remarquer Julie. Ce sont toutes les femmes, et leur combat pour la liberté, que vous salissez dans le *Charivari*.

— Très bien. Je ne peux pas changer la ligne éditoriale du journal, mais je m'engage à passer le relais à l'un de mes collègues chaque fois qu'il sera question d'évoquer les féministes. Et ensuite ?

— Ensuite ?

Julie réfléchit un instant. S'il joue la comédie, elle va le prendre à son propre jeu.

— Mettez-vous au service de la police pour les aider à démasquer le véritable coupable, comme je l'ai fait avec madame Caron, ordonne-t-elle. Cela ne devrait pas vous poser de problème, si vous êtes réellement innocent !

À sa grande surprise, Gustave Petitjean l'approuve avec ferveur.

— Bien au contraire ! s'écrie-t-il. J'apporterai ma contribution avec joie, si cela peut vous faire changer d'avis sur moi ! Mais comment pourrais-je me rendre utile, à mon niveau ? Lancer une petite annonce dans le *Charivari* ? « Recherche l'assassin de trois femmes à Paris entre le 1er mars et le 11 avril 1849. Prière de vous présenter rue de Jérusalem, au siège de la police de Sûreté » ?

— Vous plaisantez ? gronde Julie.

— Pardonnez-moi, marmonne Gustave, penaud. Je ne pensais pas à mal ! Attendez... Votre madame Caron, elle a des dons de voyance, mais il me semble qu'elle est également spirite... ?

— C'est exact. À quoi pensez-vous ?

Julie le considère avec méfiance. S'il tient des propos déplacés sur sa bienfaitrice, cette fois elle le gifle ! Sa main la démange déjà...

— Pourquoi ne pas organiser une séance de spiritisme pour entrer en contact avec les victimes ? propose le journaliste. Puisqu'il paraît qu'on peut faire parler les morts, les femmes assassinées pourraient décrire l'homme qui les a agressées, et vous verriez que ce n'est pas moi !

Julie opine. Les fourmillements dans sa main se sont évanouis. Elle doit reconnaître que la proposition de Gustave Petitjean est bonne. Même excellente.

— Je vais en parler à madame Caron et à l'inspecteur Delage, dit-elle.

— J'espère qu'ils accepteront. Je ne souhaite rien plus ardemment que me réconcilier avec vous, mademoiselle Julie !

— Cela dépendra des événements, décrète la jeune femme, gênée par le ton larmoyant du journaliste. Au revoir, monsieur.

Au moment de s'engager dans l'escalier, toutefois, elle ne peut s'empêcher de jeter un coup d'œil par-dessus son épaule. Appuyé au chambranle de sa porte, Gustave Petitjean la contemple avec émotion, le regard brillant d'espoir.

23

Vendredi 27 avril 1849

Le pas d'Alexandre résonne dans le hall de l'hôtel de police. À 21 heures passées, il est le dernier enquêteur à quitter les locaux. Installé au petit secrétaire de l'entrée, le préposé de garde lui adresse un salut de la tête.

— Bonne soirée, inspecteur.

— Bonne soirée, Victor.

La porte d'entrée s'ouvre et se referme derrière le policier dans un grincement sinistre. La rue de Jérusalem est plongée dans la nuit ; le réverbère qui éclaire l'entrée de la Sûreté est éteint. Panne ? Négligence ? Ou sabotage ? Alexandre plonge la main dans la poche de son manteau pour récupérer son revolver et s'avance prudemment sur le trottoir.

— Nerveux, Delage ? lance une voix goguenarde.

Une silhouette se découpe dans l'obscurité, juste devant lui. C'est Horace Dubon, qui vient à sa rencontre, un cigare aux lèvres. Le jeune inspecteur rempoche son revolver en soupirant. Il aurait préféré se colleter avec un malfrat. Son collègue est la dernière personne qu'il souhaite voir à cet instant.

— J'ai très peu dormi depuis lundi, annonce-t-il simplement. J'ai besoin de repos. D'ailleurs, je rentre chez moi de ce pas. Bonne nuit, Dubon.

Il fait un mouvement pour s'éloigner, mais la voix de l'inspecteur principal retentit.

— Le grand patron ne vous a pas rendu service en informant la presse de la probable implication de Chagnard dans les meurtres de femmes. Certes, il fallait calmer la population en montrant que la police était sur une piste sérieuse, et les appels à témoins auraient pu donner quelque chose. Je crois savoir que des dizaines de citoyens bien intentionnés se sont manifestés pour dire qu'ils l'avaient aperçu jouant aux cartes au Palais-Royal, achetant des gants au faubourg du Roule et jusqu'à la porte Saint-Martin, en train de mendier du pain…

— Nous avons tout vérifié, déclare Alexandre. Pas de Chagnard à l'horizon. Pour le moment, du moins.

— Il se sait traqué, rétorque Dubon. Il va redoubler d'ingéniosité pour vous échapper, alors que tout le monde attend désormais la conclusion de cette enquête.

— J'en suis conscient.

Le jeune inspecteur contient mal son agacement. Son collègue l'observe en tirant une épaisse bouffée de fumée de son trabucos. Qu'attend-il de lui ? Qu'il se lamente sur son sort ? Qu'il lui demande conseil, le supplie de lui prêter main-forte ? Il ne lui donnera pas ce plaisir.

— Le bon côté de cette chasse à l'homme, c'est qu'elle gêne l'assassin pour commettre un autre crime, fait-il remarquer d'un ton sec. Aucun meurtre de femme ne nous a été signalé depuis la découverte du corps de Sidonie Lhortie.

— Les Parisiennes ont eu la bonne idée de ne pas suivre les invitations à sortir de Mme Deroin et de ses amies, et de se claquemurer chez elles le soir venu, grommelle Dubon. Quand je pense que ces viragos profitent de la situation pour répandre leurs idées contre-nature !

Alexandre serre les dents. Par malheur, le message de courage et d'espoir diffusé par les rédactrices de *L'Opinion des femmes* n'avait rencontré aucun écho. La peur gangrenait les esprits, et chacun attendait avec effroi le prochain coup de l'assassin.

— Toute la ville est passée au peigne fin, reprend Dubon. Comment peut-il encore vous échapper ? Avez-vous songé à la possibilité qu'il ait quitté Paris ?

— Naturellement ! répond Alexandre entre ses dents. Dans ce cas, autant chercher une aiguille dans une botte de foin...

— Décidément, vous n'avez pas de chance !

Cette fois, le jeune inspecteur reste silencieux. Non, il n'a pas de chance. Après son échec avec Petitjean, il avait connu un autre revers cuisant : sa descente de la veille, dans une chambre miteuse du faubourg Saint-Antoine, où vivait depuis quinze jours un individu répondant au nom de Gaspard, mais qui, d'après sa logeuse, correspondait trait pour trait à l'homme de la photographie publiée dans les journaux – le seul témoignage qui lui avait semblé crédible, au milieu du fatras des divagations et d'excentricités qu'engendraient les appels à témoins. La ressemblance entre ce Gaspard et Nicolas Chagnard était frappante. Toutefois, le suspect portait la marque des bagnards tatouée au fer rouge sur l'épaule. Il arrivait justement de Toulon, où il avait purgé cinq ans pour vol. Alexandre avait ravalé sa déception, une fois de plus. Une fois de plus, il avait échoué.

Pendant ce temps, Dubon volait de succès en succès. Non content d'être déchargé de l'insoluble affaire Chagnard, son collègue avait arrêté l'assassin d'un bijoutier, avant de résoudre brillamment l'énigme de la disparition d'un couple âgé. Cette insolente réussite soulignait l'impuissance d'Alexandre d'une manière bien cruelle. Était-ce pour autant une raison pour s'avouer vaincu ?

— L'affaire peut connaître d'autres rebondissements, fait-il remarquer avec conviction. D'autres suspects…

— Vous ne croyez toujours pas à la culpabilité de Chagnard, n'est-ce pas ? demande Dubon.

— Non, en effet. Beaucoup d'hommes réprouvent la liberté de ton et de pensée de certaines femmes, mais ils ne les assassinent pas pour autant.

— Son silence ne plaide pas en sa faveur, avouez-le.

— Les journaux ont déjà fait son procès. J'imagine qu'un innocent aurait peur de se livrer à la police dans ces conditions.

— Alors que comptez-vous faire ?

— Continuer à enquêter.

L'inspecteur principal se fend d'un sourire sarcastique.

— Prenez du repos, Delage ! Vous en aurez besoin.

Alexandre tourne les talons sans un mot. Une fois sur le quai des Orfèvres, il réveille un cocher assoupi sur son siège.

— Conduisez-moi rue des Marmousets, ordonne-t-il en sautant dans la voiture.

Comme prévu, une petite lanterne brille au-dessus de la porte du numéro 15. Alexandre rectifie le nœud de sa cravate et s'assure que son haut-de-forme est posé bien droit sur sa tête. Il doit faire bonne impression ce soir, devant la petite assemblée qui l'attend. Surtout devant Léa Caron. Au moment où il tend la main vers le heurtoir, une silhouette jaillit dans le halo de la lampe. Le policier plonge la main dans la poche de sa veste pour saisir son revolver.

— Bonsoir inspecteur, lance une voix gênée.

— Monsieur Petitjean ? s'écrie Alexandre.

Le journaliste lui décoche un sourire forcé.

— Je suis bien content de vous voir arriver. Madame Caron a refusé de me laisser entrer en votre absence. Des fois que j'aurais de mauvaises intentions…

— C'est le cas ? demande froidement le policier.

Il garde les doigts refermés sur la crosse de son revolver. Gustave Petitjean l'a-t-il remarqué ? L'incompréhension et une certaine frustration se peignent sur son visage.

— J'ai prouvé mon innocence dans cette affaire, non ? Vous aussi, vous persistez à me croire coupable ?

— Je m'appuie sur des preuves, assène Alexandre. Je n'en ai aucune contre vous.

Et ce n'est pas aujourd'hui que j'en trouverai, ajoute-t-il pour lui-même. Quoi que cette soirée leur réserve, le journaliste devait être certain d'en sortir blanc comme neige. À moins qu'il n'ait prévu d'éliminer quatre femmes et un inspecteur de police de la Sûreté avant minuit...

Quand il y repensait, Alexandre s'étonnait encore d'avoir accepté sa proposition. Le pouvoir de persuasion de Léa Caron, sans doute. La spirite était venue le trouver au siège de la police, mercredi soir, en compagnie de Julie Paupelier. La jeune vendeuse lui avait relaté son entrevue avec Gustave Petitjean, qu'elle suspectait toujours de meurtre. Sommé de prouver son innocence, le journaliste avait émis l'idée d'interroger ses supposées victimes lors d'une séance de spiritisme. Léa avait approuvé la suggestion. « Fraisine Maillet est partie depuis près de deux mois, avait-elle expliqué. Je devrais réussir à la contacter. » Tandis qu'elle parlait, Alexandre réfléchissait. Certes, il ne croit guère aux esprits. Pour lui, tout phénomène a une cause rationnelle, que celle-ci soit déjà démontrée ou encore à établir. Toutefois, Léa Caron lui avait déjà prouvé son intuition hors du commun. Et si elle lui fournissait l'occasion d'arrêter l'assassin ? Son enquête était au point mort. Il n'avait aucune piste, aucun indice à explorer. Que risquait-il à se laisser convaincre ? « D'accord, avait-il décidé. Nous ferons cela vendredi soir, en présence de monsieur Petitjean. En cas de doute, je l'interpellerai aussitôt. »

Antoinette ouvre la porte dès le premier coup de heurtoir.

— Nous vous attendions, inspecteur.

Julie Paupelier et Léa Caron se tiennent dans le vestibule, aux côtés de Désirée Gay. La petite femme avait été conviée à la séance car elle connaissait bien Fraisine Maillet. D'après Léa, elle devrait confirmer l'identité de l'esprit de la défunte en lui posant quelques questions personnelles.

— Je dois vous avertir que j'ai fouillé M. Petitjean, indique Alexandre en surprenant le regard méfiant de Julie. Il n'a rien dans les poches, hormis les clés de son appartement, une pipe et une blague à tabac.

— Bien, marmonne la jeune femme.

— Soyez les bienvenus, messieurs, dit Léa en les invitant à entrer.

Elle porte une robe de taffetas d'un violet profond et une fleur en tissu piquée dans ses cheveux d'ébène. Conscient de la contempler plus que de raison, Alexandre détourne le regard. Le souffle parfumé de la jeune femme glisse sur son visage.

— Nous allons passer dans le cabinet des esprits, inspecteur, annonce-t-elle. Comme nous l'avons convenu, M. Petitjean et vous ne serez que de simples observateurs. Ainsi que je vous l'ai expliqué l'autre jour, les personnes sceptiques peuvent bloquer la communication avec les esprits ; de même, des participants trop proches émotionnellement des âmes invoquées risquent de les intimider ; ce qui peut être le cas d'un éventuel…

Elle coule un regard vers Gustave Petitjean qui tente, en vain, de nouer la conversation avec Julie Paupelier.

— J'ai saisi, dit Alexandre. Je vous suis.

Le cabinet des esprits est une pièce tendue de rideaux sombres. Des bougies et des candélabres disposés sur des consoles éclairent vaguement la table ronde, surmontée d'un petit tabouret à trois pieds, qui trône en son centre. Pendant que Léa fait entrer ses invités, Alexandre inspecte rapidement le lieu, sondant la table à la recherche de fils et de ressorts, puis s'emparant du petit tabouret, qu'il soupèse et examine sous toutes les coutures.

— Veuillez reposer cet objet à sa place, inspecteur, commande la spirite. Je peux vous assurer que tout ce que vous verrez sera authentique.

— Bien. (Le jeune policier s'exécute, gêné de s'être laissé surprendre.) Je ne voulais pas vous offenser.

— C'est bon, dit-elle doucement. Chers invités, prenez place.

Julie Paupelier et Désirée Gay s'assoient près d'elle autour de la table, tandis qu'Alexandre et Gustave rejoignent les chaises qu'Antoinette a disposées à leur intention le long du mur. La bonne s'installe ensuite à un petit secrétaire, dans un angle de la pièce.

— Antoinette notera les lettres épelées par l'esprit par l'intermédiaire des coups frappés sur la table, explique Léa. Ainsi, nous pourrons reconstituer son discours sans erreur et en conserver une trace. Êtes-vous prêtes, mesdames ?

Désirée et Julie opinent. Alexandre se rend compte qu'il a la gorge sèche. Une main posée sur la crosse du revolver qu'il porte à la ceinture, il jette un regard à Gustave Petitjean. Loin de paraître nerveux, le journaliste se penche en avant, les yeux brillants de curiosité.

— J'ai la conscience tranquille, inspecteur, déclare-t-il en souriant. Je ne compte pas m'enfuir.

Le silence s'est fait dans la pièce. Léa Caron et ses deux invitées se tiennent désormais par la main. La lueur des bougies jette une lumière incertaine sur leurs visages. Soudain, la voix de la spirite s'élève :

— Seigneur, nous T'implorons humblement de laisser, parmi les esprits qui attendent un signe de Toi, l'esprit de Fraisine Maillet, qui perdit la vie ici, à Paris, durant les premiers jours du mois de mars, entrer en contact avec nous.

D'une voix solennelle où perce l'anxiété, Julie et Désirée répètent en chœur la formule d'appel, puis le silence retombe. Léa Caron a fermé les yeux. Alexandre se rend compte qu'il retient son souffle. Les secondes s'écoulent. Le trépied verni luit dans la pénombre, parfaitement immobile. Gustave Petitjean se renverse sur sa chaise en grimaçant.

— Décevant, lâche-t-il. N'est-ce pas, inspecteur ?

— Chut !

Le policier cligne des yeux. Le petit tabouret a-t-il bougé ? Ou est-il le jouet d'une illusion ? Gustave Petitjean pousse une exclamation étouffée. L'un des pieds lévite à un bon centimètre de la surface de la table. L'objet retombe dans un bruit sourd, puis s'élève et retombe de nouveau. Avant de recommencer… Les coups saccadés s'enchaînent sous le regard fasciné de Julie et Désirée. Les yeux clos, Léa Caron semble méditer sur l'origine des sons. Au bout de dix coups, le tabouret marque une légère pause. Penchée sur son secrétaire, Antoinette se met à écrire.

— Dix, c'est un J, chuchote-t-elle, tandis que le trépied reprend sa valse sur la table.

Cinq coups pour E, pense Alexandre. *Puis dix-neuf pour S.*

— Je… suis… marmonne Antoinette, toujours penchée sur son livre.

— Je suis là, conclut Léa Caron.

Elle a rouvert les yeux et considère le tabouret qui ne bouge plus.

— Nous avons besoin de savoir si vous êtes bien Fraisine Maillet, dit-elle à haute voix. Pouvez-vous nous donner votre date de naissance ?

Le tabouret se met à trembler et les coups reprennent sur la table.

— 17 août 1819, traduit Antoinette.

Léa interroge du regard Désirée Gay.

— C'est exact, confirme la féministe. Elle m'avait dit qu'elle fêterait ses 30 ans cette année. Puis-je lui poser une question ? Une question à laquelle elle seule pourra répondre.

— Allez-y.

— Fraisine, quel secret vous ai-je confié lorsque nous nous sommes rencontrées ?

— Vous portez parfois des pantalons lorsque vous allez à la campagne, répond l'esprit.

Désirée Gay hoche la tête.

— Il s'agit bien de Fraisine.

— On en apprend tous les jours ! s'exclame Gustave Petitjean. Allez-vous verbaliser cette dame après la séance, inspecteur ? Il me semble que le travestissement* est sévèrement puni par la loi !

— Taisez-vous, monsieur, le rabroue Alexandre.

Les réponses de l'esprit ne l'impressionnent pas. Elles peuvent avoir été préparées ou révélées à l'avance. Mais par quel artifice le trépied s'anime-t-il ? Tout à l'heure, il l'a inspecté, ainsi que la table, et il n'a rien remarqué. Il doit exister un trucage invisible. À moins que Léa Caron ne déplace le trépied à distance, par la seule force de sa volonté ? Les yeux mi-clos, la spirite repend la parole :

— Comment avez-vous quitté ce monde, Fraisine ?

— J'ai été assassinée, indique l'esprit.

— Connaissiez-vous votre agresseur ? Répondez par un coup pour oui, deux pour non, s'il vous plaît.

Une longue minute s'écoule, avant que le trépied ne se mette en branle, de manière moins nette et assurée, semble-t-il à Alexandre.

— Oui.

---

* Le « travestissement des femmes » était interdit par la loi depuis 1800, sauf dérogation accordée par la préfecture de Police. Il s'agissait de « limiter l'accès des femmes à certaines fonctions ou métiers en les empêchant de se parer à l'image des hommes ».

Le jeune inspecteur se redresse, aux aguets. C'est le moment de vérité. L'esprit va-t-il accuser Gustave Petitjean ou une autre personne ? Dans ce dernier cas, si tout a été préparé, cela voudrait dire que quelqu'un, dans cette pièce, sait quelque chose que la police ignore.

Un frémissement traverse les rideaux noirs, tel le souffle du vent d'orage, avant que la tempête ne se déchaîne. Un silence lourd, moite, angoissant pèse sur la petite assemblée. Toujours très calme, Léa Caron fixe un point invisible devant elle.

— Pouvez-vous nous donner le nom de votre agresseur, Fraisine ? demande-t-elle.

Le trépied demeure immobile. Alexandre égrène les secondes dans sa tête. Cinquante-neuf. Soixante. Soixante et un. Au bout de 113 secondes, le tabouret se soulève. Il reste en suspension quelques instants, avant de s'abattre frénétiquement sur la table, la martelant sans interruption, bien au-delà de la vingt-sixième lettre de l'alphabet. Julie et Désirée échangent des regards déconcertés, tandis qu'Antoinette griffonne vivement sur son cahier.

— P, dit-elle. Non, L. Il y a eu une pause après le douzième coup. Et puis E… non, Z. A…

— LZA, ça ne veut rien dire ! s'exclame Julie Paupelier.

— Chut ! ordonne Léa Caron.

Les yeux fermés, les sourcils froncés, la spirite articule des lettres du bout des lèvres. Le tabouret continue sa danse infernale, frappant sans discontinuer le plateau de la table. Tout à coup, il retombe et cesse de bouger. Après un tel déchaînement, le retour du silence semble irréel.

— Je n'ai pas saisi un traître mot de ce message ! s'écrie Antoinette. Et vous, madame ?

— Pas la moindre syllabe, soupire Léa Caron, plus pâle que jamais. Fraisine, pouvez-vous répéter votre réponse calmement, s'il vous plaît ? demande-t-elle à haute voix. Nous ne vous avons pas comprise.

Le tabouret demeure immobile.

— Fraisine, êtes-vous toujours avec nous ? insiste Léa, sans succès.

— Elle est partie ? demande Désirée Gay.

— J'en ai bien peur.

Lâchant les mains de ses compagnes, la spirite se tourne vers Gustave et Alexandre.

— Il se peut que l'esprit de mademoiselle Maillet ne dispose pas encore de réserves d'énergie suffisantes pour soutenir une longue conversation, explique-t-elle. Mais je crois plutôt qu'elle était bouleversée de revivre sa mort. Je l'ai ressentie affolée, comme si elle suffoquait de nouveau. Elle s'est mise à bégayer et son discours s'est révélé incompréhensible. Je suis désolée.

— Ce n'est pas grave, dit Alexandre.

Son ton sec dément ses propos. Il n'attendait pas grand-chose de cette soirée. Pourtant, pris dans le feu de l'action, il s'est surpris à espérer. Comble de malchance, l'esprit s'est troublé au moment crucial.

— Quelle déveine ! s'écrie Gustave Petitjean. Je pensais sortir de cette pièce en étant blanchi aux yeux de mademoiselle Paupelier. Ne peut-on réessayer de contacter Fraisine Maillet ?

— Pas avant plusieurs jours, indique Léa Caron. Il faut laisser le temps à son esprit de se ressaisir.

Elle a l'air épuisée. Alexandre la considère, dépité. Sa communication avec l'au-delà – ou plutôt l'artifice employé pour en donner l'illusion –, l'a vidée de ses forces. Désormais, il n'a plus aucun doute : qu'elle possède le don de télékinésie ou qu'elle utilise un truc de prestidigitateur, son hôtesse devait connaître toutes les réponses aux questions posées, à l'exception de la plus importante de toutes. Cela nécessitait-il une telle mise en scène ?

— Je suis désolée, inspecteur, répète la spirite. Nous pourrons organiser une nouvelle séance la semaine prochaine.

— Nous verrons, répond Alexandre. Venez, monsieur Petitjean. Il est près de minuit, le temps pour nous de nous retirer.

Le poids de son nouvel échec s'abat soudain sur lui, le laissant vide et abattu. Le jeune inspecteur quitte le cabinet des esprits, les paroles moqueuses d'Horace Dubon résonnant dans sa tête.

Prenez du repos, Delage ! Vous en aurez besoin.

24

Samedi 28 avril 1849

— Déjà levée ? s'exclame Julie.

Léa sourit de la surprise de son amie. En arrivant dans la salle à manger pour prendre son petit déjeuner, la jeune femme ne s'attendait pas à l'y découvrir tout habillée, en train de siroter une tasse de café.

Il est à peine 7 heures. Désirée Gay, pourtant matinale, ronfle encore à l'étage.

— Je vais faire quelques emplettes pour ma fille, explique Léa. J'avais prévu de me rendre à Saint-Leu-la-Forêt une fois les crimes résolus, car je ne pensais pas que l'enquête s'éterniserait. J'ai décidé de tenter ma chance la semaine prochaine.

— Je peux vous accompagner, si vous le souhaitez, propose Julie.

— C'est gentil de votre part.

— Non, c'est normal. Il faut veiller les unes sur les

autres, avec ce fou en liberté ! Vous avez bien eu la bonté de nous héberger hier soir, Mme Gay et moi...

— Je refusais de vous laisser traverser Paris à minuit, quelles que soient les convictions de Mme Gay. Et puisque l'inspecteur Delage n'a pas proposé de vous escorter...

Le cœur serré, Léa laisse sa phrase en suspens. Elle avait été blessée par la soudaine froideur du policier. Certes, il était tard et elle n'avait pas pu lui fournir les réponses qu'il attendait. Mais elle sentait bien qu'il la soupçonnait de simuler ses échanges avec l'au-delà. La confiance était rompue. Julie s'indigne :

— Je pensais qu'il vous aurait adressé un mot, pour s'excuser d'être parti si vite hier soir, et fixer la date de la nouvelle séance !

Léa secoue tristement la tête.

— Je serais étonnée qu'il donne suite, articule-t-elle.

Se reverront-ils seulement ? Se déplacera-t-il jusqu'à elle pour l'informer de l'évolution de l'enquête ? Ou se contentera-t-il de lui envoyer un billet ? À moins qu'il ne fasse rien du tout. Leur collaboration s'était peut-être achevée la veille, avec cette tentative ratée de démasquer l'assassin du Marais.

— Tant pis ! s'insurge Julie. On n'a pas besoin de l'inspecteur Delage ! Je veux savoir qui a tué Sidonie !

— Pour vous faire justice vous-même ?

— Non, j'irai à la police !

— Je vous en prie, Julie, l'implore Léa. Ne vous approchez plus de Gustave Petitjean tant qu'il subsiste un doute sur son rôle dans cette histoire.

À la mention du journaliste, elle ressent une pointe de malaise. La veille, elle s'était occupée personnellement de le décharger de son manteau et de son chapeau. Tandis qu'elle disposait les vêtements sur la patère, elle avait mobilisé toutes ses facultés, à l'affût de la moindre sensation, du plus léger frémissement... Rien. Le néant. Un être dépourvu de secrets, cela n'existe pas, pas plus qu'un esprit sans passé. Était-elle trop préoccupée par la séance à venir pour réussir à se concentrer ? Gustave Petitjean est-il trop superficiel pour cacher quoi que ce soit ? Ou, au contraire, trop maître de lui pour se laisser percer à jour ?

— Je veux bien me tenir à l'écart, grommelle Julie. Mais s'il vient, lui, me narguer à la *Belle Mercerie* ?

— Ne répondez pas, ordonne Léa. Et surtout, ne vous retrouvez plus jamais seule en sa compagnie. À ce propos, pourquoi ne vous installez-vous pas chez moi, le temps que la police résolve l'affaire ?

Voyant son amie écarquiller les yeux, elle ajoute :

– Cela ne me dérange en aucune façon. Ce qui me dérange, c'est de vous savoir seule chez vous, le soir venu. Ici, nous pourrons veiller l'une sur l'autre.

— C'est ce qui aurait dû se passer avec Sidonie, soupire Julie. Nous aurions dû louer un meublé ensemble. J'aurais tout su de sa vie, et elle ne serait peut-être pas sortie le soir où… (Sa voix s'étrangle.) Mais nous étions tellement indépendantes !

Léa pose une main apaisante sur le bras de la jeune femme.

— Récupérez vos affaires et revenez ce soir, dit-elle doucement. La chambre d'amis est à vous.

La nuit a été pluvieuse. En ce début de matinée, le ciel est bas, l'air humide ; une nouvelle averse menace. Enveloppée dans un châle, un panier coincé au creux du coude, Léa remonte d'un pas vif la rue des Marmousets. Aura-t-elle le temps de faire ses courses et de revenir sans se mouiller ? N'aurait-elle pas dû emporter un parapluie ?

Une voiture est garée devant la fruiterie du père Constant. Un homme d'une quarantaine d'années, vêtu d'une élégante veste à boutons ouvragés et de souliers à guêtres cirées arpente le trottoir devant la boutique. De temps à autre, il consulte une montre à gousset d'un air agacé.

— Avez-vous besoin d'aide, monsieur ? s'enquiert Léa.

L'homme relève la tête et elle marque le pas, stupéfaite. Les favoris noirs et épais, les yeux bleus, l'ovale du visage, jusqu'à la forme du nez, tout lui rappelle Nicolas Chagnard ! L'inconnu s'incline avec courtoisie.

— Je vous remercie, madame, répond-il en rangeant sa montre à gousset. J'avais rendez-vous avec le fruitier Constant à 8 heures précises, mais il est près de 8 h 15 et je vois que tout est fermé. Je suis M. Chagnard… Landry Chagnard, le cousin de l'homme qui fait la une de tous les journaux depuis lundi, ajoute-t-il d'un ton fataliste.

— Je suis désolée, M. Chagnard, répond Léa. M. Constant s'absente souvent ces derniers jours. Sa vieille mère, qui demeure au faubourg Saint-Martin, est à l'agonie. S'il vous a donné rendez-vous, il ne devrait pas tarder à revenir, ou il vous fera porter un message par un coursier.

— Je l'espère, car la situation est fâcheuse. C'est lui qui m'a contacté pour débarrasser la remise des effets de mon cousin. La police a terminé ses investigations et, non seulement il y a fort à parier que Nicolas ne reviendra jamais ici, mais cette remise serait devenue l'objet de pèlerinages macabres qui gênent le commerce de M. Constant.

— Hélas ! soupire Léa.

Depuis que la mort atroce de Blaise Murat avait été révélée dans la presse, les curieux se pressaient sur le lieu du drame. Certains avaient essayé de briser la chaîne qui condamnait l'entrée de la remise. En désespoir de cause, ils avaient cassé le volet de l'unique fenêtre pour regarder à l'intérieur. Croisant le regard interrogateur de Chagnard, Léa tend la main.

— Pardonnez-moi, monsieur, je ne me suis pas présentée. Je suis madame Caron, l'une des voisines de monsieur Constant, et de votre cousin.

— Madame Caron ! s'écrie l'entrepreneur. Je suis ravi de vous rencontrer. Mon cousin me parlait souvent de vous. Vous étiez sa bienfaitrice !

— Bienfaitrice, c'est un grand mot, corrige Léa d'un ton embarrassé. Je lui faisais parfois porter un repas…

— C'est beaucoup. Il n'a pas toujours fait les bons choix dans la vie, mais elle s'est montrée également cruelle envers lui.

L'expression de l'homme d'affaires s'assombrit. De grosses gouttes de pluie s'écrasent sur la chaussée et parsèment sa belle veste en alpaga, mais il ne semble pas y prendre garde.

— Il commence à pleuvoir, fait remarquer Léa. Puis-je vous proposer de prendre un café chez moi en attendant M. Constant ? Votre cocher vous préviendra de son retour.

— C'est fort aimable à vous, madame.

De nouveau, Landry Chagnard consulte sa montre à gousset. Léa distingue ses initiales entrelacées gravées sur le couvercle en vermeil. *Cet homme a de l'argent et du goût, mais également de l'orgueil*, songe-t-elle avec amusement.

— Je ne voudrais pas vous retarder dans vos courses, dit-il en avisant son panier.

— Cela peut attendre une heure ou deux, rassurez-vous.

La jeune femme rebrousse chemin vers sa maison en compagnie de Chagnard. Au moment d'ouvrir la porte, le doute jaillit dans son esprit. Julie est partie pour la *Belle Mercerie* ; Désirée Gay l'a suivie de près ; quant à Antoinette, elle devait se rendre au marché. Elle sera donc seule avec son visiteur. Or, n'a-t-elle pas recommandé à Julie de ne jamais se retrouver seule avec Gustave Petitjean, ni aucun autre représentant du sexe masculin tant que l'assassin du Marais serait en liberté ?

À peine a-t-elle déverrouillé la serrure qu'Antoinette tire le battant.

— Déjà de retour, madame ? Avez-vous oublié quelque chose ?

— Je viens de rencontrer monsieur Chagnard, un parent de Nicolas, explique Léa, soulagée à la vue de sa chère domestique. Préparez-nous deux tasses de café, s'il vous plaît.

— Tout de suite, madame.

Pendant que la bonne se dirige à petits pas pressés vers la cuisine, Léa se tourne vers son invité.

— Par ici, monsieur, dit-elle en montrant le salon. Peut-être voulez-vous ôter votre veste… ?

— Non, merci, répond Chagnard. Le père Constant sera sans doute rentré d'une minute à l'autre. Êtes-vous une adepte du spiritisme, madame Caron ?

Léa tressaille. Pour une obscure raison, la porte du cabinet des esprits est restée ouverte. Antoinette a pourtant la consigne de toujours la refermer après avoir fait le ménage ; elle-même ne manque jamais de la verrouiller après chaque séance. Le trépied posé au centre de la table est bien visible.

— Nicolas ne m'avait pas parlé de cela, déclare Chagnard.

— Nous n'avons pas vraiment évoqué le sujet, explique Léa. Il n'est jamais venu me consulter.

Son hôte réprouve-t-il ses pratiques ? Pendant qu'ils s'installent au salon, elle croit percevoir une certaine froideur de sa part. Pourtant, quand il reprend la parole, ce n'est pas pour la blâmer.

— Pourriez-vous me dire ce qu'il est arrivé à mon cousin, madame Caron ? demande-t-il d'une voix rauque. Je ne dors plus, depuis que la police le recherche.

Je n'arrive pas à le croire capable d'avoir tué son compagnon d'infortune, encore moins trois femmes ! Quand il était étudiant, il ne brillait pas par son intelligence. Il prenait n'importe quel prétexte pour faire du tapage, mais il n'était pas méchant !

— J'aimerais pouvoir vous répondre, monsieur, soupire Léa. Mais il semble que mes dons aient trouvé leurs limites en ce qui concerne votre cousin.

— Vous avez interrogé les esprits à son sujet ?

— Sans grand succès…

Landry Chagnard fixe sur elle des yeux éplorés. Il attend une réponse, le pauvre homme, n'importe quoi qui puisse apaiser la torture de l'incertitude.

— Pout tout vous dire, monsieur, je suis convaincue que Nicolas n'a pas tué son ami Blaise, reprend la jeune spirite après un silence. Je me suis rendue sur le lieu du supposé crime et je n'ai rien ressenti de tel. En revanche, j'ai clairement senti… qu'il était impliqué dans un autre crime, bien réel celui-là. Lequel ? Et de quelle manière ? Je l'ignore totalement.

Antoinette entre avec le café. Une fois Léa et son invité servis, elle se retire sans un bruit. Landry Chagnard porte une tasse à ses lèvres avant de demander :

— Vous le croyez donc coupable d'avoir tué trois femmes ?

Voilà la froideur, songe Léa. Le ton est sec, distant, méfiant. Il me voit comme une ennemie.

— Je n'ai rien dit de tel, proteste-t-elle. Je vous rapporte juste ce que j'ai ressenti.

— Et vous aurez vu juste, sans doute, décrète l'homme d'affaires en reposant sa tasse dans sa soucoupe. Car, enfin, pourquoi Nicolas a-t-il disparu sans laisser de traces ? Pourquoi, s'il était innocent, se cacherait-il de la police ?

— Je l'ignore, monsieur, souffle Léa. Mais sachez que je prie pour lui.

— Vous êtes une femme généreuse. (Le ton de Landry Chagnard s'est radouci.) Je comprends pourquoi mon cousin vous aimait autant. Vous savez…

À cet instant, Antoinette toque à la porte du salon.

— Monsieur Chagnard, votre cocher me fait savoir que monsieur Constant est rentré.

— Merci pour votre accueil, madame Caron, dit l'entrepreneur en quittant son fauteuil. Je n'oublierai pas votre amabilité.

Alors que la porte de la maison se referme, Léa remarque qu'il a laissé sa carte de visite sur le plateau du courrier, près de l'entrée. *Monsieur Landry Chagnard, rue des Capucines, près de la place Vendôme.* Et un mot griffonné à la hâte : *Au plaisir de vous revoir.*

25

Sa cravate dénouée sur un manteau à demi boutonné, Alexandre court vers les jardins des Champs-Élysées. À la sensation du vent dans ses cheveux humides de sueur, il devine qu'il a perdu son chapeau. Peut-être dès la descente du fiacre qui l'a déposé place de la Concorde. Il avait donné un beau pourboire au cocher hélé sur le quai des Orfèvres, pour qu'il fouette ses chevaux. Durant tout le trajet, il piaffait plus que les pauvres bêtes forcées de cavaler sur les pavés détrempés.

La matinée n'avait pas mal commencé – un jour morose s'annonçait, ni pire ni meilleur que les précédents. En se rendant au travail, il réfléchissait aux moyens à mettre en œuvre pour dénouer l'affaire des meurtres et mettre enfin la main sur le coupable. Il était décidé à tout reprendre depuis le début : considérer le dossier d'un œil neuf ; retourner sur les lieux de découverte des corps ; interroger une seconde fois les témoins. Peut-être qu'un détail lui avait échappé... Cette fois, il agirait seul. Il faudrait qu'il l'écrive à Léa Caron. « Ne m'en tenez pas rigueur, chère amie. J'ai besoin d'explorer d'autres pistes. » Pouvait-il l'appeler « chère amie » sans paraître inconvenant ? Il avait échafaudé mille modèles de lettres, sans en arrêter un seul. Comment lui expliquer qu'il changeait de stratégie sans la vexer ? Il voulait continuer à la voir, mais sans que cette enquête s'immisce entre eux. Jamais il n'aurait dû la mêler à tout cela. Il ne voulait pas la perdre à cause d'une différence de sensibilités...

Il ruminait encore ces pensées quand il avait poussé la porte de l'hôtel de police. Il était si absorbé qu'il n'avait même pas remarqué la mine bouleversée de Victor, le préposé de garde. C'étaient ses piaillements qui l'avaient alerté : « Inspecteur Delage ! Il y a eu un autre meurtre, cette nuit, dans les jardins des Champs-Élysées. Le commissaire Rouleau nous a fait prévenir. Il vous attend là-bas ! » Un autre meurtre. Soudain, la réalité l'avait frappé en pleine face. Un tueur de femmes errait dans les rues de Paris. Il avait cru que l'homme se tenait tranquille depuis que l'affaire avait été révélée dans la presse. Il avait commis une erreur – une de plus !

À présent, Alexandre court dans les allées des jardins, entre les bosquets bien taillés et les parterres de fleurs toutes humides de pluie. Il aperçoit, entre deux ormes centenaires, la statue de Vénus qui surmonte la fontaine des Ambassadeurs, et, tout autour, l'attroupement habituel des scènes de crime. Des agents tiennent à l'écart les curieux.

— Laissez passer ! ordonne le jeune inspecteur, mais sa voix essoufflée se perd dans le brouhaha.

Par chance, le sergent Loiseau l'a aperçu et lui crée un chemin *manu militari* jusqu'à la fontaine. Un amas de vêtements gît au pied du monument. Des jupes gonflées de crin, des dentelles à profusion, un châle brodé maculé de boue. À moitié caché par une cascade d'anglaises rousses, un visage tuméfié est enfoncé dans l'herbe. Alexandre remarque aussitôt le cou blanc, zébré de traces violacées.

— Elle a été étranglée, murmure-t-il. Pas de doute, c'est bien le même. Avez-vous une idée de l'identité de la victime ?

— C'est Octavia, répond Loiseau avec une nuance de regret.

— Octavia ?

— L'une des chanteuses du cabaret *La Hulotte*, au Palais-Royal. Vous ne connaissez pas ?

— Non.

Loiseau le fixe comme s'il venait d'avouer qu'il n'avait jamais bu une goutte d'alcool de sa vie.

— C'est bien Octavia, la vedette de *La Hulotte*, confirme une voix grave.

Rouleau, le commissaire de police du quartier, s'approche en compagnie d'un homme replet, vêtu d'un manteau à rayures et coiffé d'un haut-de-forme démesuré.

— Voici M. Lafitte, le directeur de *La Hulotte*, indique-t-il. Il est venu identifier la victime.

— Que savez-vous pour le moment ? demande Alexandre.

— Peu de choses, soupire le commissaire. Mes hommes sont encore en train d'interroger les témoins.

— Il y en a ?

— Apparemment non. Les jardins sont un lieu de promenade distingué en journée, mais ils restent toujours aussi mal fréquentés la nuit. Enfin, vous voyez ce que je veux dire...

Le jeune inspecteur hoche la tête. Des prostituées, des voleurs en quête d'acheteurs pour le produit de leur larcin, des escrocs en tout genre... Pas le genre de personnes disposées à collaborer avec la police. D'ailleurs, si elles ont vu quoi que ce soit, elles se sont dépêchées de déguerpir.

— C'est un balayeur de la ville qui a découvert le cadavre, vers 6 heures ce matin, poursuit le commissaire. Le crime venait sans doute d'avoir lieu.

— Pourquoi cela ? demande Alexandre.

— Il a plu jusqu'à 4 ou 5 heures. Or, ses vêtements et ses cheveux sont secs.

— Le meurtre s'est peut-être déroulé ailleurs, rétorque le policier. Voyez la position du corps, les bras et les jambes enchevêtrés… On dirait qu'il a été jeté d'une voiture.

Au pied de la fontaine de Vénus, se dit-il. *Quelle ironie !* Celui qui a fait cela a voulu envoyer un message : son superbe mépris pour toutes les femmes. Et pour la police, incapable de l'arrêter ! Alexandre ravale sa rage.

— Quand l'a-t-on vue pour la dernière fois ? s'enquiert-il.

— Je l'ai aperçue qui montait dans une voiture après le spectacle d'hier soir, explique Laffitte, le directeur de *La Hulotte*. Il devait être autour de minuit.

— Si elle a appelé un fiacre, il devrait être facile de reconstituer son itinéraire en interrogeant les cochers des compagnies qui desservent cette partie de la ville, fait remarquer Alexandre.

— Non, c'était une voiture personnelle.

Lafitte renifle, un mouchoir à la main.

— Elle… elle avait beaucoup de succès, vous savez, dit-il d'une voix tremblante. Chaque soir, après le spectacle, les hommes se pressaient à l'entrée de sa loge. Ils lui apportaient des fleurs, de menus présents… Elle acceptait parfois les invitations à sortir, mais parfois non. Elle avait son caractère, Octavia. On ne pouvait pas la forcer à faire ce qu'elle ne voulait pas.

— Et hier soir ? Quelqu'un a retenu son attention en particulier ?

— Bien au contraire ! Elle m'a demandé de ne laisser monter personne. Elle devait se préparer pour un rendez-vous. Une voiture allait passer la prendre devant le cabaret.

— Une connaissance ?

— Je l'ignore. Quant à la voiture, je ne pourrais rien vous en dire de particulier. C'était un coupé noir… attelé de deux chevaux… il faisait nuit et rien ne m'a semblé suspect à ce moment-là. Si j'avais su ! Vous pensez qu'on l'a tuée dans cette voiture ?

— Je ne saurais le dire, monsieur. Entre le moment où elle a quitté votre établissement et celui où elle a été déposée ici, il s'est écoulé au moins cinq heures. Le meurtrier a pu l'emmener n'importe où entre-temps…

— Pauvre fille !

Lafitte se détourne pour se moucher bruyamment. Alexandre s'accroupit de nouveau auprès de la victime. La vingtaine, elle était jolie, et elle avait du succès. De quoi attiser la convoitise… Mais elle possédait également ce caractère libre et entier que le meurtrier ne supportait pas et qui avait causé sa perte.

— Faites venir le fourgon mortuaire, ordonne-t-il à Loiseau. Je…

— Inspecteur Delage ? l'interrompt une voix essoufflée.

Un agent se précipite vers lui, le visage écarlate.

— Monsieur Canler souhaite vous parler immédiatement.

— Il est ici ?

— Non, à la Sûreté.

— Bien.

Un peu déstabilisé, Alexandre se tourne vers le commissaire Rouleau.

— Partez avec le corps, ordonne-t-il. Je vous rejoindrai à la morgue pour discuter de certains détails.

Tandis qu'il s'en retourne vers la place de la Concorde en quête d'un fiacre, les pensées tournent en boucle dans sa tête. Pourquoi Canler le fait-il convoquer ? Il doit pourtant être informé du crime et se douter qu'il est en cours d'investigation. Aurait-il du nouveau concernant Nicolas Chagnard ?

Le chef de la Sûreté est assis à son secrétaire. Froid, calme, posé, comme toujours. Il lui désigne un siège de la main et attend qu'il soit installé pour prendre la parole.

— Monsieur Gardin, vous connaissez ?

— L'usurier du Palais-Royal ?

— Le banquier attitré de plusieurs personnes de qualité, rectifie Canler, un sourcil froncé. Il a été attaqué cette nuit. On a dévalisé son domicile. Lui-même a été frappé si durement à la tête qu'il est entre la vie et la mort. Je veux que vous retrouviez qui a fait ça.

— Mais… monsieur, j'enquête sur l'assassin du Marais. D'ailleurs, j'étais sur les lieux d'un nouveau crime quand j'ai reçu votre message…

— À compter de maintenant, vous n'êtes plus sur cette affaire, Delage. L'inspecteur principal Dubon prend le relais.

Alexandre fixe son patron, abasourdi. A-t-il bien entendu ?

— Monsieur… Puis-je connaître la raison de ce changement d'affectation ? s'entend-il demander d'une voix bien trop faible à son goût.

Les mains croisées sur son secrétaire, Canler ne laisse paraître aucune émotion.

— Je vous apprécie, Delage, déclare-t-il d'un ton neutre. Je pense que vous êtes un inspecteur très

prometteur. C'est pour cela que je vous offre une seconde chance de résoudre une affaire par vous-même.

— Vous me reprochez de n'avoir pas encore trouvé l'assassin du Marais, monsieur ? proteste Alexandre. J'y travaille dur pourtant ! J'allais justement reprendre le dossier depuis début !

— Votre séance de tables tournantes n'a pas eu le résultat escompté ?

Cette fois, la surprise est telle qu'Alexandre est incapable de réagir. Comment son chef est-il au courant de son escapade nocturne ? Quelqu'un, parmi les invités, a forcément parlé ! Mais qui ? Sûrement pas Léa Caron, encore moins Julie Paupelier ni sa bienfaitrice Désirée Gay.

Gustave Petitjean. Naturellement. Le journaliste savait que Canler n'avait pas donné son accord pour cette opération et qu'il ne manquerait pas de sévir ; et ainsi, de le venger de ce policier qui lui avait fait passer une si mauvaise nuit, quelques jours plus tôt ! Ou de l'écarter d'une enquête qui finirait par le menacer…

— J'ai mes sources, inspecteur, comme vous avez les vôtres, poursuit le chef de la Sûreté d'un ton implacable. À la différence que les miennes sont fiables. Vous rendez-vous compte que vous frayez avec un suspect ? Il me semble que le rôle de madame Caron dans la disparition de Nicolas Chagnard n'est toujours pas éclairci. Cette femme vous a-t-elle séduit, ou croyez-vous vraiment aux fantômes ? Dans un cas comme dans l'autre, conclut-il sans attendre la réponse de son subordonné, je vous conseille de vous reprendre, et vite. Je ne vous accorderai pas la même clémence deux fois. Est-ce clair ?

— Tout à fait clair, monsieur, souffle Alexandre.

Encore une erreur et il sera renvoyé. Ses rêves de carrière dans l'unité d'élite de la police urbaine tomberont à l'eau.

— Allez de ce pas chez M. Gardin, ordonne Canler. Et rendez-moi compte au plus vite des avancées de votre enquête.

Sous le choc, Alexandre quitte le siège de la Sûreté et se retrouve dehors sans trop savoir comment. Une pluie fine balaie le pavé. Il n'a ni chapeau ni parapluie. Tandis qu'il remonte la rue de Jérusalem, l'eau coule dans son col et s'infiltre sous ses vêtements, mais cela lui est égal. Il s'était juré de découvrir l'assassin du Marais, et il a échoué. Il n'élucidera jamais ses crimes. Dubon le fera à sa place. S'il y parvient… Son collègue ne jugeait-il pas l'énigme insoluble ? À son tour, il pourrait bien se casser les dents sur cette affaire. Ainsi, le meurtrier resterait impuni, libre de récidiver. Personne ne rendrait justice aux victimes.

Alexandre poursuit sa route sous la pluie. Il s'acquittera de l'affaire Gardin, conformément aux ordres de Canler. Mais rien ni personne ne le détournera de sa véritable mission.

Il était près de minuit et il faisait les cent pas dans sa garçonnière, en sueur, incapable de se calmer. Oserait-il sortir encore ce soir ? La veille, ce bon vieux Morse avait tenté de l'en dissuader. Il allait se résigner, quand il s'était remémoré ce rendez-vous fixé de longue date avec Octavia. Comment aurait-il pu décommander une sortie avec la plus belle chanteuse de Paris ? Des hommes se battaient pour avoir ses faveurs !

Avec elle, il n'arriverait rien de fâcheux. Elle savait où était sa place. Il avait promis de lui faire découvrir son repaire secret, commandé du champagne, des fraises au sucre, des macarons. Elle avait été conquise, et la nuit avait été délicieuse. Alors, que s'était-il passé, au petit matin, pour que tout tourne au vinaigre ? Pas grand-chose, en réalité. Elle avait prévenu qu'elle devait être rentrée tôt chez elle. Il avait fait atteler la voiture et ils étaient partis aux premières lueurs de l'aube. Alors qu'ils traversaient le pont au Change, ils avaient aperçu des lambeaux d'affiches qui se décollaient des murs. Octavia avait fait une remarque sur cette stupide femme qui prétendait faire de la politique. « Elle est courageuse, vous ne trouvez pas ? Nous devrions toutes prendre exemple sur elle ! »

Il ne se rappelait plus la suite, sauf ce sentiment de rage qui l'avait submergé, cette furie contre laquelle même Morse, s'il avait été là, n'aurait rien pu. C'était comme ces avalanches qui dégringolent de la montagne et dévastent tout sur leur passage. Rien ne les arrête. Il fallait faire taire cette femme, lui montrer qu'il était et resterait à jamais le maître. Certains journaux ne sous-entendent-ils pas que je fais œuvre sociale ? *songea-t-il non sans orgueil.*

Alors, pourquoi ne pas sortir encore ce soir ? Le fait est qu'il n'arrivait plus à penser à autre chose qu'au beau sexe. Il avait plus que jamais besoin de séduire, de conquérir. Un visage, en particulier, l'obsédait : celui de Léa Caron. Cette femme était aussi séduisante que dangereuse. Par chance, elle ne l'avait pas démasqué ; son prétendu don n'était peut-être qu'affabulation. Il serait plus prudent d'éviter de la fréquenter. Mais il éprouvait pour elle une attirance irrépressible. Que risquait-il, après tout ? Morse l'avait assuré de sa protection, quoi qu'il arrive.

Il s'arrêta subitement de marcher, s'étendit sur le lit tout habillé et souffla la bougie. Non, il ne sortirait pas ce soir. Il avait envie de rêver à la manière dont Léa Caron finirait par lui succomber. Et à la façon dont il lui ôterait la vie, si elle voyait clair en lui.

26

Dimanche 29 avril 1849

— Pauvre fille !

Désirée Gay repose le dernier numéro de *La République* d'une main tremblante. Les yeux embués, elle tire un mouchoir de sa manche et se détourne pour cacher son chagrin. Il n'y a pourtant pas grand monde au café de Foy, en cette fin d'après-midi, pour lui reprocher un manque de pudeur. Après le choléra, la menace qui plane sur les femmes de Paris, et spécialement celles qui fréquentent le quartier du Palais-Royal, a fait fuir les derniers clients : l'assassin du Marais a tué la chanteuse d'un cabaret tout proche.

— C'est à cause de moi si elle est morte ! se lamente Désirée Gay. J'ai provoqué ce dégénéré !

— J'en porte tout autant la responsabilité, Désirée, fait remarquer Jeanne Deroin. Certes, l'idée de publier un manifeste vient de vous, mais je ne m'y suis pas opposée ; au contraire, nous l'avons rédigé et signé ensemble.

— Même sans cela, ce meurtrier aurait continué son œuvre sinistre, intervient doucement Léa. D'ailleurs, il n'a peut-être pas lu votre déclaration. C'est un criminel. Il ne cessera de tuer que lorsqu'il sera sous les verrous !

— Et quand bien même les femmes cesseraient d'émettre la moindre opinion, un tel homme trouverait toujours un prétexte pour s'acharner sur elles ! s'écrie Julie.

La jeune vendeuse serre convulsivement les poings sur les accoudoirs de sa chaise. C'est en se rendant à la messe, le matin, que Léa et elle ont appris la nouvelle : l'assassin du Marais avait encore frappé. Un crieur du *Siècle* arpentait le parvis de Notre-Dame en martelant l'atroce gros titre. Aussitôt, elle avait pensé à Désirée et Jeanne. Le tueur leur envoyait-il une réponse ? Il avait jeté sa victime, la nouvelle coqueluche du cabaret *La Hulotte*, au pied d'une statue de Vénus. Cette façon d'agir ironique et méprisante lui était étrangement familière…

— C'est lui, je le sais ! gronde-t-elle entre ses dents. C'est ce vaurien de Gustave Petitjean !

Le journaliste avait quitté la séance de spiritisme du vendredi avec une certaine légèreté, lui qui, un peu plus tôt, prétendait jouer sa réputation et son honneur sur cette soirée. Pour parfaire son pied-de-nez, il est allé directement s'en prendre à une autre femme. Le journal rapporte que la chanteuse avait quitté le cabaret dans la voiture d'un inconnu à minuit. Or, il avait pris congé quinze minutes plus tôt – juste à temps pour louer une voiture afin d'honorer son rendez-vous. Et se livrer à un nouveau crime...

— Quand donc la police se décidera-t-elle à l'arrêter ? fulmine Julie. Faut-il que nous nous en occupions nous-mêmes ?

Cette fois, Léa ne cherche pas à calmer sa colère. Pâle et inquiète, la spirite s'efforce plutôt de réconforter Désirée et Jeanne. Les deux militantes féministes refusent de céder à la peur qui paralyse la ville en continuant à fréquenter leur café favori. Pourtant, celui-ci n'a plus rien de l'établissement convivial qui faisait son charme. Privée de clients, la salle reste désespérément froide, malgré les flots de soleil qui se déversent par les fenêtres.

Difficile de croire que le joli mois de mai approche, pense Julie avec amertume. Un fou massacre des femmes et les revendications légitimes de ces dernières sont ignorées ; sans compter le choléra qui fait des ravages. La veille, le directeur de la *Belle Mercerie* avait réuni tous ses employés au moment de la pause déjeuner. L'équipe, comme la clientèle, s'amenuisait de jour en jour : après Charles Caron, un autre chef de rayon et trois vendeurs avaient été contaminés. De toute façon, les gens ne sortaient plus de chez eux que pour acheter leur pain ou des flacons d'huile de camphre, le seul remède efficace contre la maladie. C'était décidé : la *Belle Mercerie* fermerait jusqu'à la fin de l'épidémie. Sa paie de la quinzaine en poche, Julie avait rejoint la rue des Marmousets. Désormais, et pour une durée indéterminée, il lui faudra vivre sur ses économies. Tout en échappant à un danger encore plus grand que le choléra…

— Que pouvons-nous faire contre l'assassin du Marais ? demande Désirée en rangeant son mouchoir.

— Continuer à nous exprimer, répond Jeanne. C'est là notre dignité.

— Ne craignez-vous pas qu'il vienne pour vous ? demande Léa.

Désirée pousse un long soupir.

— Je vous l'ai dit, ma chère enfant : s'il avait voulu nous nuire, il y a longtemps que nous ne serions plus de ce monde. Nous sommes tellement exposées, depuis des années… et plus encore depuis la campagne électorale de Jeanne.

Elle s'interrompt en voyant un homme s'approcher de leur table. Celui-ci se décoiffe, le visage en sueur et le regard hésitant.

— J'ai un message pour madame Caron, de la part de l'inspecteur Delage, annonce-t-il d'une voix essoufflée.

— Comment sait-il que je suis ici ? s'étonne Léa.

— Je suis passé chez vous, madame, explique le messager. On m'a dit que vous vous trouviez en visite à cette adresse. Le pli que je porte est urgent.

Entourée d'un silence attentif, la spirite décachète l'enveloppe et parcourt le message des yeux, tandis que le messager repart en courant.

— L'inspecteur Delage passera chez moi à 18 heures, indique-t-elle. Il veut m'entretenir d'un point important de l'enquête.

— Êtes-vous sûre que c'est lui ? demande Julie, méfiante. Si…

Elle imagine sans mal Gustave Petitjean rédiger un message au nom du policier, juste pour piéger son amie – une ruse de fourbe dont elle le croit bien capable !

— Je reconnais l'écriture de l'inspecteur, répond Léa. Et je ne ressens rien de suspect au contact de ce papier à lettres, ajoute-t-elle avec le sourire. Pardonnez-moi, mesdames, mais il est près de 17 heures… J'ai tout juste le temps de rentrer.

— Voulez-vous que je vous accompagne ? demande Julie.

— C'est inutile. Restez avec vos amies. Vous me rejoindrez plus tard.

Désirée Gay saisit sa main et la presse brièvement dans la sienne.

— Soyez prudente, ma chère.

Léa remonte la rue des Marmousets, le cœur tambourinant d'impatience. Dans un instant, elle reverra l'inspecteur Delage. La lecture de son billet a dissipé ses doutes. Non, leur relation n'est pas rompue. Qu'a-t-il de si important à lui dire qui ne puisse attendre jusqu'à lundi ? Elle a bien senti que Julie ne croyait pas au prétexte de sa visite. Peut-être le policier ne vient-il que pour la revoir, après tout…

Au moment où elle contourne la fruiterie du père Constant, elle aperçoit une silhouette masculine devant la porte de sa maison. Ce n'est pas celle de l'inspecteur. Les doutes de Julie lui reviennent subitement en mémoire. Et si son intuition lui faisait défaut, une fois de plus ? Elle pense à se réfugier sous le porche de la fruiterie quand l'individu se tourne vers elle. Léa réprime un soupir de soulagement en reconnaissant Landry Chagnard.

— Madame Caron ! s'écrie-t-il. J'allais sonner chez vous. À quelques minutes près, je trouvais porte close.

— Vous avez raison, répond Léa. J'étais sortie et ma bonne est absente jusqu'à demain. Que me vaut l'honneur de votre visite, monsieur ?

— Tout d'abord, je vous présente mes excuses pour ne pas vous avoir avertie. J'ai besoin de vous parler.

En pénétrant dans la maison à la suite de l'homme d'affaires, Léa jette un regard à l'horloge du vestibule. Il est près de 18 heures. L'inspecteur Delage ne va pas tarder. Deux personnes qui se précipitent pour lui parler en même temps, c'est plutôt rare. Elle a le temps d'écouter son hôte. À moins qu'il ne s'attarde trop… Cette fois, l'entrepreneur se déleste de sa veste et de son haut-de-forme, ne gardant dans les mains qu'un petit paquet gris.

— Madame Caron, commence-t-il d'un ton grave. Je sollicite une séance avec vous.

— Une séance… de voyance ?

— Depuis que mon cousin a disparu, chaque jour qui passe est une épreuve, pour moi, mais également pour mes proches. Mon épouse et mes enfants adoraient Nicolas. L'idée qu'il a pu tuer quatre femmes de sang-froid leur est insupportable. Les soupçons qui pèsent sur lui entachent l'honneur de ma famille et finiront par nuire à mes affaires…

Landry Chagnard marque une pause, comme terrassé par la noirceur de la situation.

— Je vous ai apporté un objet qui appartenait à mon cousin, reprend-il en désignant le paquet gris. Une boîte en fer-blanc que j'ai récupérée dans la remise du fruitier, où il rangeait ses économies. Pouvez-vous…

— Naturellement, monsieur, répond Léa. Mais pour tout vous dire, j'évite de consulter les esprits le dimanche. Pourriez-vous revenir demain ?

— Demain ? (Le visage de l'homme d'affaires s'assombrit.) J'ai plusieurs engagements…

Le son du heurtoir les fait tressaillir.

— Madame Caron, claironne une voix à l'extérieur. C'est l'inspecteur Delage !

Chagnard hausse les sourcils avec surprise.

— La police… ?

Léa devine sans mal ce qu'il pense : une visite de cette nature, un dimanche, ne peut signifier que deux choses ; soit un événement grave vient de se produire, soit la motivation du visiteur est purement personnelle. Son hôte semble pencher pour cette dernière option. Ne vient-elle pas de l'évincer sous un étrange prétexte ? Comme si elle voulait se débarrasser de lui au plus vite. La jeune femme ouvre la porte, confuse. Le visage préoccupé d'Alexandre Delage se fige quand il aperçoit l'homme derrière elle.

— Inspecteur, voici monsieur Chagnard… commence Léa.

— Je connais déjà monsieur, l'interrompt le policier.

— Nous ne faisons que nous croiser, inspecteur, indique sèchement l'entrepreneur. Je m'apprêtais à partir. (Il récupère ses vêtements sur le portemanteau et se tourne vers Léa.) Je vous enverrai un billet pour convenir d'un rendez-vous, annonce-t-il avec raideur. Au revoir, madame Caron.

— Au revoir, monsieur, répond Léa, toujours aussi gênée.

Aucun doute : il pense que l'inspecteur est son amant. La porte refermée, Alexandre Delage se tourne vers elle.

— Vous m'aviez caché vos relations avec monsieur Chagnard, fait-il observer d'un ton réprobateur.

— Je n'ai pas de *relations* avec monsieur Chagnard, rétorque-t-elle froidement. Je l'ai croisé par hasard lorsqu'il venait récupérer les affaires de son cousin. Il est revenu pour me demander de le retrouver.

— Je ne voulais rien sous-entendre qui puisse vous blesser, se défend l'inspecteur. J'aimerais juste être le premier informé, si vous voyez ou ressentez quelque chose de nouveau.

— Vous me faites donc encore confiance ?

Delage a perçu l'espoir mêlé d'amertume dans sa voix.

— Ne vous méprenez pas, madame Caron, dit-il avec douceur. Je suis un incorrigible cartésien en matière de spiritisme, c'est vrai, mais je ne doute pas de vos intuitions. Écoutez… (Il grimace.) Mon chef a été informé de ma participation à votre séance de vendredi. Comme je le supposais, il n'apprécie guère qu'on fraie avec les esprits pour résoudre une enquête. Il a décidé de me retirer l'affaire.

— Comment… comment est-ce possible ? balbutie Léa. Nous nous sommes organisés dans la plus grande discrétion !

— Je soupçonne Gustave Petitjean d'avoir voulu se venger de son interpellation.

La jeune spirite en reste sans voix. Gustave Petitjean, un délateur ? Mais qui d'autre, parmi le petit groupe réuni ce soir-là, aurait intérêt à le dessaisir de l'enquête… sinon un ancien suspect, furieux d'avoir été accusé d'une série de crimes affreux ? Ou un individu qu'on aurait soupçonné à juste raison, et qui redoutait la perspicacité d'un inspecteur compétent ? Julie triomphera quand elle apprendra la nouvelle. Un indice de plus à mettre au crédit de sa thèse accusant le journaliste du *Charivari* d'être l'assassin du Marais !

— Qui s'occupe de l'affaire, à présent ? demande-t-elle.

— Toujours moi. (Devant le regard stupéfait de Léa, la voix d'Alexandre Delage s'affermit.) J'ai pris la décision de continuer à enquêter, quoi qu'il arrive. Cette affaire, je me suis juré de la résoudre. C'est pour cela que j'ai plus que jamais besoin de votre aide, madame Caron.

La jeune femme hoche la tête.

— Je vous épaulerai du mieux que je pourrai, inspecteur.

— Je vous fais confiance, dit-il en souriant. Ne l'oubliez pas. Je dois partir, à présent.

Au moment de saisir la poignée de la porte, il prend une rapide inspiration et se retourne vers elle, les yeux brillants.

— Quand cette affaire sera résolue, je... j'espère que... (Il toussote légèrement.) Prenez garde à vous, madame Caron.

— Vous aussi, inspecteur, souffle Léa.

L'instant d'après, il a disparu. Elle écoute son pas s'éloigner dans la rue, à la fois déçue et soulagée. Il s'apprêtait à lui poser une question à laquelle elle aurait été incapable de répondre.

27

Pelotonnée dans un coin de la méridienne, face à la cheminée du salon, Julie fixe les flammes sans les voir. Il règne une douce chaleur dans la pièce. L'odeur du bois qui se consume se mêle au discret parfum de l'infusion de mélisse préparée par Léa.

La soirée serait des plus agréables si seulement il était possible d'oublier les pénibles événements qui l'ont précédée et la sensation d'insécurité qui en découle.

— Je ne suis pas étonnée que Petitjean se soit arrangé pour écarter l'inspecteur Delage de l'enquête sur les meurtres, marmonne-t-elle. Il a compris que ce policier est doué et qu'il finira par le démasquer, d'une manière ou d'une autre !

— Je ne partage pas votre avis, Julie, rétorque Léa.

Assise dans sa bergère préférée, la spirite sirote sa boisson, la mine soucieuse.

— Gustave Petitjean a été innocenté dans cette

affaire, rappelle-t-elle d'une voix douce mais ferme. Il aura agi par pure vengeance…

— Mais c'est un sinistre individu !

— Qu'il soit sinistre ne veut pas dire qu'il ait tué quiconque.

Julie se renfrogne. Pourquoi est-elle encore la seule à se méfier du journaliste ? Aurait-il envoûté tout le monde, avec son sourire et ses belles paroles ? Ni Léa ni l'inspecteur Delage ne l'avaient vu à l'œuvre quand il fustigeait les femmes, à la salle de la Redoute. Il était bête. Il était mauvais – comme tous les hommes qu'elle avait croisés dans sa vie. L'inspecteur Delage faisait peut-être exception mais il n'arrivait pas à trouver l'assassin du Marais. Et les meurtres continuaient…

— Il faut faire quelque chose ! s'écrie-t-elle, révoltée.

— Pourquoi n'interrogeons-nous pas les esprits, une nouvelle fois, ce soir ? propose Léa.

Julie considère son amie, hébétée.

— Ce soir ? Je croyais que vous évitiez les dimanches pour vos séances de spiritisme !

— Laisser les esprits en paix le jour du Seigneur, c'est une règle que je me suis fixée. Mais le temps presse. Une autre femme est peut-être en danger à l'instant où nous parlons.

— Vous avez raison, souffle Julie.

Un frisson lui traverse l'échine. Elle voit une jeune fille, rieuse et joyeuse. Une autre Sidonie, qui se promène au clair de lune, sous les arbres du quai des Ormes. Dont la confiance serait bientôt trahie. Une main qui se lève, un coup qui s'abat… Julie sursaute.

— Vous avez entendu ? articule-t-elle.

— Oui, acquiesce Léa en reposant sa tasse. On a actionné le heurtoir.

— Mais nous n'attendions personne !

— En effet.

La spirite quitte son siège et se dirige vers le vestibule. Julie bondit.

— Vous n'allez pas répondre ? se récrie-t-elle. Il est près de 23 heures ! Cela peut être n'importe qui !

Le son du heurtoir retentit de nouveau. Une voix venue de l'extérieur lui glace le sang.

— Madame Caron ? Mademoiselle Paupelier ? Êtes-vous là ?

— Gus… Gustave Petitjean ! balbutie Julie. Que vient-il faire ici, maintenant ? Il ne peut s'agir que d'un piège.

— Je vous en prie, madame Caron, ouvrez-moi ! s'égosille le journaliste. Je dois vous parler.

— Ne dites rien, Julie ! ordonne Léa, un doigt sur les lèvres. Venez avec moi. Nous allons tirer cela au clair.

Tandis que l'intrus s'acharne sur le heurtoir, la jeune femme suit son amie au premier étage, puis dans la chambre qu'elle occupe depuis la veille. La lumière de la lanterne qui éclaire l'entrée, juste au-dessous de la fenêtre, jette une faible lueur dans la pièce.

— Ne vous montrez pas, chuchote Léa en déverrouillant la croisée. Laissez-moi parler.

Julie se dissimule à contrecœur derrière les épais rideaux. Comme elle aimerait dire ce qu'elle pense à ce journaliste de malheur, pour qu'il les laisse tranquilles une bonne fois pour toutes !

— Monsieur Petitjean, lance Léa, penchée à la fenêtre. Que me vaut une visite à une heure aussi tardive ?

— Ah ! Madame Caron ! Pardonnez-moi si je vous ai réveillée, mais je suis terriblement inquiet. J'ai appris que la *Belle Mercerie* avait fermé, faute d'employés valides. Je me suis aussitôt précipité chez mademoiselle Paupelier pour prendre de ses nouvelles. Une voisine m'a dit qu'elle logeait désormais chez vous, et ce jusqu'à ce que l'affaire des crimes du Marais soit résolue.

Rencognée derrière les rideaux, Julie réprime un cri de colère. Quelle commère, cette mère Jolivet ! Elle lui avait pourtant fait promettre de ne révéler à personne sa nouvelle adresse. Gustave Petitjean avait dû user de son charme pour lui faire cracher le morceau…

— Puis-je voir mademoiselle Paupelier ? demande le journaliste.

— Je crains que non, réplique froidement Léa.

— Pouvez-vous au moins me rassurer sur son état de santé ?

— Soyez tranquille, elle se porte bien.

— Essayez de plaider ma cause auprès d'elle, je vous en prie ! Je sais que vous me croyez innocent, et vous avez raison : je suis totalement étranger à cette histoire de meurtres !

Léa pousse un soupir agacé. *Elle commence à en avoir assez de ce beau parleur*, pense Julie. *Qu'elle lui rabatte son caquet !*

— Je ne suis pas sûre de vouloir vous aider, monsieur, lâche la jeune spirite. Pourquoi vous être arrangé pour écarter l'inspecteur Delage de l'affaire, si vous n'avez rien à vous reprocher ?

Après un silence, Gustave Petitjean s'enquiert d'une voix étonnée :

— Que dites-vous, madame ? Je ne comprends pas.

— L'inspecteur a été dessaisi de l'affaire. Vous devriez le savoir, non ?

— Pourquoi donc ?

— Ce n'est pas vous qui avez soufflé mot à la police de notre petite séance ?

— Absolument pas ! Écoutez, madame Caron, j'ignore quelle cabale est ourdie contre moi, mais je vous jure qu'on m'accuse à tort !

— Quel culot ! souffle Julie. Il ose…

À travers le rideau, Léa pose une main sur son bras pour la faire taire et elle s'y résigne à contrecœur. En bas, Gustave Petitjean ne semble pas décidé à abandonner la partie.

— Ne peut-on refaire une séance ? s'enquiert-il.

— Avec vous et sans la présence d'un inspecteur ? Je m'y refuse, répond sèchement Léa. Or, comme vous le savez, la police n'approuve pas cette méthode.

— Que vais-je devenir, alors ?

— Je suis désolée, mais je ne peux rien pour vous, monsieur. Bonne nuit.

La jeune femme rabat les volets et referme la croisée d'un geste vif. La voix désespérée de Gustave Petitjean retentit encore derrière les volets fermés. Puis le silence revient.

— Il est parti, déclare Léa. Je crois qu'il tient sincèrement à vous, Julie.

— Et moi, je n'ai aucune confiance en lui.

— Les hommes ne sont pas tous mauvais, loin de là.

— C'est ce que disait Sidonie. Vous vous rappelez la manière dont elle a fini ?

— Il y a un assassin dans cette ville, réplique doucement Léa. Ce n'est pas un homme ordinaire.

Julie se renfrogne.

— Mon père et mes frères étaient des hommes ordinaires, grommelle-t-elle. Votre mari aussi est un homme ordinaire.

— N'est-ce pas faire insulte aux hommes que de les traiter tous de brutes ?

— En connaissez-vous un dont vous soyez absolument sûre ?

Cette fois, son amie ne répond pas. Sans doute pense-t-elle à Florin, son amour d'enfance parti au loin. Rien ne lui permet d'affirmer qu'il l'aurait rendue heureuse. L'inspecteur Delage serait-il un meilleur choix ? Avec ses bonnes manières et sa volonté de fer, il demeurait un inconnu. Et un incapable. En cette sombre soirée d'avril, l'assassin de Sidonie court toujours.

— Je veux qu'on trouve cet homme, déclare Julie. Qu'on mette fin au cauchemar.

Les yeux de Léa Caron luisent dans la pénombre.

— Allons interroger les esprits, murmure-t-elle.

28

Minuit. Les mains dans les poches de son manteau, son haut-de-forme enfoncé sur le front, Alexandre remonte l'avenue des Champs-Élysées. Quittant soudain la chaussée, il pénètre dans les jardins. Des décennies auparavant, quand le quartier n'était encore qu'une friche, c'était le royaume des voleurs et des criminels. Désormais, les hors-la-loi attendent la nuit pour sortir. Entre les arbres et les bosquets bien taillés, de rares lumières révèlent des silhouettes furtives, des couples enlacés, des hommes seuls qui semblent errer sans but. Comme lui. Le policier prend une profonde inspiration. Il éprouve un mélange de répulsion, de gêne et d'appréhension en constatant qu'il évolue toujours avec aisance dans les allées obscures. Pourtant, cela fait un an qu'il ne les fréquente plus. Que dirait Léa Caron, si elle savait… ? Il devrait lui révéler cet aspect de son passé, comme tous ceux qu'elle n'avait pas devinés. Ou alors, il serait indigne de sa considération. Si toutefois elle lui conservait un peu d'estime après cela…

Arrivé à la fontaine du Coq, Alexandre tourne dans une petite allée. Une femme exagérément fardée vient à sa rencontre.

— Tu cherches de la compagnie, mon mignon ? demande-t-elle d'une voix aguicheuse.

— Divine, tu la connais ?

La prostituée lui retourne une moue déçue.

— Près des vespasiennes, lâche-t-elle du bout des lèvres avant de continuer son chemin.

Alexandre contourne un hêtre énorme qui devait être là bien avant la création des jardins. Deux femmes conversent à voix basse sous un réverbère mal en point.

— Regarde qui voilà ! lance la plus grande en le voyant arriver. Une vieille connaissance ! Il est pour moi, Angèle.

Elle se dirige vers lui dans un froufrou de tissus. La faible lumière révèle un visage à la peau sombre, comme sculpté dans l'ébène, à l'expression à la fois hautaine et moqueuse. Elle est très peu maquillée, contrairement à la plupart des filles qui traînent à cet endroit. Ce détail l'avait séduit, la première fois qu'ils s'étaient croisés. Aussi avait-il jeté son dévolu sur elle, quand il avait commencé à fréquenter les jardins avec sa bande.

— Depuis combien de temps ne t'ai-je pas vu, Alexandre ? demande-t-elle d'un ton lourd de reproches. Six mois ? Plutôt un an, non ?

— J'ai besoin de te parler, Divine.

— Me parler, simplement ? ricane la prostituée.

— C'est important, annonce le policier. (Il lui dépose une poignée de pièces dans la main.) Voici de quoi te payer une bonne nuit de sommeil.

Divine rafle l'argent sans hésiter.

— Allons par là, dit-elle en indiquant les vespasiennes. Tu n'es pas marié, Alexandre. À moins que tu n'aies ôté ton alliance pour venir ici. Mais tu as rencontré quelqu'un, ça, j'en suis sûre. C'est pour cela que je te vois plus.

— Tu te trompes, Divine. J'ai été nommé inspecteur à la Sûreté générale.

— La Sûreté ! Rien que ça ! s'exclame la prostituée. (Elle se rembrunit aussitôt.) C'est la raison de ta présence ici, j'imagine.

— J'ai besoin de ton aide, confirme le policier.

Il sait que l'enquête de Dubon auprès des éventuels témoins du meurtre d'Octavia n'a rien donné. Il faut avoir les clés pour briser la loi du silence. Un avantage qu'il détient sur son collègue. Mais Divine secoue la tête.

— Si tu es venu me cuisiner sur la mort de cette chanteuse de cabaret, tu tombes mal, déclare-t-elle. Moi, je ne sais rien. Je n'ai rien vu.

— Donc quelqu'un d'autre a vu.

— Possible.

— Certain, traduit Alexandre. Tu peux me parler, Divine.

Les bras croisés sur son provocant décolleté, la prostituée prend le temps de réfléchir.

— Je tapinais non loin d'ici, la nuit du meurtre, annonce-t-elle brusquement. Vers 4 heures, j'ai vu passer un fiacre sur l'allée, de l'autre côté de la haie où j'avais emmené un client. Il se dirigeait vers la fontaine de Vénus. Je n'y ai pas prêté attention sur le coup. Je m'en suis souvenue quand on a découvert cette pauvre fille.

— Pourrais-tu décrire la voiture ? Le cocher ?

— Non, j'étais trop loin. Mais la Teigneuse, qui avait déniché un noceur près de la fontaine, m'a rejointe peu après. Elle a forcément traversé l'allée et vu le cocher. Il roulait au pas, comme si lui — ou son passager – cherchait de la compagnie pour finir la nuit.

— Il voulait éviter d'attirer l'attention, marmonne Alexandre. Où est-elle, cette… cette Teigneuse ?

Divine écarte les bras dans un geste évasif.

— Elle a été prise de frissons le lendemain matin et elle est allée à la pharmacie de l'Hôtel-Dieu pour acheter du camphre, explique-t-elle. Elle n'est jamais revenue.

— Le choléra ?

— Peut-être bien…

De ses longs doigts d'ébène, la prostituée effleure la joue d'Alexandre.

— Tu es toujours aussi mignon, lâche-t-elle avec une nuance de regret. Elle en a de la chance, ta petite femme !

Le jeune policier se dégage doucement. Il songe à Léa Caron, si loin de ce lieu de perdition. Tout à l'heure, il a failli lui proposer de sortir au théâtre et il y a renoncé. Trop prématuré, mais surtout absurde. Comment s'imaginer, lui, avec ce passé qu'il traîne comme un boulet, en compagnie de cette femme si digne ? Soudain, le poids de ses secrets l'accable.

— Je ne crois pas qu'elle ait de la chance, soupire-t-il. C'est plutôt moi qui me réjouis de compter encore à ses yeux.

29

Julie retient son souffle. Léa a prononcé la formule rituelle, puis elles l'ont répétée ensemble. Un silence chargé d'espoir pèse désormais sur le cabinet des esprits. Placé au centre de la table, le trépied est parfaitement immobile. Rien ne bouge, pas même les flammes des bougies qui filent vers le plafond. Le sang bourdonne aux oreilles de la jeune femme. Ou est-ce le ronronnement d'une voix qui tente de se frayer un chemin depuis l'au-delà ? Peut-être n'est-ce rien de tout cela. Peut-être Fraisine Maillet ne répondra-t-elle pas ce soir. Ne devraient-elles pas abandonner ? Julie aimerait le dire à Léa. Mais il est impossible de parler sans rompre le cercle. Impossible non plus d'interroger son amie du regard. La spirite a fermé les yeux. Le trépied oscille légèrement de gauche à droite.

— Fraisine, êtes-vous là ? demande Léa.

D'une manière aussi surprenante qu'inattendue,

l'objet se met à marteler la table à un rythme soutenu. Surprise par cette réponse soudaine, Julie en oublie de compter les coups. Léa l'avait pourtant prévenue : Antoinette n'étant pas là pour noter les lettres, elles devraient faire preuve d'une grande concentration afin de comprendre les réponses de l'esprit. Heureusement, son amie ne s'est pas laissé distraire.

— Que me voulez-vous ? traduit-elle. Avant toute chose, nous devons nous assurer que c'est bien vous qui nous parlez, Fraisine. Fréquentiez-vous un club l'année dernière ?

Un coup pour oui.

— Lequel ?

— Le club des Femmes, répond l'esprit.

Le cœur de Julie s'emballe. Ses mains deviennent moites. La défunte est bien là, avec elles. Vont-elles découvrir la vérité cette fois-ci ?

— Nous savons que vous avez été assassinée, Fraisine, explique Léa. Nous voudrions vous rendre justice. Pouvez-vous nous épeler le nom de votre agresseur ?

— Oui.

— Nous vous écoutons.

Cette fois, le tabouret frappe la table à un rythme régulier. Tout le contraire du cœur de Julie qui tambourine à lui fendre la poitrine, alors qu'elle égrène les lettres de l'alphabet. Son amie avait raison. Il fallait attendre que la disparue s'habitue à son nouvel état, qu'elle soit capable d'évoquer sa fin d'une manière compréhensible pour les vivants.

Lorsque le trépied s'immobilise, Julie croise le regard de Léa. Elles tiennent enfin le nom du meurtrier. Mais, loin de triompher, elles n'éprouvent qu'un profond effroi.

30

Lundi 30 avril 1849

Son mouchoir plaqué sur le visage, Alexandre remonte la rue du Petit-Pont en direction de la Seine. Un jour maussade se lève. Les nappes de brume nauséabonde qui montent du fleuve étouffent le bruit de ses souliers sur le pavé. Il est seul. Au moment où il s'engage sur le pont, un claquement de sabots résonne derrière lui. Une charrette recouverte d'une couverture le dépasse en cahotant. La forme des corps inanimés qu'elle transporte se devine aisément sous le tissu. Peu à peu, l'odeur de la mort remplace celle des détritus charriés par la Seine. Jailli d'une nappe de brouillard malsain, l'imposant bâtiment de l'Hôtel-Dieu se profile à l'extrémité du pont.

Le jeune policier ralentit. Il est encore temps de faire demi-tour. Qui sait si, au lieu des réponses escomptées, ce n'est pas le choléra qu'il rapportera de sa visite dans le plus vieil hôpital de Paris, transformé en gigantesque mouroir depuis le début de l'épidémie qui ravage la capitale ? Mais sa détermination est plus forte. Il n'a pas commencé cette enquête, défié les ordres de ses supérieurs et pris tous les risques pour s'arrêter en si bon chemin. L'affaire des meurtres du Marais doit être résolue, par tous les moyens. Il se l'était juré. Il l'avait promis à Léa Caron, aussi. Pour la centième fois depuis la veille, le visage de la jeune femme lui traverse l'esprit. Ne l'aurait-elle pas averti, s'il courait un danger ? Il ne peut pas lui arriver malheur. Pas encore.

De retour de son expédition dans les jardins des Champs-Élysées, il avait été incapable de dormir. Il ressassait les révélations de Divine, échafaudant des hypothèses sur la suite des événements. Tout dépendait du témoignage d'Ismérie Lagrange – le véritable nom de la Teigneuse. Si la pauvre fille était capable de lui en fournir un… Il savait que certains malades étaient emportés en moins de trente-six heures. Finalement, il était sorti au point du jour, les vêtements froissés, la barbe hirsute et les yeux rougis par le manque de sommeil. Mais qui s'en offusquerait là où il allait ?

L'entrée de l'hôpital est encombrée de véhicules : des charrettes remplies de morts ou de mourants côtoient quelques belles voitures, propriétés de gens aisés venus faire une bonne action en assistant les malades dans leurs derniers instants. Un mouchoir toujours plaqué sur le visage, Alexandre se munit de son laissez-passer pour aborder l'une des infirmières en coiffe blanche et au visage harassé qui orientent les malades dans le hall d'accueil.

— Inspecteur Delage, de la Sûreté générale. Je cherche une certaine Ismérie Lagrange, dite également « la Teigneuse ». Elle a dû être admise chez vous dans la journée de samedi.

— Attendez que je vérifie…

Après avoir consulté l'épais registre des entrées, l'infirmière acquiesce en soupirant.

— Le traitement au camphre n'a pas marché sur elle. Elle n'en a plus pour très longtemps. Qu'est-ce que vous lui voulez ?

— J'ai des questions à lui poser dans le cadre d'une enquête.

— Suivez-moi.

La salle commune est saturée par une odeur de camphre, de corps mal lavés, d'excréments et de sueur. Les gémissements emplissent l'air. Entassés dans des couchettes poussées contre les murs sur deux rangées, les malades gémissent ou contemplent le plafond sans bouger. Certains, remarque Alexandre, sont déjà morts.

Une poignée de dames de la haute société circulent entre les lits, un grand mouchoir sur la bouche et une Bible à la main. Une femme entre deux âges gît dans un lit aux couvertures miteuses, calé sous une fenêtre. Son corps est agité de soubresauts et le sourire qu'elle adresse au policier ressemble à un hoquet.

Devançant les présentations de l'infirmière, elle émet un ricanement éraillé.

— Te fatigue pas, ma bonne, je sais reconnaître un cogne quand j'en vois un. Vous voyez pas que je suis en train de crever ? lance-t-elle à Alexandre d'un ton hargneux. Ça devrait suffire pour régler mes dettes, non ?

— Je ne suis pas là pour vous inculper de quoi que ce soit, mademoiselle Lagrange, rétorque l'inspecteur en songeant que la Teigneuse porte bien son nom. J'enquête sur le meurtre de la femme qu'on a retrouvée dans les jardins des Champs-Élysées, au pied de la fontaine de Vénus, samedi matin. Divine m'a dit que vous aviez peut-être vu quelque chose.

— Vu quelque chose, moi ? D'où qu'elle sort ça, la Divine ? Et pourquoi est-ce qu'elle vous a parlé, à vous ?

Les yeux de la prostituée se rétrécissent.

— Vous êtes son favori, c'est ça, hein ? siffle-t-elle. Le mignon qu'elle ne voyait plus depuis un bout de temps mais qui faisait toujours battre son cœur…

— Et si c'était le cas, qu'est-ce que ça change ? réplique Alexandre, sentant la gêne le gagner. Divine m'a dit que vous aviez pu croiser la voiture qui a transporté la victime.

La Teigneuse détourne le regard, soudain silencieuse. Rassemble-t-elle ses souvenirs ? Ou persiste-t-elle à suivre son credo – ne jamais parler à la police – jusqu'au bout ?

— C'est vrai, admet-elle tout à coup. J'ai croisé la route d'une voiture en revenant vers Divine, cette nuit-là. Je me suis dit que c'était un rupin qui cherchait l'aventure pour terminer sa nuit et j'ai ralenti. Mais le cocher allait au petit trot, et la vitre était fermée, le rideau tiré. Alors j'ai poursuivi mon chemin.

— Vous pourriez me décrire la voiture ?

La Teigneuse pousse un cri méprisant.

— C'était pas elle qui m'intéressait !

— Et le cocher ? À quoi ressemblait-il ?

— À n'importe quel cocher.

Alexandre réprime un mouvement d'humeur. Serait-il venu jusque là pour rien ? La chance va-t-elle se dérober une fois de plus ? Il ne remarque pas immédiatement qu'Ismérie Lagrange a repris la parole. La voix sèche de la prostituée lui parvient comme le grincement d'une scie sur du bois dur.

— Que disiez-vous ? grogne-t-il. Je n'ai pas compris.

Elle le considère comme s'il était demeuré.

— Je suis peut-être souffrante, mais je parle encore clairement, il me semble ! s'offusque-t-elle. En fait, ce cocher avait quelque chose de bizarre. À moins que ce ne soit qu'une illusion, parce qu'il faisait sombre, mais… Je me suis dit qu'il était drôlement foutu.

— Comment ça ?

— Eh bien, quand il s'est tourné vers moi, il m'a semblé qu'il avait un œil plus petit que l'autre. Ouais, reprend-elle avec conviction, l'œil droit était comme enfoncé dans l'orbite… Pour le reste, je ne peux guère vous en dire plus.

— Je vous remercie, mademoiselle Lagrange, dit Alexandre avec sincérité. Votre description me sera sûrement très utile. Voulez-vous que j'appelle l'infirmière pour qu'elle vous donne une couverture supplémentaire ?

— Non, je voudrais que vous partiez. Laissez-moi mourir en paix.

La malade a tourné la tête et fermé les yeux. Le jeune policier s'éclipse sans bruit. Il n'a plus qu'une hâte : quitter cet endroit de malheur et retrouver l'air du dehors. Alors qu'il regagne l'allée, la voix de la Teigneuse lui parvient.

— Dites adieu à Divine et aux autres filles de ma part. On se retrouvera au ciel, si le Bon Dieu nous pardonne nos péchés.

La tête remplie de ces funestes paroles, Alexandre se précipite hors de l'Hôtel-Dieu. Sa vision se brouille, ses poumons sont en feu. Serait-il déjà contaminé ? Si tôt, c'est impossible ! Pourtant, le malaise s'accentue. Il ne peut pas se présenter au siège de la police dans cet état. Il doit rentrer chez lui, prendre un peu de repos. Mais avant cela, il s'arrêtera dans une pharmacie pour acheter du camphre.

L'inspecteur se dirige en titubant vers le Petit Pont. Les relents de pourriture du fleuve lui soulèvent le cœur. Arrivé au milieu de la passerelle, il se penche à la rambarde et vomit. À moitié soulagé, il reprend sa marche hésitante. Peu à peu, le malaise se dissipe. Il n'est peut-être pas malade, après tout. C'est l'atroce odeur de l'hôpital qui lui a retourné l'estomac. Arrivé en vue de son petit immeuble de la rue des Cordeliers, il réalise qu'il a faim. Une bonne tartine et une tasse de café, voilà tout ce dont il a besoin.

Fourrant son mouchoir souillé dans la poche de son habit, il se dirige vers l'escalier.

— Monsieur Delage ?

Plantée sur le seuil de sa loge, la concierge le toise avec

curiosité. Entre ses vêtements froissés, sa mine défaite et l'odeur douteuse qui se dégage de lui, il doit offrir un bien piètre spectacle.

— Qu'y a-t-il, madame Rapou ? demande-t-il d'un ton pressé.

— Un galopin vient de déposer un message pour vous, dit-elle en lui tendant un pli cacheté. De la part d'une certaine madame Caron.

Le cœur d'Alexandre bondit.

— Bien sûr, dit-il en arrachant presque le courrier des mains de sa logeuse. C'est important. Merci, madame Rapou.

Il n'attend pas d'être chez lui pour l'ouvrir. Arrivé au premier étage, à l'abri des regards de la concierge, il fait sauter le cachet de cire à la lumière de l'étroite fenêtre qui éclaire le palier. La fine écriture de Léa Caron lui saute aux yeux.

Cher inspecteur, rejoignez-moi dès que vous le pouvez.
Je connais le nom de l'assassin.

31

L'inspecteur Delage va venir, elle le sait. Depuis que Julie est partie pour le marché avec Antoinette, Léa tourne en rond dans le vestibule. Si elle avait pu se rendre chez lui dès la veille au soir, dès que l'esprit avait livré le nom du coupable, elle l'aurait fait. Que la nuit avait été longue ! Elle n'avait pas fermé l'œil. Et si le meurtrier frappait de nouveau avant le matin ? Jamais elle ne se pardonnerait d'avoir différé son message au policier.

Léa s'arrête. Quelqu'un court dans la rue. Passe sans s'arrêter devant la fruiterie du père Constant. Fonce vers la maison. La spirite ouvre la porte au moment même où Alexandre Delage tend la main pour saisir le heurtoir.

— Je vous attendais, souffle-t-elle. Entrez !

— Je suis venu dès que j'ai eu votre message, répond le jeune policier en s'engouffrant à l'intérieur.

Ce n'est pas exactement la vérité. Certes, il porte des vêtements endossés à la hâte – son gilet n'est pas complètement boutonné, le nœud de sa cravate pend sur sa poitrine – et sa joue droite fraîchement rasée a été entaillée par une lame maniée avec fébrilité. Mais voilà près de deux heures qu'elle lui a fait porter le message. Il n'était pas chez lui à ce moment-là, c'est certain. La vision d'un hôpital bondé lui traverse l'esprit et s'évapore aussitôt. Il lui parlera plus tard. Pour l'instant, l'urgence est ailleurs. Elle ne pense pas à le débarrasser de son manteau, et lui non plus.

— Qu'avez-vous découvert ? s'enquiert-il d'une voix essoufflée.

— Hier soir, Julie et moi avons de nouveau interrogé Fraisine Maillet. Cette fois, la disparue s'est manifestée avec calme et clarté.

— Êtes-vous sûre que c'était elle ?

— Nous avons posé les questions rituelles, puis nous l'avons amenée à parler du meurtre. Fraisine a nettement désigné son agresseur.

Léa frissonne au souvenir de la gravité du moment. Un instant, elle avait cru que la défunte ne répondrait pas. Julie avait été très contrariée par les événements de la soirée. Son trouble avait-il découragé l'esprit de se manifester ? Contre toute attente, Fraisine Maillet avait répondu. Et livré le nom de celui qui lui avait ôté la vie. Sans aucune ambigüité.

Léa prend une profonde inspiration.

— Il s'appelle Leblanc.

La stupéfaction se peint sur les traits d'Alexandre Delage. Loin d'exulter, il fronce les sourcils et paraît même déçu. Presque méfiant.

— Leblanc ? lâche-t-il. C'est tout ?

— Oui, soupire Léa. La communication avec mademoiselle Maillet s'est interrompue après cette révélation.

— Puis-je voir la transcription de l'échange ?

— La voici.

Le jeune inspecteur parcourt des yeux le résumé que Léa a rédigé de mémoire, après la séance.

— C'est un bon début, marmonne-t-il. Ce matin, je me suis rendu à l'Hôtel-Dieu pour interroger une fille publique. Cette femme a vu le fiacre du meurtrier dans les jardins des Champs-Élysées. Si elle n'a pu décrire la voiture et son occupant, elle a livré une information intéressante sur le cocher, un homme au visage déformé, peut-être borgne…

— Ainsi, vous disposez de bien plus qu'un début ! proteste Léa. Vous avez une voiture conduite par un cocher borgne qui transportait un individu du nom de Leblanc !

Delage pose le compte rendu de la séance de spiritisme sur la console de l'entrée.

— Il va falloir trouver et interroger tous les Leblanc de cette ville, déclare-t-il. Ce ne sera pas une mince affaire. D'autant que je ne suis plus censé enquêter sur l'assassin du Marais…

— Pourquoi ne pas solliciter l'aide de monsieur Petitjean, dans ce cas ? propose Léa. Il brûle de prouver son innocence. En sa qualité de journaliste, il doit connaître beaucoup de monde.

— Engager l'individu qui m'a fait sanctionner ? ricane Delage. Vous plaisantez ?

— Il jure qu'il ne vous a pas dénoncé à vos supérieurs.

Devant le regard interrogateur de l'inspecteur, elle se résout à préciser :

— Il est passé à la maison, hier, dans l'espoir de voir Julie. Je lui ai révélé vos soupçons. Il a tout nié en bloc.

— Naturellement ! s'écrie Delage. Il dirait n'importe quoi pour recouvrer l'estime de mademoiselle Paupelier. Admettons que nous lui fassions confiance et qu'il joue un rôle dans l'affaire qui nous occupe. Il ne ferait que nous embrouiller pour se sauver lui-même. Je vais d'abord commencer par enquêter du côté des cochers.

— Ainsi, vous ne tiendrez pas compte des renseignements que je vous ai fournis, fait doucement remarquer Léa.

Elle voudrait cacher sa déception, mais le reproche vibre dans sa voix. En dépit de ses promesses de confiance, il montre toujours autant de scepticisme à l'égard de ses intuitions.

— Pourquoi m'avez-vous demandé mon aide, si c'est pour la rejeter sans cesse ? demande-t-elle. Vous devez me croire !

— Je vous crois, madame Caron, affirme le policier. Mais je dois suivre mon propre instinct.

— Voulez-vous toujours résoudre cette affaire ?

— J'y suis déterminé, croyez-moi. Écoutez…

Sa main glisse le long des plis de sa robe pour s'emparer de la sienne. À l'instant où leurs doigts se touchent, une violente douleur traverse l'avant-bras de Léa. Elle lève les yeux. Le visage de l'inspecteur est écarlate, déformé par la haine. Les yeux luisant d'une colère sauvage, il brandit un gourdin maculé de sang.

— Non ! crie-t-elle.

Elle recule, les mains levées pour se protéger d'un coup qui ne vient pas. Planté devant elle, Alexandre Delage la considère avec stupéfaction.

— Qu'avez-vous, madame Caron ?

— Qui… qui était-ce ? balbutie-t-elle. Cette femme que vous avez battue jusqu'au sang ?

— Moi, battre une femme ? Je n'ai jamais…

— Ne mentez pas ! ordonne Léa. Je vous ai vu aussi nettement que si j'étais à sa place ! J'ai ressenti sa souffrance !

Le jeune policier la fixe sans comprendre. Puis une lueur de compréhension traverse son regard et son expression se rembrunit.

— Vous avez raison, admet-il d'une voix sourde. Une fois, il y a très longtemps, je me suis emporté contre ma belle-mère. Mais ce n'était pas gratuit, vous pouvez me croire.

— Pas… gratuit ? s'étrangle Léa. Que vous a-t-elle fait pour mériter un tel sort ?

Alexandre Delage détourne la tête. À la crispation de sa bouche, elle devine qu'il s'efforce de garder son calme. Finalement, il prend une grande inspiration et la fixe dans les yeux.

— Vous savez que j'ai perdu ma sœur à l'âge de 12 ans, commence-t-il d'un ton résigné. Après cela, mon père, qui était menuisier, s'est mis à boire. Il m'a trouvé une marâtre, une horrible mégère qui buvait presque autant que lui. Très vite, je suis devenu son souffre-douleur. Elle me battait pour un rien, avec tout ce qui lui tombait sous la main. Voulez-vous voir la cicatrice causée par un tisonnier chauffé à blanc sur mon avant-bras droit ?

— Je vous crois, murmure Léa, plus pour le calmer que par réelle conviction.

La voix de l'inspecteur vibre de colère contenue. Le temps n'a en rien apaisé son ressentiment. Instinctivement, elle recule d'un pas et se heurte à la desserte de l'entrée. Le plateau en argent du courrier émet un léger tintement et le coupe-papier roule jusqu'au bord du meuble. Elle tend la main pour le retenir, et, sans le vouloir, ses doigts se referment sur le manche. Plongé dans ses souvenirs, Alexandre Delage ne semble pas le remarquer.

— Bien trop souvent, elle ne me donnait rien à manger, poursuit-il. Alors j'ai commencé à errer dans la rue, avec une bande de gamins sans le sou, qui mendiaient et commettaient de petits larcins pour survivre. Je ne revenais plus que rarement à la maison. Mon père n'était plus bon à grand-chose, il passait plus de temps à la taverne ou à cuver son vin qu'à travailler le bois. Un jour que je passais récupérer de vieilles nippes, ma marâtre a trouvé un prétexte pour s'en prendre à moi encore une fois. Mais je n'étais plus un gamin. J'avais 16 ans, j'étais devenu grand et fort et j'avais appris à me défendre. Je lui ai arraché la trique des mains et je l'ai frappée jusqu'à ce qu'elle me supplie d'arrêter. Je vous l'avoue, même après cela j'ai continué… Mais je ne l'ai pas tuée, ajoute-t-il d'un ton farouche, en voyant la bouche de Léa s'arrondir sur un cri d'horreur. C'est la boisson qui a eu raison d'elle, comme de mon père, quelques années plus tard. Après cela, je suis parti et je n'ai plus jamais remis les pieds chez eux.

— Alors… vous avez vécu dans la rue ?

— De rapines et de vols, jusqu'à ce que je sois arrêté. J'en avais assez de cette vie de misère. Comme j'étais débrouillard et que je connaissais bien les milieux louches de Paris, on m'a proposé d'entrer dans la police. J'ai donc saisi la chance qui m'était offerte de racheter mes erreurs. Je ne suis pas fier de mon passé, croyez-moi, ajoute Delage avec ferveur. Mais c'est lui qui m'a construit… Sans lui, je ne serais sans doute jamais devenu inspecteur.

Il s'est rapproché de Léa, l'air suppliant. Pourtant, elle reste immobile.

— Pourquoi m'avez-vous caché cette partie de votre vie ? demande-t-elle froidement.

— Je ne savais pas comment vous expliquer…

— … que vous avez presque battu une femme à mort ?

Un éclair de révolte fait briller les yeux du jeune policier.

— Elle m'avait frappé, elle aussi, réplique-t-il. Très fort et pas qu'une seule fois. Elle a causé son propre malheur !

— Un peu comme ces femmes qui, par leurs revendications légitimes, ont exacerbé la folie meurtrière de leur assassin ? souffle Léa. C'est ce que vous voulez dire, inspecteur Delage ?

Pourquoi a-t-elle prononcé ces mots ? Ils sont face à face dans ce vestibule désert, d'où personne ne pourra l'entendre si elle doit appeler à l'aide.

— Je ne justifie en rien les actes du tueur de femmes, et vous le savez ! s'écrie Delage. Ma belle-mère était brutale envers moi. La violence appelle la violence, c'est un triste constat et croyez bien que je le déplore ! J'allais tout vous révéler de mon passé…

— Non ! assène Léa. Vous n'en aviez pas l'intention. Que me cachez-vous d'autre, inspecteur ?

Le policier la dévisage, interloqué. Il a vu le coupe-papier dans sa main droite. Cette fois, il a l'air profondément blessé.

— Pourquoi me traiter en ennemi ? proteste-t-il. Je ne vous cache rien !

Il se rapproche à nouveau mais elle s'esquive.

— Allez-vous-en ! ordonne-t-elle en pointant le coupe-papier sur sa poitrine. Partez, tout de suite !

— Comme vous voulez.

L'inspecteur s'exécute avec lenteur.

— J'espère que vous me pardonnerez un jour, articule-t-il avant de refermer la porte.

Léa écoute le son de ses pas décroître dans la rue. Le silence revenu, elle s'appuie au meuble de l'entrée. Le coupe-papier heurte le plateau en argent avec un bruit métallique. S'en serait-elle servi pour se défendre ? Elle l'ignore. Ses mains tremblent et le sang lui cogne aux tempes. Dans son esprit confus, toutes ses pensées en reviennent au même point. Julie l'avait mise au défi de nommer un homme dont elle soit absolument sûre. Elle avait pensé à Alexandre Delage.

Elle s'était trompée.

32

Mardi 1er mai 1849

Des vociférations tirent Alexandre de ses pensées.

— Holà ! Faites attention où vous allez, mon p'tit gars !

Du haut de son siège, un cocher le toise d'un regard furibond. L'inspecteur s'écarte mollement de la chaussée. Il ne s'était même pas rendu compte qu'il marchait au milieu de la rue. La fatigue s'ajoute à ses préoccupations. Après une journée consacrée à interroger les témoins de l'agression de Gardin, l'usurier du Palais-Royal, il a passé une nuit blanche à ressasser la même scène : Léa Caron le chassant de chez elle, terrorisée et furieuse. Plus que la lame effilée du coupe-papier dans sa main, c'étaient ses accusations à peine voilées qui l'avaient touché au plus profond de lui-même. Pourquoi ne lui avait-il pas tout dit de sa jeunesse quand il en avait eu l'occasion ? À présent, elle le prenait pour un assassin de femmes. Peut-être même pour le tueur qu'il s'échinait à démasquer ! Pouvait-elle faire part de ses soupçons à Canler ? Non, c'était ridicule. Elle n'avait aucune preuve. Et pourtant…

Alexandre avait hésité maintes fois à lui écrire ou à retourner chez elle, mais il craignait d'envenimer la situation. Mieux valait laisser faire le temps. Elle reviendrait vers lui, une fois le coupable sous les barreaux. Mais voilà, ce coupable se dérobait toujours. Impossible de retrouver la trace du cocher borgne. La moindre piste semblait lui échapper dès qu'il commençait à s'y intéresser, s'évaporant comme la brume matinale dans la rue de Jérusalem en ce premier jour de mai.

Dès son entrée dans le hall de la Sûreté, le préposé de garde le hèle.

— Inspecteur Delage ! M. Canler vous attend dans son cabinet.

C'est comme si le brouillard l'enveloppait de nouveau. La veille, il a omis de rendre compte des avancées de son enquête à son patron. Un rappel à l'ordre s'annonce…

Le jeune policier pénètre, morose, dans le bureau du chef de la Sûreté. Assis à son secrétaire, Canler feuillette un épais dossier en fumant la pipe. Confortablement installé dans un fauteuil en face de lui, Horace Dubon tire sur l'un de ses cigares favoris. Alexandre fixe son collègue avec surprise. Pour quelle raison auraient-ils été convoqués tous les deux ?

— Bonjour, Delage, lance l'inspecteur principal en le dévisageant d'un regard aigu.

Alexandre lui retourne son salut du bout des lèvres.

— Vous vouliez me voir, monsieur ? dit-il à Canler.

Toujours absorbé dans la lecture de son dossier, le chef de la Sûreté acquiesce d'un hochement de tête.

— Asseyez-vous, inspecteur, marmonne-t-il. Et dites-moi : comment avance l'affaire Gardin ?

— Je continue mes investigations, monsieur.

Canler pose sa pipe et plante son regard dans le sien.

— Chez les cholériques de l'Hôtel-Dieu ?

Pris au dépourvu, le jeune policier reste sans voix. Comment son patron a-t-il eu vent de sa visite à l'hôpital ? Cette fois, ce ne peut être par Gustave Petitjean ! Le ferait-il surveiller ? À quelles fins ? Horace Dubon secoue tranquillement son trabucos au-dessus d'un cendrier en ivoire.

— Pourquoi êtes-vous aussi entêté, Delage ? demande-t-il en soupirant. La femme Lagrange était excédée de devoir répondre deux fois aux mêmes questions à quelques heures d'intervalle…

Incapable de réagir, Alexandre regarde son collègue

tirer une nouvelle bouffée de son cigare. La vérité le frappe comme un coup de poing. Il se trompait depuis le début. Ce n'est pas Gustave Petitjean, mais Dubon qui l'a dénoncé à Canler ; Dubon qui l'a suivi jusque chez Léa Caron, le soir de la séance de spiritisme, et qui a compris sans mal ce qui s'y tramait ; Dubon qui, d'une manière ou d'une autre, a réussi à faire parler les prostituées des Champs-Élysées et à remonter la piste d'Ismérie Lagrange. Pourquoi n'y a-t-il pas songé plus tôt ? Il avait sous-estimé l'amour-propre de son collègue. Pour l'inspecteur principal Dubon, un jeune enquêteur devait savoir rester à sa place. Or, Alexandre avait choisi de faire cavalier seul. En révélant sa visite à la morgue, dans le bureau de Canler, il avait déclenché le début des hostilités. Dubon était prêt à tout pour le punir de son audace !

— Vous avez désobéi à mes ordres, inspecteur, assène Canler. Vous avez continué à enquêter sur l'assassin du Marais, alors que vous étiez officiellement dessaisi de l'affaire !

— Je tiens à cette enquête, monsieur ! proteste Alexandre.

— Comme nous tous, rétorque son supérieur. Mais vous avez reçu des ordres, inspecteur. À la police de Sûreté, on *obéit* aux ordres. Aussi, vous ne me laissez pas d'autre choix que de sévir. Je vous avais prévenu des conséquences. (Il referme violemment son dossier.) Vous êtes mis à pied à compter de cet instant. Videz votre secrétaire et rentrez chez vous !

Le jeune policier accueille la sentence sans broncher. Qu'y aurait-il à dire, sinon pour aggraver son sort ? Mieux vaut se taire. Canler ouvre un nouveau dossier. Apparemment indifférent, Dubon tire sur son trabucos. Mais la manière dont il exhale la fumée trahit son contentement. Peut-être ne trouvera-t-il jamais l'assassin du Marais et finira-t-il par essuyer la colère de son chef, lui aussi. Qu'importe ! Il a vaincu ce petit coq arrogant qui espérait lui voler sa place, un jour, en résolvant seul une affaire d'importance.

Alexandre se lève et quitte la pièce, la rage au cœur.

Au poste de police, ses affaires occupent deux tiroirs minuscules. Il a vite fait de tout fourrer dans le grand sac de cuir hérité de ses années d'errance. Canler lui a donné une dernière chance : s'il se tient tranquille pendant quelques jours, peut-être restera-t-il policier. Mais on ne lui confiera plus d'enquête avant longtemps. Il sera placé sous les ordres d'un collègue plus âgé, en attendant de faire ses preuves à nouveau. Peut-être Dubon… Il faudra qu'il résiste à l'envie de lui casser la figure.

Alexandre se dirige vers la sortie d'un pas d'automate. Ainsi, il a tout perdu : la confiance de Léa Caron, l'enquête à laquelle il tenait tant, et son poste à la Sûreté. Comment en est-il arrivé là ? La porte de l'hôtel de police se referme derrière lui avec le bruit d'un couperet.

Dans la rue, il s'entend appeler d'une voix anxieuse.

— Inspecteur Delage !

Penché à la portière d'une voiture, un individu lui fait signe de l'attendre. Alexandre met un moment avant de reconnaître Landry Chagnard. Depuis leur dernière entrevue, le dimanche précédent, l'entrepreneur a rasé ses favoris. Il arbore un haut-de-forme pourpre et une cravate en soie assortie. Le cocher ayant garé la voiture le long du trottoir, l'homme d'affaires en descend, l'air préoccupé.

— Je venais prendre des nouvelles de l'enquête concernant la disparition de mon cousin, annonce-t-il en marchant à la rencontre d'Alexandre. Pouvez-vous m'accorder un instant, inspecteur ?

— Je suis désolé, monsieur, répond le policier d'un ton morne. Je ne suis plus en charge de cette affaire. L'inspecteur principal Dubon saura vous renseigner, j'en suis certain. Je vous souhaite une bonne journée, monsieur.

Alexandre s'éloigne d'un pas rapide. Chagnard va-t-il le rappeler et insister ? Remuer, sans le savoir, le couteau dans la plaie ? Mais il entend la porte de l'hôtel de police s'ouvrir et se refermer derrière lui.

En passant près du coupé de Chagnard, l'inspecteur déchu aperçoit la femme de l'entrepreneur. Installée sur la banquette du fond, elle patiente en arrangeant les rubans d'un chapeau bleu à parement de soie aussi original qu'élégant. Lorsque leurs regards se croisent, elle lui adresse un sourire plein de compassion. Il doit avoir bien mauvaise mine pour susciter autant de pitié !

Sur le quai des Orfèvres, Alexandre s'arrête un instant pour respirer l'air humide venu de la Seine. Il doit se ressaisir, et vite. Peu importe qu'il soit réintégré dans ses fonctions ou définitivement renvoyé. Aucune des deux options ne lui conviendra. Il s'est juré de démasquer l'assassin du Marais, et c'est tout ce qui importe à ses yeux. Baisser les bras, ce serait comme trahir ses victimes. Il a déjà manqué l'assassin de sa sœur Émilie. Il n'avait pas le droit d'échouer cette fois encore. Pendant qu'il réfléchit à une stratégie, le chapeau de l'épouse Chagnard ne cesse de lui revenir à l'esprit. Où l'a-t-il déjà vu ?

Le jeune homme reprend sa marche en fouillant sa mémoire. Et un soupçon terrible le saisit, quand il se rappelle.

33

Jeudi 3 mai 1849

La porte de la salle à manger grince doucement. Julie se faufile dans la pièce en étouffant un bâillement. À la vue de son teint pâle et des cernes qui lui mangent le visage, Léa devine que la nuit de son amie n'a été guère meilleure que la sienne.

— Venez vous asseoir, ma chère, dit-elle d'une voix lasse. Il y a du café chaud.

La jeune femme se laisse tomber sur une chaise, près de la cheminée.

— Toujours pas de nouvelles de l'inspecteur Delage ? demande-t-elle.

— Aucune.

Léa tourne nerveusement sa tasse entre ses mains. Après leur explication, trois jours plus tôt, elle s'était attendue à ce que le policier revienne à la charge pour la supplier de lui pardonner ses non-dits. Mais elle n'avait reçu ni visite ni lettre. Pourquoi ce silence ? Estimait-il qu'il n'arriverait pas à regagner sa confiance ? S'était-il résigné à ce qu'elle le suspecte d'être un assassin ?

— Nous ne pouvons pas rester cloîtrées ici indéfiniment, à nous ronger les sangs en redoutant le pire, décrète Julie. Il faut raconter ce que nous savons à la police.

— Que savons-nous, au juste ? réplique Léa. Qu'il a battu sa belle-mère, il y a dix ans ? Si je parle de mes visions, personne ne nous prendra au sérieux !

— L'inspecteur Delage enquête sur une affaire de meurtres qui n'est plus de son ressort. Un criminel qui voudrait garder le contrôle sur les événements ne s'y prendrait pas autrement ! C'est bien assez louche pour moi.

Face à l'expression déterminée de son amie, Léa baisse les yeux.

— Je ne me sens pas capable de le dénoncer, avoue-t-elle.

— Mais nous sommes en danger de mort ! Une nuit, il forcera un volet et…

— Je ne crois pas.

Julie réprime un mouvement d'humeur.

— Vous savez très bien que vous ne pouvez pas faire confiance à vos intuitions quand il s'agit de lui ! s'écrie-t-elle.

Léa garde le silence. Elles ont eu cette conversation une bonne centaine de fois depuis trois jours. Son penchant pour le jeune inspecteur a-t-il faussé son jugement ? Ou est-il suffisamment machiavélique pour l'avoir égarée ? Elle aurait dû soupçonner ses antécédents plus tôt. La plupart des policiers n'ont-ils pas un passé de criminel ? Elle avait vu la violence dans ses yeux. Une violence qu'elle n'aurait jamais soupçonnée, et pourtant…

— Nous étions seuls, dans le vestibule, rappelle-t-elle en frissonnant. Il aurait pu s'en prendre à moi et il ne l'a pas fait.

— Il était 8 heures. N'importe qui pouvait faire irruption à tout moment. Sans compter qu'on l'avait sûrement vu entrer ici !

— Mais il courait un danger bien plus grand en me laissant la possibilité de le dénoncer ! À moins que… (Un doute subit fait frissonner Léa.) Il doit être très sûr de lui, articule-t-elle. Une plainte à la police ne donnera probablement rien !

— Vous suggérez donc que nous attendions de nous faire étrangler dans notre sommeil ?

Le cœur de la spirite chavire. Julie a raison. Elles ne peuvent rester terrées dans l'attente d'un malheur. Si elles ne parlent pas, une nouvelle victime sera peut-être à déplorer. Il leur faut tout tenter, au risque que leurs démarches débouchent sur une impasse.

— Allons nous habiller, dit-elle d'une voix grave. Dès qu'Antoinette revient des courses, nous irons à la police de Sûreté.

— Nous risquons de l'y croiser, fait remarquer Julie. Nous devrons être fortes !

— Nous le serons.

Au moment où elles se lèvent, la porte d'entrée s'ouvre avec fracas. La voix essoufflée d'Antoinette retentit dans toute la maison.

— Madame ! Madame ! Êtes-vous là ?

— Ici ! répond Léa. Que se passe-t-il ?

La bonne se rue dans la pièce, le bonnet de travers et le visage échauffé.

— Je suis revenue dès que j'ai su la nouvelle, claironne-t-elle. On l'a retrouvé !

— Qui ?

— Nicolas Chagnard.

Léa et Julie se regardent, éberluées. Antoinette saisit un numéro du *Peuple* coincé sous son aisselle et le jette sur la table.

— On ne parle que de ça dans les rues. Regardez, c'est en une : « L'assassin du Marais démasqué » !

— Nicolas ! souffle Léa. L'étrangleur, c'était lui ?

Tandis que Julie s'empare du journal, Antoinette résume l'affaire d'une voix saccadée :

— Il a adressé un billet à la police de Sûreté, hier dans la soirée, pour confesser les crimes qu'il commettait sous le pseudonyme de Leblanc, et annoncer son intention d'en finir. Au même moment, des pompiers du Marais étaient appelés pour éteindre un incendie dans un taudis près des Halles. Ils ont retrouvé deux corps à moitié calcinés dans les décombres. C'étaient ceux de Chagnard et d'une catin des environs. Le malheureux s'est pendu après avoir tué la femme et mis le feu à la bicoque.

— Il était fou, ma parole ! s'exclame Julie, horrifiée. Voilà ce qu'il a écrit : « J'ai accompli l'œuvre de Dieu. La nature des choses doit être respectée. À présent, le Seigneur me rappelle à Lui. Mais d'autres viendront pour faire respecter Sa volonté. »

Léa s'agrippe à la table, prise de tournis. La voix de son amie lui parvient, irréelle :

— Voilà qui innocente l'inspecteur Delage ! Vous pouvez être soulagée.

— Non, balbutie la spirite. C'est… trop facile.

— Facile ?

Léa se redresse. Pourquoi Julie et Antoinette la dévisagent-elles comme si elle était devenue folle ?

— Ne voyez-vous pas que ce dénouement est idéal ? explique-t-elle avec agacement. Les aveux complets du meurtrier, son suicide après un dernier crime qui fera le bonheur des journaux avides de détails sordides… C'est trop beau pour être vrai ! Je n'y crois pas.

Julie la fixe, interloquée. Puis un éclair de compréhension lui traverse le visage.

— Vous avez raison ! s'écrie-t-elle. Il serait bien capable d'avoir manigancé tout ça !

— Qui donc a manigancé quoi ? demande Antoinette.

— L'inspecteur Delage, bien sûr ! Il a mis en scène la mort de Nicolas Chagnard pour le faire accuser à sa place. Il devait connaître sa cachette depuis le début, mais il n'en a soufflé mot à personne. C'était sa garantie si les choses tournaient mal pour lui !

Atterrée, Léa ne trouve rien à répliquer aux propos de son amie. La découverte du corps de Nicolas a eu lieu juste après sa discussion houleuse avec le policier. Un curieux hasard qui le disculpait de toutes les accusations qu'elle aurait pu porter contre lui !

— Il ne tardera pas à donner de ses nouvelles, à présent, prédit Julie. Je pense que…

— Excusez-moi, mademoiselle, l'interrompt Antoinette. On frappe à la porte.

Léa dresse l'oreille. Plusieurs coups impérieux se font entendre. Les trois femmes se regardent, pétrifiées.

— Ce n'est quand même pas déjà *lui* ? articule Julie.

— Non, ce n'est pas lui, souffle Léa.

La spirite file dans le vestibule, sa bonne et son amie sur les talons. À peine a-t-elle déverrouillé la porte qu'une voix enjouée retentit :

— Bonjour, mesdames !

La mine rayonnante, Gustave Petitjean exhibe la une du *Charivari* : « L'assassin du Marais n'étranglera plus ».

— Nous sommes de nouveau bons amis, non ?

34

Julie marche d'un pas alerte dans la rue, en jetant des coups d'œil à droite et à gauche pour s'assurer qu'on ne la suit pas. Les dernières paroles de Léa, avant qu'elle ne quitte la maison, lui trottent dans la tête. *Soyez vigilante, ma chère. Tant que le voile ne sera pas levé, nous devons rester sur nos gardes.* C'est bien pour cela qu'il lui faut prévenir ses amies. Comme tous les Parisiens, Désirée Gay et Jeanne Deroin doivent connaître le nom de l'assassin du Marais – en cette fin d'après-midi, la nouvelle a fait le tour de la capitale. Mais se doutent-elles que quelque chose cloche ?

Alors qu'elle s'engage dans la rue de Miromesnil, une silhouette à l'allure chaloupée attire son regard. Un homme avance dans sa direction, coiffé d'un chapeau à larges bords qui lui cache en partie le visage. Gustave Petitjean portait le même, ce matin, quand il s'était présenté devant elle, triomphant… La jeune femme se raidit. À l'instant où il arrive à sa hauteur, l'homme soulève son couvre-chef pour se gratter le front. Ce n'est pas le journaliste. Julie poursuit son chemin, soulagée – un peu honteuse, aussi, de se montrer si craintive. Pourquoi s'en prendrait-il à elle dès à présent ? N'attendrait-il pas un peu, le temps que les choses se tassent ? S'il est le véritable assassin…

« Excusez-nous, M. Petitjean, lui avait dit Léa, très digne malgré les circonstances. Nous venons tout juste d'apprendre la nouvelle et nous sommes sous le choc. Moi, surtout. J'appréciais le voisinage de M. Chagnard. Même si la police avait toutes les raisons de le soupçonner, j'espérais toujours qu'il soit innocent. » Gustave avait recoiffé son chapeau, soudain confus. « Naturellement, avait-il balbutié. Je ne voulais pas vous importuner… Je savais pourtant que vous étiez proche de ce pauvre diable… Je ne m'attarderai pas plus. Permettez-moi seulement de revenir demain pour prendre de vos nouvelles. » Léa avait accepté pour ne pas le contrarier. Elles auraient tout le loisir de l'évincer plus tard. Car, ce soir, elles interrogeraient de nouveau les esprits, afin d'avoir le fin mot de l'histoire.

En attendant, le meurtrier peut être partout. Julie regarde autour d'elle avec angoisse. Soudain, la rue lui semble remplie d'ennemis. C'est en criant qu'elle se précipite vers le siège de *L'Opinion des femmes* :

— Madame Gay, c'est Julie ! Faites-moi entrer, vite !

Nous ne sommes pas en sécurité dehors, pense Léa en descendant du fiacre qui l'a conduite place Vendôme. Elle aurait pu écrire à Landry Chagnard pour lui présenter ses condoléances. Mais cela lui aurait semblé désinvolte au regard de l'amitié qu'elle portait à son cousin Nicolas. Et puis, elle se sentait coupable de n'avoir rien vu qui ait pu empêcher le drame.

Lorsque la spirite débouche dans la rue des Capucines, le soleil est passé derrière les demeures à mascarons ; la nuit est en train de tomber. La chaussée est déserte, à l'exception d'un corbillard garé près d'une maison. Deux croquemorts y attachent un cercueil avec des cordes. Mal à l'aise, la jeune femme presse le pas.

L'hôtel Chagnard est une belle demeure de trois étages dont la façade lourdement ornementée trahit la réussite de son propriétaire. Adossés au mur de la propriété d'en face, deux hommes semblent surveiller la porte d'entrée. L'un deux griffonne de temps à autre dans un calepin. Sûrement des journalistes, attirés par le scandale…

Léa s'approche de la porte en bois massif et soulève le heurtoir à tête de lion. Une soubrette d'une vingtaine d'années vient lui ouvrir.

— Puis-je voir monsieur Chagnard ? demande Léa. Je suis madame Caron.

— Monsieur ne reçoit personne, répond la bonne de la voix d'une personne habituée à répéter sa leçon. Veuillez revenir un autre jour.

— Je comprends. Faites-lui part de mes condoléances, s'il vous plaît.

— Madame Caron ? intervient une voix masculine.

La soubrette s'écarte et Landry Chagnard apparaît, le visage grave. Tout de noir vêtu, il affiche un deuil solennel. À la vue de Léa, il se fend d'un sourire poli.

— Je vous en prie, madame, entrez.

La visiteuse pénètre dans un vestibule meublé avec luxe. Elle perçoit quelques notes de piano, des chants et des babillages d'enfants, en provenance d'un salon aux portes entrouvertes.

— Je ne souhaite pas vous importuner, monsieur, dit-elle. Je venais juste vous présenter mes condoléances. J'ai appris la nouvelle ce matin et j'en suis terriblement affligée. Si j'avais vu ce qui se tramait…

— Ne vous reprochez rien, madame Caron, réplique doucement Chagnard. J'ai manqué de temps pour fixer le rendez-vous dont nous avions parlé. De toute façon, je ne pense pas que cela aurait changé quoi que ce soit. La piste de Nicolas se dérobait depuis trop longtemps.

Léa garde le silence. Ce n'est pas le moment de faire part de ses soupçons au riche entrepreneur. Plus tard, peut-être...

— J'ai cherché une explication à la folie de mon cousin, poursuit son hôte. Mais je n'en vois aucune, si ce n'est ses ambitions contrariées, sa descente aux enfers. Il a cherché des coupables à ses échecs, un exutoire à sa colère. Cinq malheureuses en ont fait les frais...

Une voix de femme interrompt son triste constat.

— Landry, mon ami, vous allez être en retard ! crie-t-elle depuis le salon.

L'homme d'affaires tire sa montre à gousset en vermeil d'une poche de son habit et fait basculer le couvercle ouvragé.

— Dix-huit heures trente, déjà ! se lamente-t-il. Mon épouse a raison, je le crains. Mes collaborateurs attendent que je les rassure définitivement au sujet de la réputation de notre famille. Il serait malvenu que je manque notre rendez-vous !

— Je vous souhaite bien du courage, monsieur, dit Léa. Vous pouvez compter sur ma discrétion.

Un sourire éclaire subrepticement le visage de Landry Chagnard.

— Loin de moi l'idée de vous imaginer en train de rapporter mes propos aux scribouillards qui assiègent ma maison depuis hier ! s'écrie-t-il. Vous êtes une personne de grande probité, chère madame. D'ailleurs, permettez-moi de vous proposer…

Une porte grince à l'extrémité du vestibule. Un domestique vêtu d'un long manteau ample se glisse dans l'entrebâillement.

— La voiture est prête, monsieur, annonce-t-il.

— Merci, Alfred.

Landry Chagnard se penche pour cueillir la main de Léa.

— J'espère avoir le plaisir de vous revoir bientôt, madame.

La nuit est tombée sur la rue des Capucines. Esquivant les journalistes et les passants en deuil, Léa se dirige à grands pas vers la place Vendôme. Elle pourrait rentrer immédiatement chez elle, retrouver le confort et la sécurité de sa maison. Mais c'est une autre adresse qui occupe son esprit, quand elle se dirige vers le fiacre qui patiente au coin de la rue Saint-Honoré.

— Rue des Cordeliers, je vous prie !

35

Appuyé à un réverbère, devant l'entrée du *Charivari*, Gustave Petitjean allume tranquillement sa pipe. La journée a été longue et il est content d'être sorti du journal avant 19 heures. Le crépuscule envahit la rue du Croissant, invitant les passants à regagner leur demeure ou les rares tavernes encore ouvertes, dont les fenêtres reflètent la lueur grasse des lampes à huile.

Le jeune journaliste s'éloigne sur la chaussée en tirant sur sa pipe. Pour une fois, la soirée est belle. L'air léger, printanier, invite à flâner. Il va regagner la rue du Plâtre à pied. Et après ? La perspective de dîner seul le déprime. Pourquoi ne ferait-il pas un crochet par les jardins du Palais-Royal ? Il y trouvera sûrement des connaissances aux tables des nombreux cafés et cabarets qui bordent le palais. Tous n'ont pas encore fermé à cause du choléra. Mais il sent bien que la bonne humeur dont il ferait preuve serait forcée. Un couple le croise, le sourire aux lèvres. Gustave les suit du regard avec envie. Ce pourrait être Julie Paupelier et lui.

À la pensée de la jeune femme, son cœur se serre. C'est avec elle qu'il devrait passer cette soirée. L'occasion se présentera-t-elle jamais un jour ? Il avait bien senti sa méfiance, lors de sa visite surprise de la veille. Léa Caron s'était montrée affable, comme toujours, et son prétexte pour l'évincer était crédible, mais il avait bien compris qu'il n'était pas le bienvenu. Pourquoi le craignaient-elles encore ? S'imaginaient-elles qu'il avait mis en scène la mort de Nicolas Chagnard pour écarter définitivement les soupçons ?

Gustave s'étrangle presque de rire avec la fumée de sa pipe. Le voient-elles vraiment comme un monstre capable d'une telle manipulation, lui, le petit journaliste tout juste bon à ruser pour obtenir des informations ? Comment convaincre Julie Paupelier qu'il n'est pas celui qu'elle croit ? Les pensées du jeune homme s'assombrissent au fur et à mesure que la nuit tombe.

La rue du Plâtre est plongée dans une obscurité sinistre. La lanterne qui éclaire l'escalier du numéro 18 ne dispense plus qu'une faible lueur. Gustave renonce à demander à sa concierge de remplacer la mèche. Il faudrait échanger des politesses, et il n'a pas envie de parler. Tâtonnant le long des murs, il gravit les étages et s'engage dans le petit couloir qui conduit à son appartement. Devant la porte, son pied heurte un objet posé contre le chambranle.

Le journaliste embrase une allumette. Une enveloppe apparaît, porteuse d'une simple mention : *À l'attention de M. Petitjean.* Intrigué, il se saisit du courrier. Julie Paupelier lui aurait-elle écrit ?

Une fois entré dans son logis, un chandelier allumé sur son secrétaire débordant de documents, il ne prend pas la peine de s'asseoir pour ouvrir l'enveloppe. Celle-ci contient une seconde enveloppe, plus petite, et un mot griffonné à l'encre noire. Gustave cherche avidement la signature au bas de la page.

— Inspecteur Delage ? grommelle-t-il.

La déception laisse vite place à un nouvel intérêt. Que lui veut donc ce policier ? Se serait-il résigné à lui faire des excuses, maintenant que l'assassin du Marais a été démasqué ? Le billet de l'inspecteur est bref et déroutant :

Cher monsieur,
Je vous confie ce pli, avec la recommandation expresse de ne pas l'ouvrir et de le conserver

dans un endroit sûr. Il contient des informations relatives à une affaire qui vient de trouver une conclusion officielle, mais sur laquelle j'enquête toujours. Si jamais je devais disparaître, je vous serais reconnaissant de les faire publier dans votre quotidien.

Stupéfait, Gustave relit le message deux, trois, quatre fois. L'inspecteur fait-il allusion à l'assassin du Marais ? Pourquoi craindrait-il pour sa vie ? Soudain, la méfiance de Julie Paupelier et de Léa Caron lui revient en mémoire. Serait-il le seul naïf dans cette histoire ?

Il s'empare de l'enveloppe contenant les révélations de Delage. Elle est vierge de toute inscription, et close par un simple cachet de cire.

Le rythme cardiaque du jeune journaliste s'accélère. Il lui suffirait de déchirer cette enveloppe pour lever le voile sur le mystère. L'inspecteur Delage est peut-être en danger, à cet instant précis ! Mais il lui a fait une demande solennelle : ne pas ouvrir le pli.

— Mais moi, je n'ai rien promis ! grogne Gustave.

Et, d'un geste déterminé, il arrache le cachet de cire.

36

— 17, rue des Cordeliers, madame ! annonce le cocher.

Léa tressaille. Absorbée dans ses réflexions, elle n'a pas prêté attention au trajet. Elle règle hâtivement sa course et s'enfonce dans l'étroit passage qui conduit à l'entrée de l'immeuble où demeure Alexandre Delage. Un endroit modeste, mais propre et solide – *à l'image du policier*, songe-t-elle avec un serrement de cœur. Comment a-t-elle pu douter de sa probité ? Plantée sur le seuil de sa loge comme une murène à l'entrée de son antre, la concierge la lorgne d'un œil inquisiteur.

— Vous cherchez quelqu'un, madame ?

— À quel étage demeure l'inspecteur Delage ?

— Vous êtes madame Caron ? demande la femme en plissant les yeux.

— Comment le savez-vous ? s'écrie Léa.

Cette commère aurait-elle des dons de voyance,

elle aussi ? Ou l'inspecteur se serait-il épanché sur elle auprès de son entourage ? Il ne lui ressemble guère d'être aussi bavard sur ses fréquentations professionnelles ! La concierge se rengorge, visiblement ravie de son effet.

— L'inspecteur m'a prévenue qu'une dame élégante du nom de Caron risquait de passer, explique-t-elle d'un ton volubile. Aussi, j'ai pensé que ça pouvait être vous ! Il a dû partir en urgence pour une affaire et il a laissé un mot à votre intention.

La femme plonge la main dans la poche de sa blouse et en sort un pli cacheté.

— C'est très important, qu'il m'a dit, ajoute-t-elle d'un ton de conspiratrice.

Le souffle court, Léa brise le cachet et déplie le billet. Les mots, jetés en hâte sur le papier, lui glacent le sang.

Ma chère Léa,
Si vous lisez ce message, c'est que j'ai encore quelque estime à vos yeux. Sachez que je suis toujours sur les traces de l'assassin. S'il est bien celui que je crois, vous êtes en danger. Rentrez chez vous, verrouillez portes et fenêtres et n'ouvrez à personne.

37

La nuit est tombée quand Alexandre se présente devant la porte d'une étroite maison de la rue Saint-Roch. C'est la première fois qu'il sonne chez Horace Dubon. Son collègue lui avait proposé, une fois, de venir dîner chez lui : Onésime, son serviteur, préparait très bien le lapin et cuisinait les sauces comme personne. Le jeune policier avait décliné. Il désirait garder ses distances vis-à-vis de celui qui était encore son supérieur à l'époque. Quelque chose d'indéfinissable lui déplaisait chez Dubon. Peut-être sentait-il déjà qu'ils ne deviendraient jamais amis. « Au fond, vous savez que vous resterez toujours un voyou à ses yeux », avait dit Léa Caron. Quelle que soit l'issue de leur entrevue, ce soir, la situation est désormais irréversible.

Alexandre patiente une longue minute sur le perron. Un vieux majordome en livrée noire finit par ouvrir la porte – sûrement le fameux Onésime.

— Que puis-je pour vous, monsieur ? s'enquiert le domestique d'un ton guindé.

— Je suis l'inspecteur Delage, de la Sûreté générale, annonce Alexandre en montrant sa carte de police. L'inspecteur Dubon est-il là ?

— Oui, monsieur. Mais il reçoit déjà, dans son bureau. Je vais voir s'il peut vous accueillir.

Derrière l'épaule du majordome, Alexandre distingue une patère en bois. Une canne et un haut-de-forme y sont accrochés. Des accessoires de prix, qu'il aurait reconnus entre mille. Au fond, il n'est pas surpris. Qui d'autre pourrait se trouver en compagnie de Dubon, à cette heure tardive ? À l'exception d'une femme, peut-être…

— Non, ne le dérangez pas, dit-il brusquement. Je vais attendre dans le vestibule.

— Cela peut prendre du temps, monsieur.

Le jeune policier se fend d'un sourire encourageant.

— J'ai l'habitude.

— Bien, monsieur.

Le vieil Onésime s'efface pour le laisser entrer. Alexandre embrasse le vestibule d'un regard perçant. À gauche, un escalier qui dessert les étages ; à droite, une enfilade de portes sombres – sans doute la cuisine et l'office. L'écho diffus d'une conversation lui parvient du niveau supérieur. Débarrassé de son manteau et de son chapeau, l'inspecteur s'installe sur une banquette en bois sculpté qui meuble le mur, entre la patère et l'escalier.

— Pourriez-vous me… commence-t-il.

— … servir un café ? complète le majordome d'un ton obséquieux. Ou monsieur préfère-t-il une boisson plus forte ?

— Un café, s'il vous plaît.

Onésime disparaît par une porte, au fond du vestibule. Aussitôt, Alexandre récupère les deux revolvers dissimulés dans la doublure de son manteau et se dirige vers l'escalier. Le tapis qui recouvre les marches amortit heureusement leurs grincements. En quelques secondes, il est sur le palier du premier étage. La première porte à gauche est mal fermée – le majordome l'aurait-il laissée entrouverte pour pouvoir écouter ? Les vieux serviteurs sont souvent les plus curieux… Le policier s'en approche à pas feutrés. Horace Dubon apparaît dans l'axe de l'ouverture ; assis au bord de son secrétaire, l'inspecteur principal s'adresse à son visiteur en mâchouillant un cigare. Sa voix, plus anxieuse qu'autoritaire, sonne étrangement aux oreilles d'Alexandre.

— Vous devez absolument cesser de sortir, mon ami. Arrêter de voir des femmes.

— Arrêter de voir des femmes ? s'insurge une voix masculine pétrie de condescendance. Que diriez-vous si l'on vous privait de vos trabucos, cher Morse ?

— Ce n'est pas comparable. Dois-je vous rappeler que vos cinq dernières conquêtes sont mortes ?

— Ces garces méritaient qu'on les fasse taire !

— Sans aucun doute. Mais si, à l'avenir, vous rencontrez de nouveau ce genre de phénomène, serez-vous capable de vous maîtriser ?

— Me prendriez-vous pour un fou, Morse ?

Horace Dubon s'empresse de protester :

— Loin de moi cette idée ! Je tiens seulement à vous rappeler que l'affaire est close. L'assassin du Marais a été démasqué. Que se passera-t-il demain, si une autre femme meurt ? On remettra en cause les déductions de la police, l'enquête repartira de zéro et je ne pourrai plus vous protéger.

— Parce que vous aurez perdu votre poste ? (L'interlocuteur de Dubon émet un petit rire dédaigneux.) Allons, cher Morse, je n'ai aucune raison de laisser advenir un tel drame. Vous me couvrez, et moi je fais jouer mes relations pour vous permettre de devenir le prochain chef de la police de Sûreté. C'est notre marché, n'est-ce pas ?

— *C'était* notre marché, rectifie Horace Dubon

d'une voix hésitante. Cela le restera si vous m'assurez que vous… que vous ne vous emporterez plus. Et que vous cesserez de m'appeler par ce surnom ridicule, ajoute-t-il avec irritation. Il y a longtemps que nous avons quitté le collège !

— Certes, mais je ne peux m'empêcher de trouver votre ressemblance avec ce mammifère de plus en plus frappante ! La moustache, sans doute…

Le visiteur part d'un rire gouailleur, avant de décréter sèchement :

— Je continuerai à me comporter comme bon me semblera. Mais vous n'en souffrirez aucunement, mon ami.

— Comment vous y prendrez-vous ?

— C'est très simple…

Alexandre respire profondément. C'est le moment d'intervenir. Ouvrant la porte d'un coup d'épaule, le jeune policier bondit dans la pièce.

— Mais oui, Dubon, c'est très simple ! affirme-t-il. Il vous éliminera.

Loin de s'affoler à la vue des revolvers braqués sur eux, les deux interlocuteurs le toisent avec froideur. Confortablement installé dans un fauteuil, près du bureau de Dubon, Landry Chagnard le gratifie même d'un sourire.

— Cette visite est-elle aussi inattendue pour vous que pour moi, mon cher Horace ? s'enquiert-il d'un ton faussement léger.

— Qu'allez-vous imaginer, Landry ? se récrie le gros inspecteur.

— Il n'imagine rien, intervient Alexandre. Il *sait* que vous ne lui faites plus confiance.

L'homme d'affaires émet un petit rire forcé.

— Je savais que vous étiez tenace, inspecteur Delage, décrète-t-il. Je ne suis pas vraiment étonné que vous m'ayez identifié, mais j'aimerais quand même comprendre comment vous êtes parvenu à retrouver ma trace !

— Ce soir, c'est un pur hasard, répond Alexandre. J'étais venu m'expliquer avec mon collègue à votre sujet. J'espérais le convaincre de partir à votre recherche pour vous arrêter. Vous voyez que je ne pensais pas vous trouver ici. Peut-être vous croyais-je sur le parvis de l'Hôtel-Dieu, en train d'attendre votre épouse dans votre belle voiture…

Pour la première fois, Landry Chagnard semble déstabilisé.

— Non, je ne vous ai pas vu lundi matin, lors de ma visite à Ismérie Lagrange, déclare Alexandre. J'ai juste remarqué un groupe de visiteuses, et, parmi elles, une dame qui portait un étonnant chapeau bleu. Lorsque nous nous sommes rencontrés devant l'hôtel de police, mardi, j'ai noté que votre épouse portait le même couvre-chef. Et puis, je me suis souvenu des voitures rangées devant l'hôpital. Je suppose que vous vous trouviez dans l'une d'elles. Vous m'avez vu entrer et parler à l'infirmière en chef. Intrigué, vous avez filé l'interroger à votre tour pour lui tirer les vers du nez. Ensuite, vous avez prévenu votre cher ami Dubon, qui s'est empressé de me faire mettre à pied. Et moi qui pensais qu'il me faisait payer mon indépendance… ! Il cherchait à garder le contrôle de la situation, car c'était la seule manière de vous protéger !

Dubon accueille ses révélations par un grognement dépité. Chagnard, lui, reste de marbre.

— Il n'y avait qu'Octavia, la danseuse de *La Hulotte*, qui vous connaissait sous votre véritable nom, n'est-ce pas ? lui lance Alexandre. Mais vous vous étiez assuré sa discrétion. Dans votre garçonnière du Marais, vous étiez le roi. Hier, je vous ai fait suivre par un ami policier qui excelle dans l'art du déguisement, précise-t-il devant l'expression étonnée du meurtrier.

— Ce coquin de Lagache, marmonne Dubon. J'aurais dû le faire renvoyer !

Alexandre ne quitte pas l'entrepreneur des yeux.

— L'inspecteur Lagache m'a rapporté votre itinéraire, depuis votre luxueuse demeure, jusqu'à une vieille maison de la rue des Juifs, indique-t-il. D'après les commerçants du quartier, elle appartenait à un certain Leblanc, qui n'y venait que trois ou quatre soirs par semaine, et souvent en galante compagnie. On le croyait parti en voyage depuis mardi. Ce soir-là, une voiture était passée, où l'on avait chargé deux grosses malles. À la suite du rapport de Lagache, j'ai décidé de pénétrer dans la maison. Les cadavres de votre cousin et de votre deuxième victime n'y étaient plus, mais l'odeur persistait... Vous les conserviez à la cave, n'est-ce pas ?

Landry Chagnard se contente de croiser les bras, un sourire narquois sur les lèvres.

— C'est moi qui lui ai suggéré la manière de s'en débarrasser, intervient Dubon. L'odeur allait finir par alerter les voisins. Cela tombait bien : il fallait clore l'affaire des meurtres du Marais. On n'arrivait pas à vous faire décrocher de cette enquête, Delage, crache-t-il d'un ton hargneux. Vous alliez finir par découvrir quelque chose de dérangeant !

— Comme le fait que M. Chagnard avait assassiné son cousin Nicolas ? réplique Alexandre. (Il se tourne vers Landry.) Le malheureux, qui avait l'habitude de vous demander l'aumône, a eu le tort de se présenter chez vous le soir où vous avez étranglé une prostituée du quartier. Vous l'avez tué, lui aussi, pour qu'il ne révèle pas votre crime !

— Ce misérable n'a pas cru à la thèse de l'accident ! lâche le meurtrier avec mépris. Il m'a aidé à transporter le corps à la cave et à le dissimuler derrière un tas de bois, puis il a décidé qu'il ne serait jamais le complice d'un meurtre.

— Vous l'avez tué, et vous avez gardé son cadavre en réserve pour vous dédouaner si les choses tournaient mal, conclut le jeune policier. Mais c'est trop tard. Vous êtes allé trop loin. Désormais, vous ne pouvez plus vous arrêter.

— Que voulez-vous dire ? demande Chagnard.

Il le sait parfaitement, pense Alexandre. Mais il a envie de l'entendre de ma bouche. Il a besoin de cette reconnaissance. Dubon, tout à l'heure, se défendait de le prendre pour un fou. Il est bien pire que cela ! Le jeune policier se résout, la mort dans l'âme, à entrer dans le jeu du meurtrier. Son collègue doit comprendre que son ami Landry doit être mis hors d'état de nuire.

— D'abord, ce n'était qu'un accident, explique-t-il. Fraisine Maillet a eu l'audace de vous résister, de refuser de se plier à l'un de vos caprices. Comment cette femme osait-elle s'élever contre vous ? Vous avez vu rouge et vous l'avez étranglée. Affolé, vous avez demandé de l'aide à votre vieil ami Dubon. L'inspecteur a accepté de faire en sorte que l'enquête n'aboutisse pas. En échange, vous deviez jouer de votre influence pour favoriser sa carrière. Mais vous aviez goûté à la toute-puissance, et, dès que l'occasion s'est présentée, vous avez recommencé à tuer. Ensuite, les journaux se sont passionnés pour l'affaire, et vous êtes devenu célèbre – une espèce de justicier, qui remettait ces femmes à leur place. Le mal s'est définitivement emparé de vous. Le billet que vous avez rédigé au nom de votre cousin et adressé à l'inspecteur Dubon, c'étaient vos mots, c'était vous ! Vous vous croyez investi d'une mission !

— Exactement, inspecteur.

Landry Chagnard décroise lentement les bras. Ses yeux brillent d'un éclat sombre, inquiétant.

— Ne voyez-vous pas que le monde court à sa perte ? lâche-t-il d'une voix rauque. Cette révolution insensée, l'année dernière ; ces libertés accordées sans rime ni raison… Le choléra est un signe de la décadence qui nous guette !

— Pourquoi accusez-vous les femmes de tous les maux ? demande Alexandre.

— Votre vie n'est-elle pas ratée à cause d'elles, inspecteur ? (L'homme d'affaires sourit avec cruauté.)

Madame Caron ne sera jamais à vous ! susurre-t-il. Un jour, vous verrez que ce n'est qu'une garce, comme les autres !

— J'en serais étonné, rétorque le jeune policier.

Chagnard le croit-il assez stupide pour donner foi à ses provocations ?

— Cela suffit ! ordonne-t-il. Levez-vous, à présent.

Le meurtrier se renfonce dans son fauteuil et le toise avec insolence.

— Vous songez sérieusement à m'arrêter ? rétorque-t-il. Il y a loin d'ici au premier poste de police, n'est-ce pas, Morse ?

— Écoutez-moi, Dubon, lance Alexandre. Il est temps d'oublier votre accord. Il ne s'arrêtera jamais de tuer, vous le savez très bien. Vous êtes devenu gênant. À la première occasion, il se débarrassera de vous.

L'inspecteur principal le regarde sans répondre. Il continue à mordiller son cigare, la sueur perlant à son front.

— Ne faites pas de bêtise, Delage, dit-il sèchement. Il pourrait vous en cuire.

— Rassurez-vous, j'ai pris mes précautions. Quoi qu'il arrive, la vérité sera rendue publique : j'ai confié mes révélations à la presse.

— Vous avez mêlé le journaliste du *Charivari* à cette histoire ? s'écrie Dubon.

— Vous avez eu tort, assène Chagnard. Ce gratte-papier est comme mort ! Et vous aussi…

Le sourire du meurtrier aurait dû l'alerter. Avant d'avoir eu le temps de réagir, Alexandre ressent une violente douleur à l'arrière du crâne. Et tout devient noir.

38

Au numéro 15 de la rue des Marmousets, Antoinette accueille le retour de Léa avec un cri de soulagement.

— Vous voilà enfin, madame ! Cela fait plus d'une heure que vous êtes partie. Je commençais à m'inquiéter !

— Julie est-elle rentrée ? s'enquiert la spirite.

— Non, pas encore. En revanche, un coursier est passé tout à l'heure. Il avait une lettre pour vous, de la part de l'inspecteur Delage.

— Faites voir !

Léa déplie le papier d'un geste fébrile. À quelques détails près, le texte du billet est similaire à celui qu'Alexandre a confié à sa concierge.

> Sachez que je suis toujours sur les traces de l'assassin. S'il est bien celui que je crois, vous êtes en danger. Verrouillez portes et fenêtres et n'ouvrez à personne.

Il voulait s'assurer qu'elle reçoive son message, où qu'elle se trouve. Le danger doit être vraiment sérieux. Et imminent !

— Que se passe-t-il, madame ? demande Antoinette. Vous avez l'air toute chiffonnée !

— Rassurez-moi, s'inquiète Léa. Aucune fenêtre n'est ouverte ?

— Vous savez bien que je les referme toujours soigneusement après avoir aéré le matin, répond la bonne d'un ton de reproche. Allez-vous enfin me dire ce qui se passe ?

La spirite prend une profonde inspiration avant d'annoncer :

— L'assassin du Marais est toujours en liberté. L'inspecteur Delage nous recommande la plus grande prudence tant qu'il ne l'a pas arrêté.

— Vous faites encore confiance à cet inspecteur ? se récrie la vieille bonne. Il me semblait que mademoiselle Paupelier et vous le suspectiez d'être l'assassin du Marais !

— Nous nous sommes égarées, avoue Léa. J'ai découvert que l'auteur de ces crimes affreux est Landry Chagnard, le cousin de Nicolas.

Antoinette fixe sa maîtresse, ébahie.

— Mais… vous… balbutie-t-elle. Vous vous êtes rendue chez ce monsieur… pour lui présenter vos condoléances ?

— Je ne le savais pas encore, à ce moment-là. Juste avant de partir, j'ai rencontré quelqu'un…

À ce souvenir, le souffle lui manque. D'après la prostituée interrogée par l'inspecteur Delage, un individu au visage déformé conduisait la voiture du meurtrier dans les jardins des Champs-Élysées – peut-être un borgne. Le cocher de Chagnard n'avait plus qu'un œil. Son orbite gauche était vide, ou presque : un embryon de globe oculaire luisait au fond du trou noir et béant.

— Le riche entrepreneur Chagnard, un meurtrier de femmes ? s'exclame Antoinette. C'est incroyable !

— Nous nous sommes touché la main plusieurs fois, et je n'ai rien ressenti, dit Léa. Cet homme est aussi doué pour jouer la comédie que pour dissimuler son être véritable.

Tandis qu'elle s'élançait hors de chez lui, la vérité, implacable, se faisait jour dans son esprit. Landry Chagnard – elle l'avait compris dès leur première rencontre – était un séducteur. Il charmait les femmes par sa prestance et ses bonnes manières. Mais cette apparence policée cachait tout autre chose. Son cousin Nicolas avait payé de sa vie la découverte de ce terrible secret. La nuit venue, le gentilhomme fortuné se muait en un prédateur sans pitié. Pour lui, les femmes n'étaient que des objets. Elles devaient le rester, sous peine de mort.

Léa pensait avec effroi à leur entrevue avortée du dimanche précédent. Ce jour-là, Landry Chagnard était venu pour elle. Il voulait s'assurer qu'elle était inoffensive. Au moindre doute, il l'aurait tuée. Son rendez-vous avec Alexandre Delage lui avait sauvé la vie.

Antoinette écoute le récit de sa maîtresse, les mains jointes et les yeux écarquillés d'horreur.

— Vous croyez qu'il pourrait revenir ? s'alarme-t-elle.

— Il cherchera d'abord à me séduire, prédit Léa. Si je résiste, il me fera taire, comme les autres. Il ne peut pas prendre le risque d'être démasqué. Plus maintenant !

Le son du heurtoir lui arrache un sursaut. Antoinette pâlit et se raccroche à la desserte de l'entrée.

— N'ayez crainte, la rassure Léa. C'est mademoiselle Paupelier qui revient.

— En êtes-vous certaine, madame ? réplique la bonne en tremblant. Imaginez que…

— Je sais que c'est elle.

La voix anxieuse de son amie retentit de l'autre côté de la porte.

— Léa ! Antoinette ! C'est moi, Julie ! Ouvrez, vite !

Antoinette se dépêche de retirer le loquet. La jeune femme apparaît, les joues rouges et les yeux brillants. Des mèches de cheveux rebelles bouclent sur son front en sueur.

— Restez calme, Antoinette… supplie-t-elle dans un souffle.

— … et ouvrez grand la porte, afin que nous puissions entrer, complète une voix masculine.

Léa se fige. Landry Chagnard se tient derrière Julie, le canon d'un revolver à quatre coups enfoncé dans les côtes de son amie.

39

Le meurtrier pénètre dans la maison en poussant son otage devant lui.

— Fermez à clé, ordonne-t-il à Antoinette.

La bonne s'exécute, plus morte que vive. Landry Chagnard toise Léa d'un regard dominateur. Il savait qu'elle l'aurait laissé entrer, même si elle avait deviné sa présence aux côtés de Julie. Elle n'aurait pas couru le risque qu'il s'en prenne à son amie.

— Vous vous doutiez que nous nous reverrions, n'est-ce pas ? dit-il.

— Pourquoi mêler mademoiselle Paupelier à tout cela ? réplique-t-elle.

— Ce n'était pas mon intention. Seulement voilà : cette jeune personne s'est retrouvée devant votre porte en même temps que moi, et elle a vu l'objet que je dissimulais sous ma veste…

Léa contemple, glacée, le revolver braqué sur Julie. Elle

avait supposé que Chagnard essaierait de la conquérir avant de l'éliminer. Or, il était venu chez elle avec une arme à feu, ce qui montrait son intention d'en finir au plus vite. Que s'était-il passé, depuis leur rencontre, plus tôt dans la soirée, pour qu'il choisisse cette solution radicale ? Aurait-elle laissé transparaître son trouble, pendant qu'il la raccompagnait à la porte ?

— À présent, vous ne me laissez pas d'autre choix que de vous faire disparaître toutes les trois, annonce-t-il.

— Allez-y ! gronde Julie. Qu'est-ce que vous attendez ? Les murs de cette maison ne sont pas épais. Dès qu'on entendra les coups de feu, on accourra pour vous surprendre !

Chagnard lui oppose un sourire cynique.

— C'est pourquoi j'ai d'autres projets, mademoiselle, susurre-t-il.

— Il veut mettre en scène notre mort, comme il l'a fait pour son cousin Nicolas, déclare Léa.

— Vous croyez que nous allons nous laisser assassiner ? se récrie Julie.

— Comment comptez-vous m'échapper, au juste ? rétorque le meurtrier.

La jeune femme jette autour d'elle des regards éperdus. Il lui faut se résoudre à l'évidence : elles sont prises au piège. Si l'une d'elle essaie de bouger, ou seulement de crier, elle s'expose au pire, et condamne les autres du même coup. *En cet instant, le plus sage est de se soumettre à la volonté de notre bourreau*, pense Léa. *Gagner du temps, à tout prix. La police est peut-être en route…*

— Vous croyez que l'inspecteur Delage viendra vous sauver ? ricane Chagnard, comme s'il avait lu dans ses pensées. Malheureusement pour vous, il a eu la mauvaise idée de se présenter au domicile de son collègue Dubon, alors que je m'y trouvais…

Léa vacille. Un instant, le souffle lui manque et sa vue se brouille.

— Vous l'avez… tué ! balbutie-t-elle.

— Oh non ! lâche le meurtrier avec dédain. Je n'ai fait que profiter d'un concours de circonstances : le majordome de mon hôte, croyant son maître en danger, a surpris votre inspecteur par derrière et l'a assommé avec un plateau ! Sachant que mon vieux complice Dubon s'apprêtait à me trahir, je me suis servi des revolvers de Delage pour éliminer mon ancien ami et son domestique. Un incendie effacera toute trace de mon passage…

Un incendie. Comme pour Nicolas. Léa imagine la scène, horrifiée : des flammes lèchent le haut plafond d'un bureau ; Alexandre est étendu sur le sol, inconscient, bientôt englouti par les fumées toxiques.

Lorsqu'on retrouvera son cadavre carbonisé, ses armes près de lui, on croira que, tenant son collègue responsable de sa disgrâce, il l'a assassiné avant de mettre le feu à la pièce.

— Le feu se chargera également de vous, mesdames, poursuit Chagnard avec un calme glaçant. Rassurez-vous, vous serez mortes avant que les flammes ne vous atteignent. Il faut qu'on croie à un cambriolage qui aurait mal tourné. Asseyez-vous ici, madame Caron, lui ordonne-t-il en désignant l'une des chaises qui encadrent la desserte de l'entrée.

Puis, lançant deux petites cordes aux pieds d'Antoinette :

– Tu vas commencer par ligoter les poignets de ta patronne. Et place-toi devant moi, les mains bien en évidence. Je veux voir ce que tu fais.

Léa et sa bonne obéissent, sous le regard suppliant de Julie. Pourquoi n'essaient-elles pas de s'enfuir ? Puisque l'inspecteur Delage est mort, plus personne ne peut leur venir en aide, à présent. La jeune femme devine trop bien le plan de l'assassin : une fois qu'Antoinette aura attaché et bâillonné son amie, il la forcera à procéder de la même manière avec elle. Puis, il les abattra l'une après l'autre – en se servant des coussins qui ornent les dossiers des chaises pour étouffer le bruit des détonations – et mettra le feu à la maison, non sans avoir retourné quelques tiroirs et vidé un ou deux placards pour donner le change. Enfin, il quittera les lieux par la porte de l'office. Ni vu ni connu.

— Allons, s'agace Chagnard devant les mains tremblantes d'Antoinette. Fais-moi ces nœuds. Plus vite que ça !

— Je vous conseille d'arrêter, intervient une voix sèche.

Julie tressaille. Une forme étrange se découpe dans l'obscurité, au fond du couloir qui conduit à l'office ; une silhouette humaine qui avance vers eux sans bruit, tel un être surnaturel.

— Alexandre ! souffle Léa.

L'inspecteur Delage apparaît, échevelé, les yeux rouges et les vêtements noirs de fumée. Il s'arrête au milieu du vestibule, un revolver braqué sur Landry Chagnard. Le meurtrier laisse échapper un juron.

— Vous semblez étonné de me voir, monsieur, lui lance le policier. Pourtant, vous savez que j'ai enfreint de nombreuses lois quand j'étais plus jeune. Forcer une serrure est un jeu d'enfant pour moi !

— Mais par quel miracle… ?

— Vous auriez dû me tirer une balle dans la tête. Je me suis réveillé avant que le feu n'embrase le bureau de Dubon. J'ai récupéré armes et munitions, et me voici avec monsieur Petitjean, qui sait désormais briser un carreau de vitre en toute discrétion.

Chagnard pousse un autre juron en découvrant le journaliste à ses côtés. Il ne l'a pas entendu ouvrir la porte de la salle à manger, ni se faufiler jusqu'à lui, revolver au poing.

— L'inspecteur Delage m'a dit que vous aviez sûrement lancé votre cocher à mes trousses pour me faire rendre gorge, déclare Gustave d'un ton vibrant de colère, mais j'étais déjà en route pour venir ici. Je voulais prévenir ces dames qu'elles étaient en grand danger et leur proposer ma protection. Je n'ai pas pu résister à la curiosité de lire les révélations que l'inspecteur m'avait confiées pour publication. Il semblerait que j'aie bien fait : sans cela, je n'aurais pas été là pour lui prêter main-forte !

— Mais pour qui vous prenez-vous ? s'exclame Chagnard. Vous n'êtes qu'un scribouillard sans talent !

— Peut-être, rétorque le journaliste. En revanche, je peux me vanter de n'avoir jamais tué personne !

— Baissez votre arme et relâchez mademoiselle Paupelier, monsieur Chagnard, commande Delage.

Loin d'obtempérer, le meurtrier toise le policier d'un regard froid avant d'asséner :

— Vous n'êtes pas en position de me dicter ma conduite, tant que je tiens le destin de cette demoiselle entre mes mains.

— Si vous la tuez, je peux vous assurer que vous mourrez également, décrète Delage. Je ne pense pas que ce soit dans vos plans.

— Non, c'est exact. Je vous demande donc de me laisser partir. En échange…

— Je ne suis pas l'inspecteur Dubon. Inutile de me faire miroiter une promotion au sein de la police.

— Laissez-moi partir, inspecteur, insiste Chagnard. Je vous promets que personne ne sera blessé.

Delage accueille la proposition en silence. Julie et Léa échangent un regard épouvanté. Le policier est-il tenté d'accepter le marché ? Peut-il croire que l'assassin tiendra parole ?

— Ce monstre ne doit pas échapper à la justice, inspecteur ! s'écrie la spirite.

— Soyez tranquille, madame Caron, affirme Alexandre. Cela n'arrivera pas. Une dernière fois, je vous conseille de vous rendre, monsieur Chagnard.

— Sinon quoi ? persifle celui-ci. Vous tirerez sur moi ? Allez-y, je vous en prie !

Le policier ignore la provocation, le visage fermé, le regard fixé sur sa cible. Soudain, Julie comprend ses intentions. Il cherche le moyen d'atteindre le meurtrier sans la blesser.

— Vous n'y arriverez pas, Delage, susurre Chagnard.

Vous avez trop peur de lui faire mal. C'est toute la différence entre vous et moi. Je n'ai aucun scrupule à faire les choix qui s'imposent.

— Comme assassiner votre cousin de sang-froid, lâche Julie.

— C'est pour cela que je gagne toujours, mademoiselle. Allons, ajoute-t-il d'un ton léger. Laissez-moi partir, Delage, et tout le monde sera sauf.

— Non, inspecteur ! grogne Gustave.

Le journaliste tient toujours Chagnard en joue, mais son bras tremble. La sueur commence à perler sur le front d'Alexandre. Combien de temps peut-il rester concentré ? Antoinette et Léa assistent à la scène, rendues impuissantes, l'une par la terreur, l'autre par les cordes qui lui entravent les poignets. Il n'y a que Julie qui puisse encore venir en aide au policier. Elle doit risquer le tout pour le tout. Chagnard ne s'attend plus à ce qu'elle résiste. Si elle lui donne un coup de coude pour se dégager, il sera trop surpris pour tirer. Alors, l'inspecteur et Gustave pourront faire feu. *À trois*, se dit-elle. *Un...*

— Laissez-moi partir, Delage, scande Chagnard.

— Je vous le répète, lâchez cette arme.

Deux... Julie retient sa respiration. La voix du meurtrier retentit à ses oreilles, insupportable.

— Laissez-moi partir, inspecteur.

Trois. Avant qu'elle n'ait pu faire un geste, des coups de feu éclatent, assourdissants. Une vive douleur lui traverse la poitrine et la projette à terre. Quand elle reprend conscience, des ombres dansent devant ses yeux. À travers l'âcre fumée qui a envahi le vestibule, elle distingue des silhouettes immobiles sur le sol : Léa, toujours attachée à la chaise renversée ; Antoinette et Gustave qui gisent près d'elle, inanimés. L'inspecteur Delage s'est affaissé contre le mur du couloir. Une tache de sang s'élargit sur sa veste. Debout devant lui, Landry Chagnard rengaine son revolver. Puis il se dirige en claudiquant vers l'office. Vers la sortie – la liberté.

Julie se redresse, affolée. Une blessure au côté lui arrache des gémissements quand elle rampe sur le tapis pour se relever. Le fuyard a déjà rejoint l'entrée de service. Une main pressée sur la plaie, elle se précipite pour récupérer le revolver tombé aux pieds de l'inspecteur Delage. Sa dernière chance d'arrêter le meurtrier. Lorsqu'elle s'élance à son tour au-dehors, Chagnard s'engage dans le passage étroit qui conduit à la rue des Marmousets.

— Espèce de salaud ! crache-t-elle en le visant avec son arme. Tu ne t'en sortiras pas comme ça !

À ces mots, le meurtrier se retourne et esquisse un sourire. Comme s'il la croyait incapable de tirer, encore moins de l'atteindre. Comme il avait sans doute souri à Sidonie, en l'entendant évoquer ses aspirations, ses convictions… juste avant de l'étrangler. Il pointe sur Julie le canon encore fumant du revolver qui a abattu ses amis. Alors, la jeune femme appuie sur la détente. Une fois. Deux fois. Le recul de l'arme se répercute douloureusement dans ses épaules, mais elle continue à tirer, jusqu'à ce que le barillet soit vide. Les coups de feu résonnent contre les murs du passage. Landry Chagnard titube un instant, les bras écartés, puis s'écroule sur les pavés.

Épilogue

Lundi 14 mai 1849

À peine Désirée Gay lui a-t-elle ouvert la porte que Julie lance, impatiente :

— Madame Deroin a-t-elle été élue ?

Le visage sillonné de rides de la féministe se fend d'un sourire ému.

— Tu sais bien que non ! s'écrie-t-elle en embrassant sa protégée. La candidature de Jeanne a été déclarée inconstitutionnelle et elle l'est restée jusqu'à la fin. Le scrutin d'hier a eu lieu sans elle.

— Quels lâches ! s'offusque Julie. Après tout ce qui s'est passé… !

— Certainement, admet Désirée. Mais ce n'est pas ce qui comptait le plus pour elle. Elle cherchait, avant toute chose, à dénoncer publiquement la condition des femmes. C'est un premier coup de marteau dans l'édifice de la suprématie masculine et des préjugés qui nous oppressent. Crois-moi, le combat n'est pas fini. Il ne fait que commencer… Et puis, ajoute-t-elle avec un sourire satisfait, elle a quand même remporté une petite victoire : son plus fervent détracteur, M. Proudhon, n'a pas été réélu.

— Mais il continuera à vomir sur les femmes dans ses écrits, grommelle Julie.

— Et nous combattrons ses arguments avec la même énergie ! Ne reste donc pas sur le seuil. Entre, je vais te préparer un café.

— C'est gentil, mais je ne fais que passer. Je quitte Paris tout à l'heure. Je voulais vous prévenir de mon départ. Je ne sais pas exactement quand nous nous reverrons…

— Ah !

Une ombre de tristesse voile le regard de Désirée Gay. Le cœur de Julie se serre. Elle redoutait de peiner sa bienfaitrice. Ses visites du vendredi étaient attendues avec impatience.

— Léa Caron a perdu son mari, explique-t-elle d'un ton gêné. Il est mort du choléra la semaine dernière. Je ne sais pas s'il a été informé de sa participation à la traque de Landry Chagnard, ou s'il a recouvré un peu d'humanité dans les derniers instants, mais il l'a autorisée, dans un testament, à récupérer sa fille. Elle l'aurait reprise avec elle, de toute façon, fait-elle remarquer d'un ton de défi. Léa a décidé d'aller la chercher chez sa grand-tante, à Saint-Leu-la-Forêt, et de rester quelque temps à la campagne. Elle a loué une maison, du côté de Beauchamp. J'avais promis de l'accompagner avant les événements…

— C'est bien naturel ! décrète Désirée Gay avec chaleur. (Son regard a retrouvé sa gaîté habituelle.) Tu mérites de te reposer, après ce qui est arrivé ! Ta blessure te fait-elle encore souffrir ?

— Oh ! Ce n'était qu'une égratignure.

Elle ne savait pas que la balle destinée à Chagnard avait bien atteint le criminel à la hanche. Comme elle ignorait que ses compagnons étaient en vie. Chagnard avait déchargé son revolver sur l'inspecteur Delage. Par chance, le policier n'avait été que légèrement touché. En basculant sur le sol pour éviter les tirs, Léa avait entraîné Antoinette dans sa chute, où les deux femmes s'étaient assommées ; pendant ce temps, Gustave se débattait avec son arme, qui s'était enrayée. Ayant épuisé ses munitions, Chagnard s'était débarrassé de lui d'un coup de poing. Il n'y avait plus que Julie pour arrêter le meurtrier. Elle s'était ruée à sa poursuite, sans penser qu'il pouvait l'attendre dans l'ombre pour l'abattre à son tour. Elle le savait, à présent : le revolver de l'assassin était vide au moment de leur face-à-face dans l'impasse. Mais il ne l'en avait pas moins menacée, le sourire aux lèvres. Il s'imaginait sûrement qu'elle allait reculer. Il s'était trompé.

— Grâce à toi, Sidonie, Fraisine et les autres sont vengées, murmure Désirée Gay.

Julie opine gravement. Mort, Landry Chagnard ne nuira plus à personne. Mais combien d'hommes violents sévissent chaque jour, hors de toute impunité ? Combien d'autres fous attendent dans l'obscurité l'occasion de se manifester ?

— Ce n'est qu'une petite victoire, soupire-t-elle. Nous devons nous battre pour qu'il y en ait d'autres.

— Je sais que tu y contribueras, affirme Désirée Gay. Tu es très courageuse. Tiens ! (Ses yeux pétillent de malice.) Il y a un jeune homme, au coin de la rue, chuchote-t-elle sur le ton de la confidence. Il semble attendre quelqu'un…

Julie jette un regard par-dessus son épaule. Appuyé à un réverbère, Gustave Petitjean fait mine d'être absorbé dans la lecture d'un journal.

— Quel idiot ! pouffe-t-elle. Je l'ai repéré à ma descente du fiacre. Il s'imagine passer inaperçu, avec son haut-de-forme vert et sa mine de chat gourmand !

— Peut-être se prend-il pour un policier depuis qu'il a aidé l'inspecteur Delage à vous porter secours ? glisse Désirée Gay avec humour. Va donc le retrouver, ma Julie. Et ne sois pas trop dure avec lui. Je ne pense pas qu'il ait mauvais fond.

— Mouais...

Julie embrasse sa bienfaitrice, prend une profonde inspiration et se dirige vers le journaliste. Gustave Petitjean feint toujours de feuilleter l'édition matinale du *Siècle*. À son approche, il relève la tête d'un air surpris.

— Mademoiselle... Julie ! bredouille-t-il. C'est incroyable !

— Arrêtez votre comédie ! le rabroue-t-elle. Je vous ai vu me suivre.

— Je faisais allusion au fait que nos exploits sont encore dans tous les journaux de cette ville, se défend Gustave. Quant au fait que je vous ai suivie, je ne le nie pas. Madame Caron m'a indiqué que vous étiez partie saluer votre vieille amie madame Gay, avant de mettre les voiles pour la campagne. Il fallait absolument que je vous trouve !

— Vous pouviez attendre mon retour rue des Marmousets.

— J'avais quelque chose à vous dire... de personnel. Je...

Pour la première fois, la belle assurance du journaliste paraît ébranlée. Repliant son journal, il plonge une main fébrile dans une poche de sa veste.

— J'ai acheté des places pour le théâtre des Funambules, annonce-t-il en exhibant deux rectangles de papier froissés. Pour vous inviter au théâtre, demain.

— Eh bien… bégaie Julie, déstabilisée à son tour. Nous… nous irons à mon retour !

— Quand donc ?

— Je ne sais pas encore.

Le visage de Gustave s'empourpre et ses yeux se mettent à briller.

— Vous allez me manquer, chère Julie, lâche-t-il d'une voix étranglée.

— Oh ! N'exagérez pas !

L'émotion du jeune homme la touche malgré elle. Elle se rend compte, à son grand étonnement, qu'elle partage son sentiment. Il sera pénible de ne plus le voir pendant de longues semaines…

— Écrivez-moi, lance-t-elle d'un ton brusque. Aux Genêts, à Beauchamp.

Le visage du journaliste s'illumine.

— Maintenant, je sais que je vous manquerai aussi ! s'écrie-t-il.

— En attendant, faites attention à ce que vous publiez dans le *Charivari* !

— Je n'ai pas oublié, réplique Gustave, ravi. Je serai bientôt un autre homme, vous verrez !

— Je n'attends que ça !

Le cœur léger, Julie s'éloigne joyeusement dans la rue.

— Vous partez ?

La voix fait tressaillir Léa. Penchée sur la dernière malle dont les taquets refusent de se fermer, elle n'a pas remarqué qu'elle était observée. Alexandre Delage est accoudé à la rambarde qui surplombe le vestibule, l'épaule gauche bandée et le bras en écharpe. Elle se redresse et chasse du revers de la main la mèche de cheveux qui colle à son front en sueur.

— Pourquoi êtes-vous debout ? le gronde-t-elle. Retournez vous allonger. Antoinette est en train de préparer votre petit déjeuner. Elle vous le montera dans votre chambre.

— Je me suis bien assez reposé ! rétorque le policier en descendant les marches qui conduisent au vestibule. Voilà dix jours que vous me faites soigner par votre médecin de famille. Je me sens prêt à reprendre mes activités. Avez-vous oublié que l'on attend mon retour au bureau aujourd'hui ?

— Je croyais que vous disposiez encore d'une semaine de repos. J'espère que M. Canler vous ménagera !

— Soyez tranquille, il ne me renverra sur le terrain qu'une fois guéri et capable de porter une arme. En espérant que je sache en faire meilleur usage, la prochaine fois…

— Arrêtez de ressasser ce moment, tranche Léa. Le coupable est hors d'état de nuire, c'est tout ce qui importe.

— Grâce à votre amie, souffle le policier.

Il vient d'arriver dans le vestibule, à l'endroit où se tenait Landry Chagnard, juste avant l'échange de tirs fatal. Les tapis tachés de sang ont été remplacés, le sol et les murs lavés à grande eau, mais le souvenir, lui, subsiste, aussi frais qu'au premier jour. Comme l'odeur de poudre que Léa croit déceler, le soir venu. Même s'il parvient un jour à se pardonner d'avoir manqué sa cible, Alexandre n'oubliera jamais cet instant terrible. Comme elle. C'est pour cela qu'elle a besoin de partir. Pour empêcher la peur de la ronger. Que se serait-il passé, si Chagnard avait visé juste ?

— Serez-vous longtemps absente ? demande le policier, le regard vague.

— Le temps qu'il faudra, répond-elle doucement. Mais ne vous inquiétez pas : vous pouvez demeurer chez moi, si vous le souhaitez. Antoinette se fera un plaisir de vous concocter de bons petits plats !

— Et si j'étais encore là à votre retour, que diriez-vous ?

Saisie, Léa garde le silence. Elle s'attendait à cette conversation. Elle l'avait différée, aussi longtemps que possible. Chaque fois qu'elle avait cru au bonheur, il s'était dérobé. Il était tellement plus simple de ne pas prendre de décision. De laisser les événements en suspens, flotter dans l'air, dans une illusion d'avenir heureux. Le rêve était tellement préférable à la réalité. Mais c'est dans la réalité qu'on vit pleinement, elle le sait, à présent. Elle voit bien qu'Alexandre s'efforce de masquer sa déception.

— Oubliez ce que je viens de dire, dit-il soudain. Je sais qu'il y a un homme dans votre vie. À présent que vous êtes libre, plus rien ne vous empêche de l'épouser.

— Non, vous vous méprenez, souffle Léa.

Elle pensait que les mots lui feraient mal, mais c'est un immense soulagement que de les prononcer.

— Il y *avait* quelqu'un, rectifie-t-elle. Tout est terminé. Il est parti et j'ai senti que c'était pour toujours. Sur le moment, j'ai refusé l'évidence. Avec le temps, j'ai fini par l'accepter. Nous ne nous reverrons pas dans ce monde.

— Mais vous resterez fidèle à sa mémoire, objecte Alexandre.

Léa secoue la tête.

— Je sais ce que Landry Chagnard vous a dit, murmure-t-elle. C'était un homme mauvais, plein de ressentiment à l'égard des femmes, et son unique intention était de vous blesser. Soignez-vous, fuyez le choléra et les personnes mal intentionnées. J'aimerais vraiment vous retrouver ici lorsque je rentrerai.

Le policier s'avance pour lui prendre la main et elle le laisse faire.

— Je vous attendrai, Léa, promet-il.

Sur le seuil du 15, rue des Marmousets, Alexandre Delage hume le parfum de la ville, comme un noctambule dégrisé par le soudain retour à la lumière du jour.

Les bagages installés sur le toit du fiacre, Julie et Léa ont pris place à l'intérieur. Puis, la voiture s'est ébranlée et a tourné le coin de la rue, lui laissant un grand vide dans le cœur. Il se fait confiance pour éviter les ennuis, mais elles ? La campagne n'est pas exempte de dangers. Tout peut arriver : un accident, une fièvre maligne, sans compter les convoitises que suscitent deux femmes seules avec un bébé. Désormais, il ne peut que s'en remettre au destin. Alors qu'il s'éloigne dans la rue, il reconnaît la silhouette de Gustave Petitjean qui se dirige vers lui depuis l'angle de la fruiterie Constant.

— Nous voici seuls, inspecteur, lui lance le journaliste avec un sourire triste. Nos femmes sont parties pour un bout de temps.

— Nos femmes ? s'exclame Alexandre. Est-ce le chagrin qui vous égare ou avez-vous bu un coup de trop ?

— Je me console comme je peux ! se défend Gustave. Seriez-vous tenté de sortir, demain soir ? J'ai deux places pour le théâtre des Funambules. Ce serait l'occasion de nous distraire et d'oublier ce qui nous préoccupe.

— Nous verrons. Pour le moment, je vous propose de m'accompagner au siège de la Sûreté. Il me semble que M. Canler vous a promis l'exclusivité des affaires en cours.

— À condition que je ne remette pas en cause ses petits arrangements avec la vérité ! s'écrie Gustave.

Alexandre se contente de grogner. Si sa blessure à l'épaule le fait encore souffrir, il n'est pas encore remis de la trahison de Canler. Apprenant que l'un de ses inspecteurs était compromis dans la pire affaire d'homicide que la capitale ait connue, le patron de la Sûreté avait décidé de tordre la vérité à son avantage. Dubon n'avait pas été tué parce qu'il était devenu un complice gênant pour Chagnard, mais parce qu'il avait tenté d'interpeller celui-ci en le conviant à son domicile, avec le concours de son collègue Delage. La situation avait dégénéré, provoquant la mort de l'inspecteur principal ; Delage, lui, s'en était tiré par miracle. *L'image de la police doit rester irréprochable*, s'était justifié Canler. *Ou les citoyens, déjà si peu enclins à lui faire confiance, ne voudront plus collaborer dans aucune enquête.*

Alexandre n'avait pu que ravaler sa colère. Sa perspicacité lui avait valu d'être réintégré dans ses fonctions. Pour le prix de son silence, il avait reçu une confortable augmentation.

— Ce n'est pas grave, décrète Gustave. Les rares personnes qui connaissent votre véritable rôle dans cette histoire sont les plus importantes à vos yeux, n'est-ce pas ?

Assis à son secrétaire, Canler étudie un document en fumant la pipe.

— Prenez place, messieurs, dit-il en désignant les chaises en face de lui. Ravi de vous revoir, inspecteur Delage. J'espère que votre blessure est en voie de guérison.

— Oui, monsieur, répond Alexandre.

Son chef lui paraît fébrile. Ses sourcils sont parcourus de tics.

— Je n'ai pas de très bonnes nouvelles, déclare-t-il. M. Petitjean, je consens à vous informer au regard de votre collaboration active dans l'affaire Chagnard. Mais ce que je vais vous dire ne doit pas sortir de ce bureau.

— Pour quelle raison, monsieur ?

— Parce que cela compromettrait, une fois de plus, l'image de la Sûreté parisienne. Et pire, encore : la paix dans cette ville.

Canler croise les bras sur son secrétaire.

— Avant-hier, un homme a été retrouvé mort à son domicile du faubourg Saint-Antoine, annonce-t-il d'une voix sinistre. Il gisait dans sa chambre, un couteau dans le ventre. Ses voisins racontent tous la même chose : le soir du drame, ils ont vu la victime rentrer chez elle en compagnie d'une femme.

— Une femme serait l'assassin ? s'étonne Gustave. Elle aurait tué… à l'arme blanche ?

— Par surprise, sans aucun doute.

— Avez-vous une idée du mobile ?

Ignorant la question du journaliste, le chef de la Sûreté plante son regard dans celui d'Alexandre. Le jeune policier se pince les lèvres, saisi d'un étrange pressentiment.

— Voici une lettre anonyme que j'ai reçue ce matin par la poste, indique Canler en lui tendant le document qu'il examinait à son arrivée. Je crains que

Landry Chagnard n'ait ouvert la boîte de Pandore…

Le souffle coupé, Alexandre s'empare d'un feuillet recouvert de mots tracés à l'encre rouge, d'une grande écriture droite et ferme :

> L'homme que vous avez retrouvé rue Saint-Antoine était une brute de la pire espèce. Il fallait lui régler son compte. À cause de votre négligence ou de votre complicité, nous, les femmes, avons trop longtemps été les victimes de ce genre d'individus. Désormais, nous rendrons coup pour coup. Nous éliminerons tous ceux qui nous oppressent. N'essayez pas de vous mettre en travers de notre chemin.
>
> Rien ni personne ne nous arrêtera.

Portraits de féministes de la révolution de 1848

Par Romane Fraysse

Bien que la Révolution française laisse augurer un changement de statut social pour les femmes, il n'en est rien. Au XIXe siècle, elles demeurent sous l'autorité de leur mari et n'ont toujours pas le droit de voter. Mais, avec la Révolution de 1848, plusieurs figures féministes émergent pour revendiquer l'égalité des sexes à travers des publications et des associations souvent réprimées. Elles ont ainsi contribué à libérer la parole des femmes et à dénoncer l'injustice à laquelle elles faisaient face. Parmi elles, Jeanne Deroin, Désirée Gay, Eugénie Niboyet et Jenny d'Héricourt sont des militantes majeures de ce combat naissant.

JEANNE DEROIN (1805 – 1894)

« *L'on a proclamé les droits de l'homme, mais l'on a imposé des devoirs à la femme sans lui reconnaître aucun droit.* »

© D.R.

Jeanne Deroin est l'une des porte-parole de la revendication féministe sous la révolution de 1848. Ouvrière devenue institutrice, elle fonde avec Désirée Gay le journal *La Politique des femmes*, « pour les intérêts des femmes et par une société d'ouvrières » et se présente comme candidate aux élections législatives. Elle défendra toute sa vie la citoyenneté féminine qu'elle dit compatible avec le statut de mère. Engagée dans le mouvement saint-simonien, elle se bat pour l'abolition des privilèges de la naissance, l'amélioration de la condition ouvrière et le droit de vote pour les femmes. Elle est ainsi la première à accoler au « suffrage universel » le terme « masculin », soulignant l'inégalité des sexes. Mais rares sont ceux qui soutiennent sa candidature : certains contemporains comme Joseph Proudhon ou Georges Sand la jugent « excentrique », la rendant illégitime dans le débat politique.

DÉSIRÉE GAY (1810 – 1891)

Née Désirée Véret dans une famille ouvrière, elle est couturière avant de s'engager à 21 ans dans le saint-simonisme. Mais face à l'exclusion des femmes dans le débat idéologique, elle fonde le journal *La Femme libre* avec Eugénie Niboyet et promet de dédier sa vie au combat féministe. Avec son mari Jules Gay, elle tente de fonder une école qui enseignerait l'égalité sociale et sexuelle, mais par manque de ressources, le projet ne voit jamais le jour. C'est à partir de la révolution française de 1848 que Désirée Gay devient une personnalité publique : elle adresse des pétitions au gouvernement provisoire pour promouvoir le droit au divorce, l'amélioration de la condition ouvrière et la subvention d'établissements permettant l'indépendance financière des femmes. Elle se voit finalement élue à l'unanimité à la commission des Travailleurs et devient chef de division des Ateliers nationaux permettant aux femmes de travailler, mais pour un salaire misérable. Alliée à la féministe Jeanne Deroin, elle fonde l'Association mutuelle des femmes et

© BNF - Gallica

le journal *La Politique des femmes* pour défendre leurs droits. Mais c'est en 1849 qu'elle choisit de se désengager de l'action militante, reprenant ainsi son métier de couturière. Elle continuera néanmoins le combat en adhérant à certaines associations et en publiant un manuel d'éducation pour les jeunes mères.

EUGÉNIE NIBOYET (1796 – 1883)

© Nadar

Née Eugénie Mouchon dans une famille lettrée, elle se marie à 26 ans à l'avocat Paul-Louis Niboyet et emménage à Paris où elle commence à gagner sa vie par l'écriture. À cette époque, elle rejoint la Société de la morale chrétienne et s'implique dans de nombreux débats sociaux, défendant la réforme des prisons, l'amélioration de l'éducation et l'abolition de l'esclavage. À partir de 1830, elle adhère au saint-simonisme avec son mari et son fils qu'elle a convaincus, et dirige la section des 4e et 5e arrondissements de Paris. Avec la saint-simonienne Désirée Véret, elle fonde le journal *La Femme libre* et commence à s'engager dans le combat pour l'égalité des sexes. En séjour à Lyon, elle crée le premier journal féministe de province avec *Le Conseiller des femmes* puis *L'Athénée des femmes* et devient rédactrice en chef de *La Paix des deux mondes*. En fondant *La Voix des femmes* à Paris, elle organise de nombreux débats dans lesquels sont conviées Flora Tristan, Anaïs Ségalas, Désirée Gay et Jeanne Deroin. Ce groupe défend de nombreuses réformes favorables aux femmes, mais après la décision du gouvernement de mettre fin à leur activité, Eugénie Niboyet est découragée et cesse la publication du journal. Elle continuera malgré tout à publier plusieurs ouvrages et sera célébrée au Congrès féministe de Paris en 1872.

« *Nous n'écrivons pas pour les esprits étroits qui veulent borner la femme aux soins du ménage. Les femmes n'ont plus à acquérir leur liberté, mais à l'exercer.* »

JENNY D'HÉRICOURT (1809 – 1875)

D'abord institutrice, elle réclame le rétablissement du divorce après s'être séparée de son mari. Émancipée, elle publie un roman *Le Fils réprouvé* (1844) sous le pseudonyme masculin de Félix Lamb. C'est durant

la révolution de 1848 qu'elle commence à militer pour le droit des femmes en fondant la Société pour l'émancipation des femmes dont elle est secrétaire. Elle s'oppose alors aux théories des principaux philosophes sociaux de son époque sur l'infériorité féminine. Après la publication de son article « M. Proudhon et la question des femmes » dans la *Revue philosophique et religieuse*, une polémique se crée avec ce dernier, qui lui répond en invoquant « son infériorité intellectuelle naturelle. » Mais c'est son ouvrage *La Femme affranchie, réponse à MM. Michelet, Proudhon, É. de Girardin, Legouvé, Comte et autres novateurs modernes* qui la rendra célèbre et lui permettra de continuer son combat aux États-Unis jusqu'à la fin de sa vie.

« Émanciper la femme, c'est la reconnaître et la déclarer libre, l'égale de l'homme devant la loi sociale et morale et devant le travail. »

Imprimé en France par EPAC Technologies
N° d'impression : 4550414301421
Dépôt légal : juin 2019